Maren Wurster

Hier bleiben können wir auch nicht

MAREN WURSTER

HIER BLEIBEN KÖNNEN WIR AUCH NICHT

Roman

BERLIN VERLAG

Mehr über unsere Autorinnen, Autoren und Bücher:
www.berlinverlag.de

Unser Versprechen für mehr Nachhaltigkeit
• Klimaneutrales Produkt
• FSC®-zertifiziertes Papier
• Hergestellt in Deutschland

FSC www.fsc.org
MIX
Papier | Fördert gute Waldnutzung
FSC® C014496

ISBN 978-3-8270-1522-8

Satz: Uhl+Massopust, Aalen
Gesetzt aus der Freight Text
Druck und Bindung: GGP Media GmbH, Pößneck
Printed in Germany

Für Balthasar

»Ist die Zunge mit Bitterkeit überzogen, fürwahr wie süß der Wein an sich auch sein mag, er muss stets bitter werden von dem, durch das hindurch er an mich gelangt.«

Meister Eckehart: Traktate

»Es ist wahr, dass der Ideologismus den Widerspruch des entfremdeten Wirklichen durch eine Amputation, nicht durch eine Synthese löst.«

Roland Barthes: Mythen des Alltags

»Describe in single words only the good things that come into your mind about your mother.«

Ridley Scott: Blade Runner

EINS

Ich öffnete die Augen und schob den Hebel zurück, zog das große Holztor auf. Ein gepflasterter, überdachter Weg führte in den Garten. Da standen Mülltonnen, Gerümpel, Kisten, ein Rollator, eine Schubkarre mit zerbrochenem Glas drin. Daran erinnerte ich mich. Dass mir bei der Begehung des Hauses der viele Sperrmüll aufgefallen war, den ich würde entsorgen müssen. Obwohl das Haus seit Jahren leer stand, waren überall zurückgelassene Gegenstände. Der Makler hatte mit den Schultern gezuckt, als ich nach dem Bett in einem der Zimmer gefragt hatte. Unmittelbar hatte ich einen alten Mann vor Augen gehabt, der darin gestorben war.

»Komm.« Ich fasste Marie an der Hand. Gemeinsam gingen wir in den Garten. Er war von drei Seiten ummauert und zugewuchert. Die Morgensonne warf ein helles Trapez in den hinteren Teil, ein saftiges Grün und bereits ein paar gelbe Blätter, die im Gras lagen. Über der Tür zur Küche hatte sich Efeu ausgebreitet. Ein Zweig blockierte sie, riss erst, als ich kräftig an der Klinke zog. In der einen Ecke der Küche war der Herd in eine Arbeitsplatte eingelassen, rechts davon die Spüle. Auf dem Steinboden Staubflusen, aufgewirbelt von Luft und Menschen.

»Unsere Küche«, sagte ich.

Marie zog die Schultern hoch, ihr war kalt, trotz des warmen Sommertags. Die Tür zum Flur scheuerte über den Boden. Von dort gelangten wir zur Haustür, die sich nur von innen öffnen ließ. Außen war das Schloss zertrümmert.

»Da müssen Sie einen neuen Zylinder einsetzen«, hatte der Makler gesagt.

»Oder immer über den Garten ins Haus gehen«, hatte ich erwidert. Die Vorstellung hatte mir gefallen. Ich hätte auch gerne ein altes Türschloss gehabt, in das ich einen schwarzen Schlüssel mit langem Bart stecken würde. Doch das Haus war nicht so. Es hatte zwar Fachwerk und weißen Klinker, war aber in den 1960er-Jahren gebaut worden. Kein richtig altes Haus, nur eines, das sich in das Bild des Dorfes einfügen sollte.

Die beiden Zimmer, die vom Flur abgingen, waren dunkel. Marie blieb dicht bei mir. Die Rollläden zur Straße waren geschlossen. Sie ließen sich elektrisch öffnen. Es ratterte und rumpelte. Äste, Staub und Federn rieselten hinab. Ich war mir sicher, die Schalter nie wieder zu betätigen, nie wieder diese Räume zu verdunkeln. Ich öffnete die Fenster.

Danach stiegen wir die enge Treppe ins obere Stockwerk hinauf, das genauso stickig und dunkel war. Es gingen zwei Türen ab. Marie bewegte die Finger, ich spürte es in meiner Handmulde.

»Ich will wieder runter«, sagte sie.

»Lass uns überall frische Luft reinbringen«, sagte ich.

Marie zog an meiner Hand, setzte ihr Gewicht ein, sodass ich dagegenhalten musste. Ich öffnete eine der Türen, ein beißender Geruch schlug uns entgegen.

Marie vergrub Nase und Mund in der Armbeuge. »Mama, komm«, sagte sie.

Ich knipste das Licht an. Vor dem Fenster auf dem Boden lag ein Knäuel aus Federn. Fliegen stoben von der toten Krähe auf, deren Kopf, als sei sie im Schlaf gestorben, auf die Brust geneigt war. Dort, wo einmal ein Auge gewesen war, klaffte ein Loch, gesäumt von einem ausgefransten Rand. Der Vogelkörper wies noch weitere Löcher auf. Das Gerippe war zu erkennen, das sich aus einer dickeren Mitte verästelte und von einer schleimig weißen Schicht überzogen war, Gefieder klebte darin. Überhaupt wirkte der Kadaver nass. Ich spürte einen Würgereiz, hielt mir die Hand vor den Mund und trat an dem Vogel vorbei zum Fenster. Ich öffnete die Rollläden und machte das Fenster auf. Marie war an der Tür geblieben und starrte auf das tote Tier.

»Die Krähe machen wir später weg, die hat sich vielleicht verirrt und ist hier gestorben«, sagte ich.

»Warum ist da kein Auge mehr?«

»Das ist die Verwesung, der Körper löst sich auf, und am Schluss bleibt nur das Skelett des Vogels übrig.«

»Ich will wieder runter«, sagte Marie.

»Ja, komm.«

Wir gingen zurück in den Flur.

»Hat Papa auch keine Augen mehr?« Marie sah mich ernst an.

»Lass uns in den Garten setzen.«

»Hat Papa auch keine Augen mehr?«, fragte sie noch mal.

»Wahrscheinlich nicht. Auch sein Körper löst sich auf im Grab.«

»Aber wie sieht er mich dann?« Maries Mund stand offen, sie blickte mich an, wartete auf eine Antwort. Zugleich war sie etwas nach innen gerichtet, auf ein gerade verschwommen entstehendes Bild. Ich schob sie zur Treppe.

»Du hast doch gesagt, er sieht mich. Du lügst!«, schrie sie und stolperte die Stufen voran.

»Papa sieht dich.« Ich eilte ihr hinterher. Marie rannte in den Garten und stieß einen Fuß in die Erde.

»Es ist seine Seele, die dich sieht.« Ich legte die Hand auf ihre Schulter, sie schüttelte sie ab. »Die Seele ist immer da. Papa ist als Seele immer für dich da.«

»Aber ohne Augen.«

Ja, dachte ich.

Marie hatte mittlerweile eine Vertiefung in die Erde getreten.

»Schau mal«, sagte ich, »jetzt hast du schon ein Grab für die Krähe angefangen.«

Marie hielt sich die Ohren zu, mit abgespreizten Ellenbogen. Ich konnte ihr Gesicht nicht sehen, es wirkte, als blickte sie auf die gegenüberliegende Wand. Ich sah mich in dem Garten um. Es gab ein matschiges Loch, das wohl mal ein kleiner Teich gewesen war. In einer Ecke war eine Steinterrasse, darauf ein Ofen, Stühle, eine an die Wand gelehnte Tischplatte mit nur einem Bein. Ich hatte ein flaues Gefühl im Magen.

Am Abend bereitete ich uns ein Schlaflager in dem unteren kleinen Zimmer. Über eine Luftmatratze legte ich Maries Schaffelle, die ich immer dabeihatte. Sie hatte schon als Baby darauf gelegen und sich auf einem der beiden Felle zum ersten Mal auf den Bauch gedreht. Ich hatte auch Decken eingepackt. Ins Fenster klemmte ich das Tuch mit den Schmetterlingen, das ich zu ihrer Geburt genäht hatte, obwohl ich das gar nicht so gut konnte. Es war mir wichtig gewesen, für meine Tochter etwas selbst zu machen, etwas, an das sie vielleicht eine erste Erinnerung haben würde: sich im Wind bewegende Schmetterlinge.

»Es ist spät geworden«, sagte ich zu ihr, »und heute ist eine besondere Nacht.«

Marie kuschelte sich an mich, ich schob die Decke seitlich unter unsere Körper, damit wir gut eingehüllt waren. Von der Kleinen sah nur noch der Kopf heraus.

»Was wir heute Nacht träumen, wird wahr«, sagte ich. »Denn was man in der ersten Nacht in einem neuen Haus im Traum erlebt, geht in Erfüllung. Wir sollten uns also bemühen, etwas Schönes zu träumen.«

Maries Körper war warm und weich. Wenn eine von uns sich bewegte, übertrug sich das auf die Matratze und wiegte uns beide auf und ab, bis das Schaukeln nachließ und wir ruhig lagen.

Aus diesem Schlafplatz hier würde ein Zuhause entstehen, in dem wir bleiben könnten. Es war viel zu tun. Doch wir hatten alles, um es zu schaffen. Wir konnten uns nachts in unser Bett zurückziehen und tagsüber die nötigen Aufgaben angehen. Putzen, Möbel aufstellen, Schränke einräumen. Die Basis war da. Ein Zuhause, das uns gehörte. Ich hatte den Kaufpreis komplett bezahlen können. Kein Kreditinstitut hing mit drin. Niemand sonst hatte einen Anspruch auf diese vier Wände. Sie gehörten nur Marie und mir. Unser Schutzraum. Maries Schutzraum. Ein Gefühl, das mich seit einiger Zeit, eigentlich seit ihrer Geburt begleitete. Dass ich sie schützen müsste. Es war meine Aufgabe, dass sie eine möglichst unbeschwerte Kindheit hatte. Toms Tod hatte das erst eröffnet. Sein Tod und sein Geld.

»Wie ist er hier reingekommen?«, fragte Marie.

Ich schlug die Augen auf. »Wer?«

»Der Vogel.«

»Vielleicht stand ein Fenster offen.«

»Die waren aber alle zu.«

»Oder durch ein Loch in der Wand.«

»Was für ein Loch?«

»Im Gemäuer vielleicht.«

»Wo denn?«

»Das weiß ich nicht.«

»Die Tür war zu.«

»Vielleicht hat er sich durch den Spalt unter der Tür gezwängt.«

»Warum?«

»Marie, das weiß ich auch nicht«, sagte ich mit gepresster Stimme. Ich merkte, wie erschöpft ich war. »Wollen wir ihn morgen im Garten begraben?«

»Nein. Ich will ihn nicht mehr sehen.«

»Verstehe.«

»Du verstehst das nicht«, sagte sie.

»Was verstehe ich nicht?« Ich legte die Hand auf ihre Wange.

Marie drehte ihr Gesicht zur Seite. »Nichts«, sagte sie.

»Bitte sprich mit mir. Sag mir, was ich nicht verstehe.« Ich hatte mir vorgestellt, mit Marie reden zu können über die Dinge, die geschehen waren, Toms Tod. Doch sobald ich auch nur versuchte, ihr im Gespräch nahezukommen, verschloss sie sich. Als traute sie mir nicht.

»Marie, bitte.« Ich machte es nur schlimmer. Sie würde so nicht reden. Ich wusste es. Sie drehte den Körper weg von mir und zog die Decke mit sich.

»Bitte sprich mit mir. Ich habe dich etwas gefragt.« Ich zupfte an der Decke.

Marie schwieg, und ich spürte eine Wut in mir aufsteigen, die meinen Oberkörper und die Arme ausfüllte.

»Sagst du mir wenigstens noch Gute Nacht?«

Sie schwieg beharrlich.

»Marie«, meine Stimme hallte in dem leeren Raum nach.

»Gute Nacht«, sagte sie.

»Ach, das kriegst du also doch noch hin.« Ich drehte die Haut auf meinem Handrücken zwischen den Fingern, bis es schmerzte und der Druck dadurch entwich.

»Tut mir leid, Marie. Schlaf gut«, sagte ich nach einiger Zeit. Ich ließ Traumsand über sie rieseln und sah dann an die Decke.

Nach einiger Zeit erschlaffte ihr Körper und sank ein wenig ab, Arme und Beine zuckten kurz, Marie war in der Traumwelt angekommen. Ihr Atmen vertiefte sich.

Vorsichtig stand ich auf, holte eine Schaufel von draußen, die ich an der Wand zum Garten gesehen hatte, und ging nach oben. Die Tür schloss zu allen Seiten mit dem Rahmen ab. Obwohl das Fenster seit dem Nachmittag offen stand, roch es unangenehm. Ich betrachtete die Wände. Da war kein Loch, da waren nur zwei Fenster, verbunden mit den Laibungen, auf den Simsen tote Fliegen, darunter die Heizkörper. Die Rohre verliefen auf Putz, die Stellen, an denen sie in der Wand verschwanden, waren gut verspachtelt. Ich versuchte, die Schaufel unter den Vogel zu bringen, er wurde über den Boden geschoben und hinterließ eine dunkle Spur, bis er aufs Blatt kullerte, was so wirkte, als lebte er noch. Ich hielt inne. Ein Flügel hing verdreht hinab. Ich befürchtete, er würde abbrechen, doch er hielt. Mit der waagrecht gehaltenen Schaufel schlich ich die Treppe hinunter. Im Garten überlegte ich, wo ich das Loch graben könnte, summte *Mache dich auf und werde Licht*, ein Lied, das wir bei Toms Beerdigung gesungen hatten. Seine Mutter hatte dabei heftig geschluchzt, und Marie hatte sie irritiert angesehen. Wir würden morgen ein Kreuz basteln, eine Kerze aufstellen. Marie und ich. Dann ging ich zu den Mülleimern, öffnete eine der Tonnen, die Krähe rutschte hinein und landete mit einem Klatschen im Dunkel. Hinter meiner Stirn pochte es heftig.

»Fahr zur Hölle«, sagte ich.

Ich bekam den Efeu weit oben zu fassen, hatte einen stabilen Stand auf der Leiter, und es lösten sich, wenn ich kräftig zog, viele Haftwurzeln auf einmal. Das immergrüne Zeug hing daraufhin wie eine großflächig gelöste Tapete von der Hauswand herab. Es staubte in meine Augen. Ein paar Wurzelreste klebten noch an der Wand, ich würde sie später einzeln abziehen müssen. Zunächst jedoch stieg ich drei Sprossen tiefer, griff in das Geflecht aus Blättern, Ästen und Strängen, die Handschuhe schützten meine Finger. Ein Nest fiel heraus, Federn wirbelten auf. Ich erschrak, das hatte ich nicht gewollt. Doch die Brutstätte sah unbenutzt aus, wie sie da aufgebrochen auf dem Boden lag. Irgendetwas daran wirkte auch falsch, und es dauerte, bis ich erkannte, dass es blaue Plastikstreifen waren, die der Vogel in sein Werk gewoben hatte, vielleicht aus einer Gewerbeplastiktasche.

Marie war am Zaun zugange. Ich betrachtete sie von meinem erhöhten Stand aus. Wie ihre Haare sich mal da-, mal dorthin gelegt hatten und einen unentschiedenen Scheitel bildeten. Sie streckte die Zunge heraus und schnitt mit einer Gartenschere und weit ausgestreckten Armen gewissenhaft die Zweige eines Busches ab, die auf den Gehweg ragten. Ein Schmerz stach mir in die rechte

Kopfhälfte, ich umfasste mit beiden Händen die Leiter. Rasch war er verflogen.

Wie lang das Wurzelwerk des Efeus war. Mehrere Meter verfolgte ich einen Strang, indem ich ihn aus dem Erdreich zog, dick und flaumig, durch die Handschuhe hindurch spürte ich Härchen und Holz. Er verzweigte sich in verschiedene Richtungen, ein komplexes System, das keine ursprüngliche Achse mehr erkennen ließ. An schattigen Stellen wuchsen die Sprossachsen vermehrt, verkrochen sich in der Dunkelheit. In einen Mauervorsprung hatte die Pflanze sich bereits hineingearbeitet und die Steine durch beharrliches, jahrelang unbeachtetes Wachstum auseinandergepresst.

An manchen Stellen wuchs die Pflanze mit kleinen Stämmen aus der Erde, zu kräftig und zu tief verankert, um von mir hervorgeholt zu werden. Für sie setzte ich die Astschere ein, stützte den einen Griff am Oberschenkel ab und zog mit beiden Händen den anderen heran. Ich stöhnte und fluchte, bis ich ein besonders dickes Stück durchschnitten hatte. Saftig und grün war es im Inneren, verletzt nun. Ich durchtrennte Astwerk und Wurzel knapp über dem Boden erneut, weil ich verhindern wollte, dass sie sich wieder miteinander verbinden könnten, wenn sie nur nah genug aneinanderlagen. Robust, wie der Efeu war, konnte ich mir das gut vorstellen. So zerstörte ich seine Wege an mehreren Stellen. Doch ich hatte nicht das Gefühl, dem Ursprung der Pflanze näher zu kommen. Ich fragte mich, ob es überhaupt einen gab. Und doch musste sie einmal irgendwo begonnen haben, sie musste gekeimt, einen Trieb aus einem Samen geschoben, ein erstes Blatt entfaltet, einen Strang gebildet haben, sie musste sich für eine erste Gabelung entschieden haben, nach welchen

Faktoren auch immer, dem Schatten folgend oder entlang bestimmter Oberflächen. Vielleicht war sie auch einfach erst in die eine und dann ebenso willkürlich in die andere Richtung gewachsen. Sie wird sicher erneut von irgendwoher austreiben, dachte ich.

Marie stand am Zaun und sah mich an, sie kaute auf etwas herum.

»Was hast du da im Mund?«

»Beeren.«

»Spuck aus.« Ich rannte zu ihr. Aus ihrem Mund fiel ein dunkelblauer Klecks zu Boden. »Mach den Mund auf!« Ich zupfte noch ein paar Stückchen von Maries Zunge. »Woher hast du das?« Ich fasste sie an beiden Schultern, und sie sah mich erschrocken an. Ihr Gesicht ganz schmal. Sie deutete zum Toreingang. Wein wuchs daran. »Sicher?«, fragte ich.

Marie nickte.

Ich pflückte eine Traube. »So eine?«

Sie nickte wieder, stand immer noch erstarrt da, ihre Augen füllten sich mit Tränen. Ich schob mir die Traube in den Mund, die Haut platzte, gab eine körnige Struktur frei, sauer war sie, an meinem Gaumen zog sich etwas zusammen.

»Ich dachte, du hättest Efeu gegessen. Der ist nämlich giftig.«

»Da ist doch gar nichts zum Essen, keine Beeren.«

»Stimmt«, sagte ich. Und dann: »Weißt du was? Wir packen uns ein paar von den Trauben ein und fahren zum See.«

An der Straße entlang war es laut, einige Lastwagen fuhren vorbei, immerhin lag der Fahrradweg versetzt hinter einem Grünstreifen. Marie radelte vor mir. Kräftig trat sie in die Pedale, der Fahrradhelm wackelte rhythmisch mit ihrem Kopf. Über den Wipfeln der Bäume sah ich einen sicherlich vierzig Meter hohen Funkmast, dessen Antennen von der Stahlkonstruktion aus in verschiedene Richtungen wiesen. Unter meiner Haut kribbelte es, besonders in den Händen. Ich löste sie abwechselnd vom Lenker und bewegte die Finger. Wir fuhren vom Wald in offenes Gelände. Ich mochte die Landschaft. Die Äcker waren nicht so überdimensioniert, wie ich es in anderen Teilen des Landes schon gesehen hatte, wo sie bis zum Horizont reichten. Hier veränderte sich die Struktur, zwischen den Feldern gab es Haine, dann wieder größere Waldstücke. Die kleinen Ortschaften lagen verstreut und bestanden aus Fachwerk- oder geklinkerten Häusern. Auf der Straße überholte ein Auto mit aufheulendem Motor ein anderes. Es wird bestimmt auch eine Strecke durch den Wald und über die Felder geben, dachte ich. Wobei der Mast wahrscheinlich weiträumig umzäunt war.

Tom und ich hatten hier einmal im Ferienhaus eines Bekannten Urlaub gemacht. Eines Mittags, als Marie auf dem Bett eingeschlafen war, hatten wir uns möglichst still, das Haus bestand nur aus einem Raum, auf dem Boden geliebt, lediglich das Reiben unserer nackten Körper über die Dielen und mein von Toms Hand gedämpftes Stöhnen war zu hören gewesen. Als Tom kam, sah er mir in die Augen, was sich anfühlte, als wiederholte sich sein Orgasmus in mir. Tom hatte diesen Urlaub immer unsere *Auszeit* genannt, trotzdem hatte er erleichtert gewirkt, als wir in die Stadt zurückgefahren waren. Diese Zeit war schon etwas her, ich überlegte, mir war das Gefühl für die nahe Vergangenheit abhandengekommen. Marie war damals noch ein Baby gewesen und hatte im Fahrradanhänger gelegen, den wir mitgenommen hatten. Aus dieser Zeit also erinnerte ich mich an den See. Auch an den Waldweg, in den wir nun einbogen. Nach einigen Hundert Metern war die Wasseroberfläche zwischen den Bäumen zu sehen. Das Gewässer wirkte wie ein friedliches, schlafendes Wesen.

Als ich einen Fuß ins Wasser hielt, verschwand das Bild. Marie und ich wateten in den See. Das Wasser war klar, unsere Füße wirbelten Sand auf. Hinter uns blieben unsere Abdrücke im Grund erkennbar. Die kleinen, engen von Marie und die mehr nach außen gestellten von mir. Ich zog Marie an der Hand in Schlangenlinien neben mir her, das Wasser wirbelte um meine Knie. Sie lachte.

»Schau«, sagte ich, wir stoppten.

Vor uns waren Spuren zu sehen, nebeneinanderliegende runde Flächen mit kleinen Strichen, die die Krallen eines Tiers hinterlassen hatten. Wir folgten den Tapsern durchs flache Wasser, bis sie unvermittelt aufhörten.

»Der ist davongeflogen«, sagte Marie und sah um sich.

»Wie du.« Ich hob sie aus dem Wasser, drehte mich mit ihr und ließ sie sanft zurückplatschen. Marie quiekte. Ich legte mich neben sie ins Wasser und wirbelte mit den Füßen. Sie machte es mir nach. So spritzten wir uns gegenseitig nass und lachten. Auf die Arme gestützt kam ich auf Marie zu, die davonrannte, dann verharrte, bis ich mich ihr wieder näherte, um erneut wegzuspringen.

»Weiter, weiter!«, rief sie, als ich aufstand, um ans Ufer zu gehen.

Immer war ich es, die die Spiele mit ihr beendete. Jedes Mal mit einem kleinen Stich, in dem der Gedanke steckte, meiner Tochter nicht zu genügen. Marie konnte unermüdlich spielen, ihre Freude ließ nicht nach. Sie würde hoffentlich bald Kinder kennenlernen. Sie musste. Zuletzt waren wir nur noch in der Wohnung gewesen, und ich war immer weiter ausgefranst in den zeitlosen Tagen, die sich lediglich noch durch Mahlzeiten und Spiele strukturiert, ansonsten aber in eine schreckliche Leere hingezogen hatten.

Jetzt saßen wir auf unserer Decke und aßen belegte Brote, Trauben und tranken Tee.

»Gut, dass du die Trauben entdeckt hast«, sagte ich, »die müssen wir uns nicht mehr im Supermarkt kaufen, wir können sie einfach pflücken. Überhaupt wird uns die Natur viel schenken, Brombeeren, Blaubeeren, Äpfel. Pilze, aber mit denen kenne ich mich leider nicht aus.«

Marie fing an, im Sand zu buddeln.

Ich hatte mir ein Buch über Hochbeete gekauft, wollte Salat, Möhren und Gurken im Garten anpflanzen. Ich hatte keinerlei Erfahrung, aber ich würde es schon lernen. Ich ließ mich seitwärts auf die Decke sinken und schloss die Augen, mein Körper warm von der Sonne. Auch dafür war ich hergezogen, für diese Momente. Es war einfach stimmig. In den Kiefern knackten die Zapfen, ließen einen Rhythmus entstehen, tief in den Wald hinein.

Tom wäre nicht mitgekommen. Er wäre uns nicht gefolgt, Marie und mir. Er hatte mich nur verständnislos angesehen, wenn ich gesagt hatte, ich könnte dieses Leben nicht mehr leben. Eigentlich aber hatte er mich überhaupt nicht mehr angesehen. Wir sahen in der Wohnung aneinander vorbei. Wir schnitten zwar nebeneinander auf der Ablage Gemüse, Tom Zwiebeln, ich Karotten, unsere Messer hackten im gleichen Takt, unsere Ellbogen berührten sich manchmal dabei. In der engen Küche drängten wir uns aneinander vorbei, griffen nach einem Tuch oder Gewürzen. Wir sahen Marie an, sprachen mit ihr am Tisch. Aber wir hatten uns nicht mehr aufeinander bezogen.

Auf der Bahre hätte ich sein totes Gesicht fast nicht mehr erkannt. Die große Nase hatte ich ganz vergessen. Die großporige Haut. Er wirkte älter, als er in meiner Vorstellung gewesen war. Und auch erschrocken, trotz der erschlafften Gesichtsmuskulatur. Es kam mir vor, als wäre sein abrupter Kollaps, bei dem er sich mit Krämpfen auf dem Boden gekrümmt hatte, noch in der Mimik konserviert.

Ich erwachte mit Kopfschmerzen. Marie schlief neben mir. Sie hatte sich in der Nacht immer weiter an mich herangedrängt, sodass wir am Ende beide quer auf der Matratze lagen. Ich deckte sie wieder zu und ging ins Badezimmer. Mein Mund war trocken, die Zunge pelzig, wenn ich mir damit über die Lippen fuhr. Ich betrachtete sie im Spiegel. Weiß belegt. Ein hässliches Organ.

Maries Zunge hatte sich beim Saugen um meine Brustwarze geschmiegt, sie an den Gaumen gedrückt, damit die Milch floss. Der Einschuss hatte in der Brust gekribbelt, zugleich hatte Maries Rücken in meinem Arm vibriert. Wenn ich sie löste, sah ich in ihrem noch geöffneten Mund die wannenartige Form des kleinen Muskels. Ich selbst hatte als Kind die Flasche bekommen, sonst wäre ich wahrscheinlich betäubt worden von dem, was damals schon im Körper meiner Mutter gewirkt hatte. Meine Zunge hatte sich um Silikon gestülpt, erst beim Küssen als Jugendliche um etwas Menschliches. Später hatte ich mit ihr Toms Penis berührt.

Ich nahm die Zahnbürste und putzte mir die Zähne, schabte auch einige Male über die Zungenoberfläche. Gurgelte lange mit Wasser. Als ich ausspuckte, war die Zunge noch immer belegt.

Tom und ich hatten uns ein Kind gewünscht. Wir waren beide mit unserem Studium fertig, er arbeitete seit drei Jahren als Wissenschaftlicher Assistent an der Universität, ich als freie Lektorin.

Bei einer Silvesterparty dienten uns die nun überflüssig gewordenen Kondome als Luftballons, mit denen wir den Tisch dekorierten. Als die Gäste gegangen waren und wir auf dem Balkon saßen, füllte Tom in zwei der Gummiteile Schnaps, der bitter und staubig schmeckte und uns über die Lippen rann, weil das Material uns wegrutschte. Wir leckten uns gegenseitig den Alkohol von Kinn und Händen. Dann krochen wir ins Bett, um uns so nahe zu kommen wie nur möglich. In diesen Morgenstunden des neuen Jahres erzählten wir uns unsere Geschichte, alles, was uns an ihr wichtig erschien. Wie wir uns kennengelernt hatten, nämlich zufällig im Gesundheitszentrum beim jährlichen Check-up, was bereits ungewöhnlich war. »Wie in alten Zeiten«, hatte Tom dazu gesagt. Mein scheuer Blick, der ihm so gefallen hatte. Bei unserer ersten Verabredung hatte ich immer wieder verlegen auf die Tischplatte gesehen und die Kaffeetasse in meinen Händen gedreht. Seine sinnlichen Lippen, die er geschlossen hielt, als wir uns dann küssten. Toms Zunge war nicht in mich eingedrungen, und ich war froh darüber gewesen, mich an ihn und seine Berührungen gewöhnen zu können. Unsere ineinandergeschobenen Hände. Während wir sprachen, begann Tom mich zu streicheln, genau so, wie ich es mochte, beobachtete mich dabei mit seinen dunklen Augen. Ich wurde still und ernst, und Tom ließ mir die Zeit, die ich brauchte. Am nächsten Tag waren die beiden Kondome auf den Steinplatten des Balkons festgefroren gewesen.

Ich stand mit einem Kaffee im Garten. Dann setzte ich mich in den Türrahmen zur Küche. So würde ich meine Tochter hören, wenn sie erwachte.

Ein fauliger Geruch. Er schien von der Türschwelle zu kommen. Ich neigte den Kopf zwischen den Beinen nach unten, dann roch ich am Rahmen und an der Wand. Es war eher die Wand. Modrig. Ich stand auf und ging in die Küche, der Geruch verfolgte mich eine Weile.

Den Vormittag verbrachte ich mit Putzen. Unzählige tote Fliegen fegte ich von den Fenstersimsen, manche zerfielen zu Staub, sobald die Borsten des Besens sie berührten. Marie blieb dicht bei mir. Eine Angewohnheit, die sie bereits als Kleinkind gehabt hatte. Egal, wohin ich mich bewegt hatte, sie war mir hinterhergekrabbelt, hatte liebend gerne zwischen meinen Beinen gespielt. Nicht nur einmal war ich dabei über sie gestolpert. Auch auf die Toilette war sie mir gefolgt. Seit sie da war, war ich nie mehr allein gewesen. Das, was ich mir gewünscht hatte und nun manchmal doch kaum aushalten konnte.

Marie hielt eine Sprühflasche zur Reinigung der Fenster in der Hand, das Ding kam aber auch an allen möglichen anderen Stellen zum Einsatz. Das Putzen strengte mich an. Das obere Stockwerk betrat ich erst gar nicht, obwohl sicher noch ein blutiger Streifen in dem Zimmer zu sehen war. Schritt für Schritt, sagte ich mir. Und doch, es war viel. Die Fenster waren noch staubig und verschmiert. Die Badewanne würde ich heftig schrubben müssen, um die rauen Stellen wegzukriegen. Immerhin war nun der Boden sauber.

Anschließend fuhren wir mit dem Auto in den Nachbarort. Der Supermarkt hatte einen großen Parkplatz und schien von Menschen aus einem weiten Umkreis angesteuert zu werden. Auf der Ladefläche eines Pick-ups stand ein schwarzer Hund und jaulte. Als ich mit Marie am Einlassdrehkreuz stand, öffnete es sich nicht. Ich hielt die Hand gegen das Lesegerät, nichts tat sich. Unschlüssig blieb ich stehen und sah zur Kasse. Menschen schoben ihre Waren über den Scanner, Bildschirme blendeten die Preise ein.

»Abgelaufen?«, fragte ein Mitarbeiter des Marktes, der mit einem kleinen Gerät in der Hand auf uns zukam.

»Nein, ich bin neu hergezogen, aber eigentlich dürfte das kein Problem sein.«

»Rechts oder links?«, fragte der Mann.

Ich hielt ihm die Linke hin. Er richtete sein Gerät darauf. Zwei Männer sahen von der Obsttheke herüber, hinter ihnen rieselte ein Nebelfilm über Papayas und Mangos. Eine Frau drängte sich an uns vorbei, das Drehkreuz klickte eins weiter.

»Ich lese das mal aus«, sagte der Mann. Er betrachtete die Anzeige und runzelte die Stirn.

»Was ist?«, fragte Marie.

»Ich weiß es auch nicht«, sagte ich gereizt.

»Sie müssen sich erst freischalten lassen«, sagte der Mitarbeiter.

»Ich bin freigeschaltet.«

»Offensichtlich nicht.« Der Mann scrollte auf dem Display und schien zu lesen, was da stand. »Nicht für Rural«, ergänzte er.

»Doch, für alle Sektoren.« Meine Stimme hüpfte vor der letzten Silbe auf.

Marie sah mich an und griff nach meiner Hand.

Der Mann hielt mir das Gerät hin. Grüne Buchstaben, rote. Ich wollte es mir nicht genauer ansehen. Das würde da schon stehen.

»Gehen Sie doch einfach zum Hub Center«, sagte er,

wobei er *Hub* mit einem deutschen U aussprach. »Wenn Sie hier wohnen, ist das kein Problem.«

Ich hatte bereits Formulare ausgefüllt, unzählige Fragen einer weiblichen Computerstimme beantwortet, deren Freundlichkeit und Genauigkeit mich wütend gemacht hatte. Auch wenn es keinen Grund gegeben hätte, warum mein Zugang auf die ländlichen Gebiete nicht erweitert werden sollte – die Gegend hatte einen niedrigen Score –, war meine Anspannung so heftig geworden, dass ich mich nicht mehr hatte konzentrieren können. Immer wieder hatte ich vor dem Bildschirm gesessen, auf die Umprogrammierung gewartet und mich zwischendurch geohrfeigt.

Jetzt schlang Marie ihre Arme um meinen Bauch.

»Was ist so schlimm daran?« Der Mann schüttelte den Kopf.

Ich war müde, als wir nachmittags am See saßen. Nun hatten wir Äpfel, Brezeln und die Haferkekse, die Marie so mochte. Einige Eltern waren mit ihren Kindern auch da. Die meisten waren nackt, und ich haderte mit mir, weil ich einen Badeanzug anhatte. Zugleich hätte ich mich ohne ihn unwohl gefühlt. Ein Mann mit dichten langen Haaren und Vollbart spielte Gitarre und stimmte dazu einen hohen Singsang an. Ein Mädchen übte ununterbrochen Radschlagen im seichten Wasser. Ein Junge in Maries Alter rannte auf sie zu.

»Willst du die Frösche sehen?«, fragte er.

Marie sah von dem Jungen zu mir, wieder zu ihm. Sie hatte den Mund geöffnet und die Zungenspitze an die Zähne gelegt, das tat sie immer, wenn sie freudig und zugleich unsicher war. Dann stand sie auf und folgte dem Jungen. Er zeigte ihr den Weg ins Schilf. Kurze Zeit später hörte ich die beiden jauchzen. Sie versuchten wohl, die kleinen Hüpfer in ihren Händen zu fangen. Ich blickte in den klaren Himmel, der von Kondensstreifen durchkreuzt war. In meinen Schläfen pochte es, und ich war durstig. Als ich mir mit der Zunge über die Lippen fuhr, schmeckten die metallisch.

»Hey«, der Mann stand nackt vor mir. Ich sah ihm ins

Gesicht und hielt mir dabei die Hand über die Augen, weil die Sonne blendete. »Die verstehen sich wohl gut«, sagte er und nickte in Richtung der beiden Kinder.

»Gestern habe ich mir genau hier gewünscht, dass Marie andere Kinder kennenlernt. Wir sind neu hergezogen.« Ich setzte mich auf.

Der Mann kniete sich neben mir in den Sand. »Darf ich?«

»Klar.« Ich lächelte ihn an.

»Woher denn?« Er fuhr sich durch die langen Haare, ich sah den herausgewachsenen Undercut in seinem Nacken.

»Tech-Republik.«

»Da wollen doch alle hin.« Der Mann betrachtete mich aufmerksam.

»Wir nicht.« Ich hielt seinem Blick stand.

Er schmunzelte. »Wir gehen Sonntagnachmittag zu einem Hofkonzert von Freunden. Falls ihr auch kommen mögt.«

»Gerne, wo denn?«

»Ich gebe dir nachher die Adresse«, sagte er und fuhr dann fort: »Wir sind schon vier Jahre hier. Ist gut für die Kinder.«

»Das dachte ich mir auch, dass es gut für Marie und mich wäre.«

»Ist ein ehrlicheres Leben.« Er sah Richtung Wasser.

»Ich hatte heute beim Einkaufen Probleme mit meinem Zugang.« Ich verdrehte die Augen.

Der Mann schien kurz zu zögern, dann sagte er: »Ich arbeite auf einem Bauernhof. Da kannst du dich an der Ernte beteiligen und direkt etwas vom Hof bekommen. Was es halt so gibt, Kartoffeln, Kohl, Salat.« Er nannte den Ort.

Wir blickten beide zu den Kindern.

»Ich hole nur dort, was wir brauchen.« Eine Wehmut lag in seinem Lächeln, die ich nicht deuten konnte.

Marie schien jetzt einen Frosch in der hohlen Hand zu halten, der Junge beugte sich darüber, und seine größere Schwester rannte durch das flache Wasser zu den beiden. Marie freute sich. Über das kleine Wesen, das sie gefangen hielt, über die anderen Kinder, die Aufmerksamkeit. Ihr Grübchen auf der linken Wange war jetzt sicher zu sehen, wie immer, wenn sie froh war und lächelte.

»Gehen deine Kinder in den Kindergarten?«

Der Mann zögerte. »Konrad, ja«, sagte er schließlich, »die Große in die Schule. Manchmal zumindest.« Er sah mich wieder an. »Ich bin übrigens Fabian.«

Ich stellte mich auch vor. Wir unterhielten uns über die Städte, aus denen wir jeweils kamen. Abgegrenzte Spielplätze und Langeweile.

»Ich bin rasch überfordert, auch mit den Kindern, und werde dann laut«, sagte Fabian. »Hier ist die Energie nicht so aufeinandergezwängt. Es passiert mir nicht mehr so schnell.«

»Mit Marie in der Wohnung war es manchmal auch heftig für mich. Eng.«

»Hier ist alles weiter«, sagte Fabian, »du kannst anders schwingen.«

Es hatte eine Phase gegeben, in der ich mit Tom wegen der Stadt und unserem Leben viel gestritten hatte, bis ich es irgendwann unterließ, überhaupt das Thema anzusprechen. Dabei wollte ich nie mit ihm streiten. Ruhig und sachlich wollte ich ihm erklären, warum ich mich nicht mehr wohlfühlte, führte die Gründe auf. Die Strahlungen zum Beispiel, die elektromagnetischen Felder, die mittlerweile schon von unseren Körpern ausgingen und insbesondere auf das feine Immunsystem von Kindern wirkten. Von Marie. Ich hatte auf die gesundheitlichen Folgen hingewiesen, die Schädigung des Erbguts.

»Du weißt, dass es dafür keine wissenschaftlichen Beweise gibt«, hatte Tom gesagt.

»Doch, die Studien sind nur diskreditiert worden – durch Wissenschaftler, die von der Industrie finanziert werden.«

»Na klar«, Tom schüttelte den Kopf. Dann ergänzte er: »Weißt du, das Haus meiner Eltern stand direkt neben einem Funkmast. Wir haben als Kinder im Garten darunter gespielt. Wenn das schädlich gewesen sein sollte, müsste ich doch etwas spüren, Folgen oder so.«

»Vielleicht war es das auch, und die Folgen kommen noch.«

»Du und deine negativen Projektionen. Als würdest du dich freuen, wenn ich krank werde. Dann hättest du deinen Beweis.«

Ich starrte ihn an.

»Vielleicht ist aber irgendwann auch das ganze synthetische Zeug schuld, das wir zusammen genommen haben. Erinnerst du dich?«

Als wir uns kennengelernt hatten, waren Tom und ich viel in Clubs unterwegs gewesen. Am frühen Morgen hatten wir an der Absperrung des Ausgangs gestanden, unsere Finger miteinander verhakt, und waren zusammen in das aufkommende Rauschen aus Taxis und anderen Autos getreten, miteinander verbunden. Wir hatten unsere weiten Pupillen mit den freien Händen vor der Sonne schützen müssen. Später waren wir auf Toms Futon nackt und ineinander verschlungen zwischen unseren nach Rauch riechenden Klamotten eingeschlafen. Nach dem Studium hatten diese Nächte schlagartig aufgehört, als wäre es nur in dieser begrenzten Zeit erlaubt gewesen, lange wach und ausgelassen zu sein.

Das Schlimme war, dass es mir gar nicht nur um die Strahlenbelastung ging. Nicht primär, sie war nur ein Feld, auf dem ich argumentieren, auf dem ich mich an das herantasten konnte, was mich belastete. Immerhin gab es Zahlen und Fakten, auch wenn Tom sie abtat. Es ging mir um etwas, das dem zugrunde lag, das schwerer zu fassen war, weil es eine Perspektive benötigte, die er nicht einnehmen, nicht einmal nachvollziehen wollte. Und statt darauf einzugehen, fragte er mich, wo meine Freude geblieben sei. Das Unbändige in mir, weswegen er sich damals in mich verliebt hätte. »Du warst voll da, auch ohne Drogen, einfach so«, sagte er. Nun sähe ich nur noch Probleme. Sein Blick war abschätzig, abwertend.

Ich zog das Blatt einer Brennnessel durch den Teig.

»Darf ich auch?«, fragte Marie.

»Weißt du noch, wie du sie anfassen musst?«

Sie nickte.

Wir hatten die Brennnesseln auf dem Rückweg vom See entdeckt. Ich hatte laut gesungen, dann abrupt abgebremst, das Rad zur Seite fallen lassen und auf Marie gewartet, die hinter mir hergefahren kam und mich neugierig ansah. Ich packte sie, auch das Kinderfahrrad fiel auf den sandigen Weg, und drückte sie an mich: »Du süße Schlumpel-Biene.« Marie quiekte.

Als sie kleiner gewesen war, hatte Tom sie häufig in die Luft geworfen und wieder aufgefangen. Nur einmal hatte ich das auch getan und dabei die Augen geschlossen. Marie war trotzdem direkt in meinen Armen gelandet. Danach hatte ich mich das nicht mehr getraut, mir selbst nicht mehr vertraut. Und nun war sie zum Glück viel zu schwer dafür.

»Und dich, liebe Brennnessel, mag ich auch!«, sagte ich, als ich Marie wieder auf die Füße gestellt hatte, zu einer weiten Fläche, auf der die Halme wild wucherten. Sie gehörten alle zu einer einzigen Pflanze, in der Erde miteinander verbunden. Eine Art Rhizom. »Auch wenn wir dich nachher verspeisen werden. Mit Respekt, versteht sich.«

Ich hatte vorsichtig ein paar Samen abgezupft und sie mir in den Mund gesteckt, mit der Zunge zerdrückt, sie ließen eine saure Flüssigkeit frei. Marie wollte es mir nachmachen, und ich erklärte ihr, wie es ging. Auch das mit den Blättern. Wenn sie die Pflanze in Wuchsrichtung anfasste, konnte die das Gift nicht absondern. Dann legten sich die Härchen an den Stängel. Nur die unbedachte Bewegung von oben führte dazu, dass sich die Säure löste.

Das Öl in der Pfanne fing an zu brutzeln, und wir taten die vom Teig triefenden Blätter hinein. Marie stand auf einem Stuhl neben mir am Herd. Ich drehte den Kopf zur Seite.

»Hast du dir wehgetan? Du schaust so komisch«, Marie sah mich an.

Der Teig zitterte im Fett und verfestigte sich allmählich, wurde braun. Mit einem Heber drehte ich die Blätter um.

»Wie schön deins ist«, sagte ich zu Marie, ging nicht auf ihre Frage ein.

»Ein Weihnachtsbaum mit Schnee«, sagte sie.

»Ich freue mich schon darauf, sie zu probieren. Etwas zu essen, das direkt von hier kommt, von uns geerntet.« Richtig wohl fühlte ich mich allerdings nicht, irgendetwas stimmte nicht.

Als wir abends auf der Matratze lagen, hatte ich so heftige Kopfschmerzen, dass es mir schwerfiel, Marie etwas vorzulesen. Ich rieb mir die Stirn, es half nichts. Am liebsten hätte ich die Augen geschlossen und wäre eingeschlafen. Doch so las ich Seite um Seite, auch wenn ich manchmal nicht wusste, worum es ging, es lief automatisch ab, selbst bei den unterschiedlichen Stimmen der Figuren. Und dann las ich noch ein weiteres Buch vor. Ich konnte es Marie nicht abschlagen, wenn sie mit ihrer hellen Stimme darum bat: Noch eins, nur noch eins! Es war eine so besinnliche Zeit, wenn der Tag von uns beiden abfiel, meine Tochter sich vertrauensvoll an mich schmiegte. Und doch erwiderte mein Körper es nicht. Auch als Marie schlief, fand ich keine Ruhe.

In meiner Stirn saß ein fieser Schmerz und nervte, also ging ich ins Bad. Mein Gesicht war verquollen. Ich streckte die Zunge heraus, sah wieder diesen Belag. Als wären die Papillen mit Kleister eingepinselt worden. Eine weiße Landschaft, zerklüftet zur Falte in der Mitte hin. Am Rand linsengroße Knospen, die gelblich belegt waren. Ich berührte die Zunge mit dem Finger. Sie gab weich nach, war samtig und überraschend elastisch, wie eine warme Schlafstatt. Ich fuhr mit dem Nagel darüber, um zu sehen, wie der Belag sich verhielt. An meiner Fingerkuppe sammelte sich weißer Schaum. Er roch nicht gut. Ich betrachtete wieder die Zunge, die unverändert belegt war. Egal wie häufig ich die Prozedur wiederholte, es waren lediglich Striemen zu sehen, aber keine rosige Fläche kam zum Vorschein, die Zunge blieb weiß.

Nicht anders am nächsten Morgen. Ich wachte auf und nahm sofort meine Zunge wahr, wie sie die Mundhöhle ausfüllte, wie die Oberseite sich an den Gaumen presste, sie seitlich die Zähne berührte. Und dort, an den Rändern, sonderte sie etwas ab, das synthetisch schmeckte. Ich bewegte sie hin und her, die Zunge verdickte sich in der Mitte und wurde dann wieder länglich und flach. Ich streckte sie heraus, ein unangenehmer Geruch, und fuhr mit ihr über die Lippen. Es war, als nähme die Absonderung, die ich im Mund so deutlich wahrgenommen hatte, meinen Lippen die Empfindung. Sie fühlten sich betäubt an.

Eine Möbelpackerin war bereits vor dem Umzugswagen da. Wie erstaunt war ich, als eine Frau aus dem Auto stieg. Sie war knapp hundert Kilometer angereist. Wir standen zusammen vor dem Haus und sahen die Straße entlang.

»Die buchen mich immer wieder als Hilfe dazu. Wenn es einen Umzug im Umkreis gibt.«

Die Frau hatte braunledrige Haut und schöne blaue Augen. Mitte sechzig wahrscheinlich. In ihrem Leben hatte sie viel mit ihren Händen gearbeitet, die Knöchel waren schwielig, überhaupt wirkte es, als könnte sie die Finger nicht mehr durchstrecken, sie blieben gekrümmt, egal was sie damit machte.

»Wollte mit den Enkeln heute eigentlich ins Zukunfts-Lab«, sagte sie.

»Und jetzt ist mein Umzug dazwischengekommen«, sagte ich. Dabei nahm ich meine Zunge wahr, den Speichel, der sich im Unterkiefer sammelte. Zu viel.

»Passt schon, machen wir morgen dann.«

Sie hatte sicher ihr ganzes Leben hart gearbeitet, körperlich, und es reichte trotzdem nicht. Bei mir könnte es auch so werden. Das bisschen Lektorat, eine Broschüre hier, eine Webseite da. Ich schob den Gedanken beiseite.

Die Frau sah mich an. »Und Sie ziehen hier mit Ihrer Tochter ein?«

Ich nickte.

»Ziemlich einsam.«

»Und idyllisch.« Es hörte sich pappig an, wenn ich sprach. Ich war durstig. Unruhig auch. Beim Frühstück hatte ich Marie gefragt, wie sie sich fühle. Gut – das sagte sie wie immer. Sie wirkte aber auch so, ausgeglichen. Maries Zunge, die ich betrachtete, als sie ihr Müsli aß, sah normal aus.

Die Spediteure trugen die Sachen ins Haus. Die Frau war kräftig, mit einem Gurt hatte sie einen Unterschrank auf ihrem Rücken fixiert, setzte konzentriert einen Fuß vor den anderen, das Gesicht gerötet. Ich stand im Flur und dirigierte Möbel und Kisten in die Zimmer. Mir fiel auf, dass ich zwischen Toms und meinen Dingen unterschied. Sein Sessel, das Sideboard und sein Schreibtisch wurden vorerst ins obere Stockwerk verräumt. Darum wollte ich mich später kümmern.

Einer der Umzugsleute ging abschließend mit mir die digitalen Dokumente durch. An verschiedenen Stellen setzte ich meinen Daumenabdruck auf das Gerät, bestätigte, dass nichts zu Schaden gekommen war. Mir war mulmig.

»Möchten Sie alle noch auf einen Kaffee und ein Stück Kuchen bleiben?«, fragte ich. »Ich kann rasch etwas vom Bäcker holen.«

Die Männer und die Frau schüttelten die Köpfe, freundlich, aber klar. Sie wollten zu ihren Familien, es war Samstag. Marie und ich winkten dem Möbelwagen in die eine Richtung, der Frau in ihrem Auto in die andere Richtung nach, bis sie aus unserem Sichtfeld verschwunden waren und wir wieder einsam an der Straße standen. Kurz fühlte ich mich auch so: einsam. Dann drehte ich mich um und betrachtete das Haus. Das Fachwerk machte es schön. Zwischen den weißen Steinen war grauer Mörtel, die Fenster waren eher klein und wirkten durch die dunkelbraunen Kästen der Rollläden gedrückt. So gesehen war das Haus bieder, spießig. Neben der Haustür haftete noch Efeu an der Wand. Ich war mir sicher, ihn dort bereits entfernt zu haben, und riss ihn ab. Der Geruch von Moder zog mir in die Nase.

Eine Frau kam um die Ecke, sie war auf einen Rollator gestützt und hatte einen kläffenden Hund an der Leine, mit dem sie leise schimpfte. Marie hielt dem Hund ihre Hand hin, er schnupperte daran.

»Sie wohnen jetzt hier?« Die Frau blickte von unten auf, sie hatte einen Rundrücken.

»Ja, wir sind Gesa und Marie.«

»Stand ja lange leer«, sagte die Frau.

»Das ändert sich jetzt.«

»Wir dachten schon, die Marder leben darin.«

»Warum?«

»Anfangs ist die Tochter noch gekommen und hat manchmal das Gestrüpp entfernt. Dann ist sie nicht mehr aufgetaucht.«

»Sie wohnt weit weg, im Süden, glaube ich.« Ich hatte die Vorbesitzerin nicht kennengelernt, alle Kommunikation und auch der Vertrag waren über den Makler gelaufen.

»Kann sein«, sagte die Frau.

»Und Sie leben hier im Ort?«

Die Frau wedelte mit der Hand hinter sich. »Los«, sagte sie zu dem Hund und zog an der Leine.

Zuletzt hatte ich als Lektorin für eine Agentur gearbeitet. Einmal musste ich zwei Webseiten über das Quartier, in dem Tom und ich lebten, Korrektur lesen. Die eine Seite startete mit einem Video. *Die digitale Welt ist unbegrenzt, alle Möglichkeiten stehen uns darin offen, lasst uns gemeinsam in ihr wachsen,* blendete sich handschriftlich ein. Ein junger Mann fuhr auf einem dieser leichten Fahrräder, die kein Schutzblech, kein Licht und keine Gangschaltung hatten, durch die Straßen. Vorbei an Kindern auf Grünflächen, Frauen mit Lastenrädern, die grüßten. *Der Ort für eine Nachbarschaft, die sich als Kollektiv begreift*, erschien als Schriftzug und verschwand. Es waren auffällig viele Vögel am blauen Himmel zu sehen. Ein Igel tapste über den Weg des Mannes, und er wich aus. *Echte Nachhaltigkeit bedeutet, vorhandene Ressourcen bestmöglich zu verwerten.* Vor einem Massivholzbau mit großer Glasfront stieg er ab, schulterte das Fahrrad und ging in eine Art Büro. *Alle, die sich einbringen, werden etwas davon haben.* Eine Frau sah von ihrem Bildschirm auf und lächelte, mehrere Menschen standen um eine 3D-Installation, die sich im Raum bewegte. Sobald jemand mit dem Finger tippte, wurden Zahlenreihen und Konstruktionen angezeigt. »Wir sind die neue Avantgarde. Wir leben und arbeiten an der nächsten Dimension. Die technologischen und digitalen Möglichkeiten sind unser Antrieb. Wir geben alles, um eine neue Form des Lebens zu kreieren«, sagte eine Frauenstimme. Ich merkte an, dass *leben an der nächsten Dimension* grammatikalisch falsch war. Dann las ich die Beiträge, die sich auf den Unterseiten befanden.

Die andere Webseite richtete sich an Unternehmen, auch hier war das Video mit dem Fahrrad fahrenden Mann zu sehen. *Vor Ort zu sein, wo Zukunft gestaltet wird*, hieß es, *zusammen mit einer internationalen, dynamischen, techbegeisterten Avantgarde, die bereits einen Schritt weiter ist.* Unser Quartier wurde vorgestellt, da es als Prototyp für die anderen Zentren fungieren sollte, wobei mittlerweile alle mittelgroßen bis großen Städte so konzipiert waren. *Wir leben, was wir lieben, wir arbeiten an dem, was wir sind.* Ich setzte ein paar Fragezeichen, entfernte sie wieder. *Fließend* und *transparent* waren die Worte, mit denen beschrieben wurde, wie öffentliche und private Bereiche ineinander übergingen. Gemeint war, dass die digitale Infrastruktur alle Daten zur Verfügung stellte, soweit dies durch Technologien, durch biointelligente Systeme und humane Schnittstellen möglich war. Die städtische Fluktuation, aber auch die Handlungen der Menschen, waren das, womit geworben wurde. Der Mann auf dem Fahrrad, die Frau mit dem Lastenrad, die Kolleginnen und Kollegen im Büro. Tom, Marie und ich. Der Daten-Trust, der offenlegte, wie der oder die Einzelne für sich und in der städtischen Umgebung funktionierte. Die Erfassung unseres Verhaltens wiederum konnte in eine optimierte Produktentwicklung einfließen. *Was wir von Menschen wissen und lernen, ihre Bewegungen, ihre Entscheidungen, bringen wir ein, um die Welt smarter zu machen.* Letztlich wurden wir den Unternehmen zur Entwicklung von Produkten angeboten, an denen wir dann selbst arbeiten und sie anschließend vor Ort anwenden konnten. Sie sollten unser Leben vereinfachen. Nach einer Auflistung der Gebäudeabmessungen, der Nutzungsmöglichkeiten und einer Beschreibung der Datenplattform kam eine Auflistung von Zahlen. Es war ein Geschäftsfeld mit 45 000 direkten Arbeitsplätzen und einem geschätzten Marktvolumen von 9,4 Billionen Euro im Jahr 2040. *Wir können uns auf eine biotechnolo-*

gische Zukunft freuen. Und als Akteurinnen und Akteure auch auf eine gute Kapitalrendite.

Eigentlich sollte ich mich freuen. Ich nahm die Kleidung aus der Kiste, schüttelte sie aus, faltete sie wieder und legte sie in den Schrank, der genau zwischen die Küchentür und die Treppe nach oben passte. Ein alter Bauernschrank mit messingbeschlagenen Griffen, den ich als Studentin bei einem Trödelhändler gekauft hatte. Doch das Gefühl stellte sich nicht ein. Es gab einen Widerstand, der mit der Unruhe zusammenhing, die mich erfasst hatte.

Im Garten hatte ich Marie eine kleine Wanne und mehrere Töpfe und Tassen hingestellt, die sie mit Wasser befüllte, dann um- und ausschüttete. Ich stellte mich neben sie, Marie hatte nasse Füße, ich sah zur Hauswand. In die Balken waren römische Ziffern gekerbt, wahrscheinlich damit sie in der richtigen Reihenfolge eingesetzt werden konnten. Das Holz hatte sich in der Wärme des Sonnenlichts unzählige Male aufgewölbt und bei Kälte wieder zusammengezogen, war dadurch aufgeklafft. Es gab Risse, mehrere Zentimeter tief. Ich dachte an die Krähe, das so offen daliegende Innere. An Tom unter der Erde, der sicher auch erst angeschwollen und dann in etwas Flüssigem zusammengesackt war, durchlässig, löchrig bis auf die Knochen geworden war, immer noch wurde. Unansehnlich und unansehbar, stinkend lag sein Kadaver dort, bevölkert von Pilzen und Bakterien. Ich trat an das Haus heran, um die Balken zu berühren. Die Fasern des Holzes verliefen in Längsrichtung. Aus einem Astloch, faltig umsäumt, hatte sich Harz wie eine Träne gelöst. Ich roch daran, dann am Klinker. Der Geruch widerte mich an.

Ich durchwühlte die Kisten, die in einem der unteren

Zimmer standen, meine Wangen waren heiß, meine Arme kribbelten. Marie kam und beobachtete mich vom Türrahmen aus.

»Was suchst du?«

»Magst du nicht im Garten weiterspielen?« Ich wollte dem Gefühl, das in mir aufkam, nachspüren, um es zu besänftigen. Das erforderte Konzentration, die Marie mit ihrer Frage zerstreute.

»Was suchst du?«, fragte sie wieder.

»Mein Räucherzeug, den Salbei, die Stäbchen.«

»Für was?«

»Damit wir hier eine bessere Energie reinkriegen. Damit es gut riecht.«

Stoffservietten, Bilder, eine Verpackung mit Weihnachtskugeln, ich verteilte alles auf dem Boden. Ein Fingernagel knickte mir ein, verletzte das Nagelbett. Eine rosa Sichel bildete sich unter dem Nagel. Ich öffnete die nächste Kiste.

»Du bringst alles durcheinander«, sagte Marie.

»Dann hilf mir halt.«

Sie kniete sich neben mich und holte einen Wecker aus der Kiste, drehte an den Rädchen. »Stimmt die Zeit so?«

»Ja.«

»Du hast gar nicht geguckt.«

»Weil ich anderes zu tun habe.«

»Wie kann man den piepen lassen?«

»Willst du nicht wieder in den Garten gehen? Ich komme gleich nach.«

Marie stellte den Wecker auf eine Kiste, legte sich aufs Bett und tat, als schliefe sie. Dann ahmte sie das Klingeln nach, sprang auf und schlug auf das Gerät.

In einem Stoffbeutel fand ich endlich, was ich gesucht hatte. Ich sah zu Marie. Weil die sich wieder schlafend stellte, legte ich mich neben sie und schnarchte in ihr Ohr, was Marie zum Lachen brachte. Sie piepte laut, und ich rieb mir verschlafen die Augen, gähnte.

»Schon so spät«, sagte ich mit Blick auf den Wecker, »ich glaube, ich mache uns mal Frühstück.«

»Jetzt ist schon wieder Abend.« Marie verstellte die Zeiger. »Wir müssen schlafen.«

Ich zündete den Salbei an, die Flamme fraß rasch an den Blättern, ich blies sie aus, die Blattränder qualmten. Ein süßlicher Geruch verbreitete sich. Ich begann am Eingang und ging die Zimmer ab. Marie folgte mir. Ich führte den Salbei die Wände entlang, in den Ecken hielt ich inne und räucherte sie aus, von oben nach unten. Die Rauchschwaden lösten sich langsam auf. Ich summte dabei die Melodie von *Hänschen klein*, etwas anderes fiel mir nicht ein. Marie erkannte das Lied und stimmte singend mit ein. »Ging allein in die weite Welt hinein.«

Als ich ins obere Stockwerk gehen wollte, sagte sie: »Da nicht.«

Ich zögerte, nickte, verspürte auch keine Lust. Eher Unbehagen. Das konnte ich später noch machen. Außerdem hatte ich Kopfschmerzen.

Autos parkten auf den Grünflächen vor dem Haus. Ich reihte unseres neben einem alten Wohnmobil ein. *Konzert* hatte jemand mit bunten Kringeln auf ein Pappschild neben dem Gartentor geschrieben, ein geschwungener Pfeil zeigte nach rechts. Also ging ich mit Marie an der Hand am Haus vorbei, es war ein alter Bauernhof, massiv und kalt. Auf einer freien Fläche standen einige Hütten aus Holz, die alle gleich aufgebaut waren. Eine Seite hatte ein Fenster, die andere eine Tür mit kleinem Vorbau. Auf einer dieser Art Terrassen saß ein Mann, rauchte und sah verträumt in den Himmel. Schon lange hatte ich niemanden mehr rauchen sehen. Es erinnerte mich an meinen Großvater, wie der mit einer qualmenden Kippe vor dem weiß geklinkerten Haus gestanden, die Rollläden hinter ihm halb geschlossen, und in die Ferne gesehen hatte, während der Rauch aus seinem Mund geflossen war. Aus seinen Nasenlöchern hatten immer ein paar Haare herausgeragt. Ich war noch ein Kind gewesen, als er starb, hatte nur Erinnerungen an ihn aus dieser Unterperspektive.

Rund um ein Feuer waren im Halbkreis Bänke angeordnet. Menschen saßen dort, Kinder flitzten umher. Gemütlich sah es aus. Aus einem offenen Holzverschlag holte ich Limonade für Marie und mich. Eine Frau trug einen Hut und ein wallendes Kleid, unter dem sich ein dicker Babybauch wölbte. Sie schwang hin und her, als wäre bereits Musik zu hören. Eine andere berührte sie an der Schulter, sie umarmten einander lange. Die Frau war groß, hatte auffallend helle Augen, buschige Brauen und einen sinnlichen Mund. Ihre Haare waren schwarz, kräftig und lang. Sie wirkte sehr präsent, blickte umher, sah mich, ich lächelte sie an. Die Frau erwiderte mein Lächeln. Ich sah zur Seite, entdeckte Konrad und zeigte ihn Marie. Die beobachtete ihn genau. Als Konrad von einem Baumstamm sprang, zuckte Maries Hand in meiner.

Die Freundin von Fabian kam auf mich zu. »Wir kennen uns vom See«, sagte sie, »schön, dass ihr da seid. Ich bin übrigens Rieke.« Sie umarmte mich ohne Zögern. Rieke hatte kurz rasierte Haare und ein offenes Gesicht. Ein dicker Wollschal war um ihren Hals geschlungen, der nicht zu den warmen Temperaturen passte. Ihr Kopf wirkte zart dadurch. Wir unterhielten uns eine Weile. Konrad kam hinzu, als er Marie entdeckt hatte. Und nach einigem Zögern folgte Marie ihm zum Baumstamm.

»Ich habe gar keine Kasse gesehen.« Ich zeigte zum Eingang, wo die Autos standen.

»Nachher geht ein Hut rum«, sagte Rieke.

»Ich habe kein Bargeld.«

»Dann bring einfach das nächste Mal was mit.«

Ich hob fragend meine Hand mit dem Chip, aber Rieke schüttelte den Kopf. »Das machen die hier nicht«, sagte sie, »ich kann dir aber einen Link schicken, mit dem du überweisen kannst.«

Etwas in mir entspannte sich, auch wenn die leichten Kopfschmerzen blieben. Ich war schon lange nicht mehr auf einem Konzert gewesen. Weil ich abends immer müde gewesen war und hatte schlafen wollen, auch als Tom noch auf Marie aufgepasst hatte. So hatte ich es zumindest gesagt und so war es auch irgendwie gewesen. Der eigentliche Grund aber war, dass ich abgewiesen worden wäre. Meine Zugangsfairness war nicht sonderlich hoch, ich engagierte mich nicht im Quartier, in dem wir lebten. Tom dagegen war unter anderem Teil einer Arbeitsgruppe, in der es darum ging, das Regenwasser zu nutzen. Dafür bekam er Punkte. Und zum Beispiel die Kaffeebohnen aus der Rösterei umsonst. Dass ich mich nicht einbrachte, hing mit einem Druck zusammen, den ich wahrnahm.

»Erpressung«, hatte ich das im Eifer einmal genannt, und Tom hatte mich angestarrt.

»Aber du akzeptierst doch auch, dass ein Brötchen etwas kostet, oder? Und dass du einen Führerschein brauchst, um Auto zu fahren? Dass das gesellschaftliche Leben an Bedingungen geknüpft ist, damit es funktioniert?«

»Schon. Wenn ich mich aber einbringe, dann, weil es mir um die Dinge an sich oder um die Menschen geht.«

»Und das sprichst du uns allen ab? Bist du schon so überheblich geworden?«

Seit Toms Tod war ich im Quartier überhaupt nicht mehr präsent gewesen. Ich lebte mit Marie zurückgezogen in der Wohnung. Niemand wunderte sich darüber, schließlich war ich in Trauer. Offiziell. Das verstanden alle, das Kind noch so klein, ich nun allein, und Tom war ja wirklich ein wunderbarer Vater und Partner gewesen. Nur ich verstand es nicht, denn ich trauerte nicht. Ich dachte viel an ihn, aber traurig konnte ich nicht sein. Denn ich hatte mir seinen Tod gewünscht.

Und jetzt hatten wir einen See in der Nähe. Und Hofkonzerte, zu denen ich gehen konnte. Mit einem Gefühl im Brustraum, von dem ich nicht sagen konnte, ob es angenehm war, sah ich zu Marie, die mit Konrad von dem Baumstamm sprang. Andere Kinder waren dabei, und Marie schien bereits dazuzugehören.

Der Sänger kam von einem indigenen Stamm aus dem Amazonasgebiet, der Sohn des Häuptlings und ein Botschafter seiner Kultur, so stellte ihn seine Partnerin vor. Er trug einen Federschmuck, der sich rund um seinen Kopf aufstellte, das Gesicht rahmte und ihm bis zu den Oberarmen reichte. Ein gewebter Umhang lag um seine Schultern. Ansonsten trug er Pullover und Jeans. Die Frau und er hatten sich rote Streifen über die Augen bis zum Haaransatz gemalt, selbst die Wimpern waren rot bestäubt, was ihren Blick magisch wirken ließ. Sie trug ein dunkelblaues Kleid und schlug auf ein Tamburin. Als sie seine Worte, die er ihr ins Ohr flüsterte, übersetzt hatte, es ging um den Fluss und die Heiligkeit des Wassers, stimmten sie beide einen Gesang an, ein sich wiederholender Text in einer mir fremden Sprache. Dabei hob die Sängerin immer wieder die Stimme an und ließ sie ausklingen, wie eine Frage, die sie stellte, nach der sie fast atemlos auf eine Erwiderung zu warten schien. Ich schloss die Augen, spürte Wärme von vorne, hörte das Feuer knistern und schwang mit dem Auf und Ab des Gesangs mit, ließ mich davon bewegen.

Diese Dunkelheit kannte ich nicht, das Haus war nur noch als Schatten in der Schwärze auszumachen. Auch an einen solchen Himmel konnte ich mich nicht erinnern. Wie aufgereiht folgten die Satelliten einander. Unzählige Gestirne leuchteten, eines sogar rot. Ich ging mit der müden Marie durch den Garten zum Kücheneingang und richtete den Leuchtkegel der Taschenlampe vor uns auf den Boden, dann aufs Schloss, das ich sonst nur hätte ertasten können, und öffnete die Tür.

»Wie findest du, dass es hier riecht?«, fragte ich.

»Gut.« Marie gähnte, setzte sich an den Tisch und starrte mit schweren Lidern in den Raum, die Jacke hing ihr an einer Schulter herunter. Ich spürte einen Druck im Kopf, kaum dass ich das Haus betreten hatte.

»Schlaf bitte nicht hier im Sitzen ein, Mariechen.«

Auf dem Küchentisch stand eine Vase mit Blumen, die wir am Vortag gepflückt hatten, ein paar Steine darum angeordnet. Alte Apothekenbehältnisse, die mit Haferflocken, Rosinen und Mehl gefüllt waren, reihten sich auf der Ablage. Auch der Korb mit dem Schneebesen, der Schöpfkelle, der Reibe. Zwei Bilder von Marie hingen an der Wand, ein Sonnenuntergang und schwarzes Gekritzel, das mir gefiel, weil es so heftig wirkte. Als drückte es direkt eine innere Wut aus. Ich hatte überlegt, auch ein Foto von Tom aufzuhängen, es dann aber gelassen. Auf dem Sims stand der Kerzenständer. Wohnlich. Es sah schon wohnlich aus. Ich fasste mir an die Stirn, als würde dadurch der Druck besänftigt werden können. Es fühlte sich nicht wohnlich an. Die Gegenstände wirkten wie Attrappen auf mich.

»Zähne putzen«, sagte ich zu Marie.

»Morgen«, quengelte sie.

»Jetzt.« Meine Zunge sonderte wieder diese Flüssigkeit ab, die giftig schmeckte.

»Morgen.« Maries Augen waren so schön groß.

Es gab eine Aufnahme von Tom in etwa ihrem Alter, in einem von seiner Mutter beschrifteten Album, das er mir gezeigt hatte, als wir zusammengezogen waren. Auf dem Bild kniete er neben dem Weihnachtsbaum, hatte einen müden, glücklichen Blick, vor ihm ein Schlitten. Wie ähnlich Marie ihm war. Der Eindruck verschwand, ich betrachtete das Grübchen, das sie von mir hatte, und dann sah ich mein Kind, wie es war, als etwas ganz Eigenes und nicht von Tom oder mir. Ich trank ein Glas Wasser in einem Zug, um diesen üblen Geschmack loszuwerden.

»In Ordnung.« Ich half Marie aus der Jacke, zog ihr die Schuhe aus. Dann gingen wir Hand in Hand ins Zimmer. Auch wenn ihr Bett bereits im Raum nebenan stand, war abgemacht, dass wir die erste Zeit noch zusammen schlafen würden.

Ich rieche nichts«, sagte der Mann. Er hatte dunkle Augen, überhaupt ein schönes Gesicht, etwas aufgedunsen vielleicht, zu viel Alkohol, zu viel ungesundes Essen. Ich sah in ihm den kleinen Jungen, der er einmal gewesen war, ein ungestümes Kind.

»Darf ich Ihnen erst mal einen Kaffee bringen? Ich habe eben welchen gemacht.«

»Ich sage nicht Nein.« Er stand auf dem kleinen Streifen vor dem Haus, der immer noch aufgeworfen war vom Herausreißen des Efeus. Dann trat er ans Haus heran.

»Zucker, Milch, also Hafermilch?«

»Schwarz.«

Als ich mit zwei Tassen nach draußen kam, hielt der Mann ein Stück Fuge in der Hand. »Das ist die Wetterseite. Da müssen Sie den Maurer rufen, sonst dringt Wasser ins Gemäuer. Und das gibt bösen Schimmel.«

Ich sah auf das graue Stück. Der Mann nahm zwischen den Klinkersteinen noch einmal Mörtel heraus.

»Stopp!«, rief ich.

»Der fällt sowieso bald raus«, sagte der Mann und betrachtete mich. »Es reicht aber auch nächstes Jahr«, ergänzte er rasch. Er schien in meinem Gesicht die Überforderung gelesen zu haben.

Ich hatte ihn angesprochen, als er bei einem Haus im Dorf eine neue Holzterrasse anbaute. Auf der Straße parkte sein Fahrzeug, *Zimmerei* stand darauf. Ob ich ihn mal etwas fragen könne, ich wolle ihn aber nicht von der Arbeit abhalten. Wegen der Art, wie er mich offen ansah und auf mich zukam, wusste ich, dass ich ihn nicht gestört hatte. Und nun war er in seiner Mittagspause vorbeigekommen.

»Es mag sich komisch anhören«, begann ich, »ich habe Kopfschmerzen und einen seltsamen Geschmack im Mund, seit ich hier bin.« Um ehrlich zu sein, hatte ich richtig Sorge.

Der Mann brummte und nahm einen Schluck aus seiner Tasse.

»Vielleicht sind ja irgendwo Giftstoffe«, sagte ich vorsichtig.

Er sah mich an. »Von wann ist das Haus?«

»Mitte der 1960er-Jahre. Warum?«

»Na, da ist das Holz noch mit Schutzmitteln lackiert worden.«

»Was für Schutzmittel?«

»Formaldehyd, Lindan, PCP.«

»Und was heißt das?«

»Nichts.« Der Mann sah in seine Tasse. Unter seinem Hemd zeichnete sich ein leichter Bauchansatz ab, er rundete den Rücken ein, sonst war er muskulös und groß.

»Wollen Sie noch mehr Kaffee?«, fragte ich.

»Wenn Sie noch haben.«

Rasch holte ich Nachschub. Ich war angespannt, als ich wieder zu ihm trat. »Und was heißt das jetzt für mich?«, versuchte ich wenig elegant an das Gespräch anzuknüpfen.

»Die Sparren und Balken sind eingepinselt worden. Seien Sie froh, sonst hätte sich der Holzwurm da schon fleißig durchgefressen. Und Fachwerk zu ersetzen – viel Spaß!«

»Ist das giftig? Das, was Sie da genannt haben?«

»Heutzutage ist das giftig. Es ist nicht mehr erlaubt, längst verboten.«

»Das ist ja furchtbar.«

Der Mann lächelte, nicht über mich, das erkannte ich. Er versuchte, mich zu verstehen. »Das verdampft sich«, sagte er.

»Sicher? Müsste ich nicht was tun?«

Er sah in seine Tasse. »Sie können jetzt einen Baubiologen holen«, sagte er dann.

»Aber wenn das giftig ist, muss es doch entfernt werden.«

»Giftig.« Der Mann zog eine Augenbraue hoch. »Sehen Sie«, er wies mit seiner Hand Richtung Straße, »Menschen leben in solchen Häusern. Überall. Kinder.«

»Kann ein Baubiologe mir helfen?«

»Der findet auf jeden Fall was. Das ist sein Job. Verstehen Sie? Entfernen wird der das aber nicht. Der wird Ihnen nicht mal einen Rat geben.«

Ich schüttelte den Kopf.

»Der nimmt einen Span raus, schickt ihn ins Labor, und die finden was. Aber was das heißt, weiß doch kein Mensch.«

»Ich muss das doch aber wissen.«

Der Mann schwieg und sah wieder in seine Tasse.

»Und andere Materialien? Können Sie mal schauen, welche Materialien noch so im Haus sind?«

Er setzte sich etwas schwerfällig in Bewegung. Gemeinsam gingen wir die Zimmer ab. Er klopfte an die Wände, drückte hier, drückte dort, besah sich die Fenster.

»Das ist von innen gedämmt. Nachträglich wahrscheinlich.«

»Ist das gut?«

»Wenn es gut gemacht ist. Wenn nicht, haben Sie Kältebrücken.«

»Kältebrücken?«

»Stellen, an denen warme Luft entweicht, und die werden feucht, und dann bildet sich Schimmel. Ist wie eine Verletzung.«

»Verstehe.«

»Wenn Sie einen Hinkefuß haben, kann es sein, dass Sie davon Rückenschmerzen kriegen. Oder Kopfschmerzen. Und Sie wissen gar nicht, dass die vom Fuß kommen.«

Ich fasste mir an die Stirn, diese Bewegung gehörte fast schon zu mir, so oft, wie ich sie in den letzten Tagen gemacht hatte. Der Mann fing an, von einem Haus zu erzählen, das er einmal saniert und bei dem er ein Loch in die Gipsplatten gebohrt habe und ein Geruch gewesen sei, das habe man sich nicht vorstellen können. Und dahinter nur schwarzer Schimmel. Als er in mein Gesicht sah, ergänzte er: »Ich rieche hier nichts. Absolut nichts. Das sieht alles gut aus. Gut gemacht. Und das hätte sich auch schon längst gezeigt.«

»Und was ist hier dahinter?«

»Wahrscheinlich Mineralwolle, eine Dampfbremse, Zellulose, man müsste das öffnen.« Er klopfte erneut an die Wand. »Ich schätze mal, als Erstes Steinwolle.«

»Steinwolle.«

Ich fragte mich, warum ich das alles den Makler nicht gefragt hatte. Aber der war immer mehr oder weniger auf Distanz zu mir geblieben und hatte ungeduldig gewirkt. Das Haus war vergleichsweise günstig und seine Courtage entsprechend gering gewesen. Es schien, als wollte er sich nicht engagiert einbringen in diesen Verkauf. Außerdem, so ließ er bereits bei unserem ersten Telefonat durchblicken, sei ich nicht die einzige Interessentin. Natürlich nicht, hatte ich gedacht und den Gedanken auch tröstlich gefunden. Ich war vielleicht nicht die Einzige, die die urbanen Zentren verlassen wollte. Die bereit war, all die Vorzüge aufzugeben, die dort scheinbar vorhanden waren. Diese Menschen musste es ja geben. Menschen, die so empfanden wie ich.

»Steinwolle ist ein guter Dämmstoff, es bildet sich da auch kein Schimmel«, sagte der Mann.

»Und ist die irgendwie giftig?«

Er seufzte. »Wir tragen Sachen mit langen Ärmeln und einen Mundschutz, wenn wir mit Steinwolle zu tun haben. Die Fasern sind so klein, dass sie in die Lunge kommen können, und das ist nicht gut. Es heißt, die setzen sich fest.«

»Und das passiert hier nicht?«

»Wenn's zugig ist. Wenn Sie eine Kältebrücke haben, kann das schon durchs Haus fliegen.«

»Aber wie denn? Ich meine, ich lebe hier mit meiner Tochter.« Marie war bis jetzt neben uns hergegangen. Ich warf einen Blick auf sie.

»Mama, können wir jetzt endlich zum See?«

»Hören Sie, junge Frau, wir haben alle Steinwolle verarbeitet in unseren Häusern. Und wir haben alle Kinder. Meine sind schon aus dem Haus. Und sie haben es überlebt.« Er lachte.

Als ich nicht einstimmte, nicht mal ein kooperatives Lächeln konnte ich mir abringen, wendete er sich Marie zu.

»Wie alt bist du denn?«

Marie zeigte ihre Hand und drückte sich dabei an mich heran.

»In den letzten Jahrzehnten ist die Krebsrate immens gestiegen«, sagte ich, »vor allem Erkrankungen im Kopf und der Lunge.«

Der Mann sah mich an und sagte nichts, dann sprach er wieder zu Marie: »Dann kommst du nächstes Jahr in die Schule.«

Vielleicht, dachte ich. »Was soll ich tun?«, fragte ich den Mann.

»Fahren Sie mit Ihrer Tochter zum See. Da ist gute Luft.«

Ich stand im Bad vor dem Spiegelschrank, der leer war. Zahnbürsten und Zahnpasta standen auf dem Waschbecken, auch die Creme, das Waschgel, der Deoroller. Die Bürste lag auf dem Rand der Badewanne. Ich würde den Schrank abhängen und durch einen einfachen Spiegel ersetzen. Zu sehr erinnerte er mich an den aus meiner Kindheit. Den ich geöffnet hatte, um die Tabletten-Blister zu kontrollieren. An den leeren Hubbeln konnte ich abzählen, ob und, wenn ja, wie viele meine Mutter genommen hatte.

Mit den Fingern schob ich die Oberlippe hoch. An den Zahnhälsen waren teerige Ränder, direkt am Übergang zum Zahnfleisch. Der Belag blieb an der Fingerkuppe kleben. Er roch seltsam, wie das Haus. In meiner Brust krampfte sich etwas zusammen. Ich setzte mich auf den Rand der Wanne und atmete ein paarmal kräftig ein und aus. Vor mir graue Fliesen, eine davon diagonal gebrochen. Dann betrachtete ich meine Zähne erneut. Sie wiesen alle diese Kragen auf, bis nach hinten in den Mundraum. Ich eilte in den Garten, an Marie vorbei, die auf dem Boden mit Eimern und Tassen spielte, und setzte mich dort auf einen der Stühle.

»Was ist?« Sie war mir hinterhergekommen.

»Lass mich mal.«

»Mama, was ist?«

»Lass mich.« Ich presste die Lippen zusammen.

»Hast du dir wehgetan?«

»Mach mal den Mund auf.« Marie tat es, und ich betrachtete ihre Zunge und Zähne. Die sahen normal aus. Ich fuhr mit dem Finger in ihren Mund, und sie löste sich aus dem Griff.

»Lass los«, sagte sie nur.

In der Nacht lag ich neben Marie und starrte an die Decke, musste alle Kraft zusammennehmen, um nicht zu fallen, in dieses Loch in meinem Brustkorb hinein. Es war anstrengend, gegen dieses Nichts zu arbeiten. Ich schob mich unter den Decken an den warmen Körper meiner Tochter heran, legte eine Hand auf ihre zarte Brust und spürte ihr Herz schlagen. Es beruhigte mich nicht. Ich drehte mich wieder zur Seite. Stand auf und trank etwas. Zunge und Zähne noch einmal im Spiegel zu betrachten, traute ich mich nicht.

Dann lag ich wieder im Bett, verzog das Gesicht, wollte in Tränen ausbrechen, was vielleicht Erlösung bringen würde, doch sie stellte sich nicht ein. Irgendwann in den Morgenstunden kramte ich nach Beruhigungstabletten in den Kisten, Baldrian oder so, irgendetwas würde ich doch sicher dahaben.

Meine Mutter hatte manchmal auch gesucht. Einmal hatte sie mich angebrüllt. »Wo hast du sie versteckt?«

»Was?«, hatte ich gefragt, obwohl ich genau wusste, was sie meinte.

Sie schüttelte mich mit beiden Händen, griff so fest in meine Oberarme, dass ich später Abdrücke auf der Haut hatte. Ich half ihr suchen, hatte keine Ahnung, wo, öffnete die Unterschränke in der Küche, zog die Schubladen heraus. Hinter mir hörte ich meine Mutter wüten, der Flur bald übersät mit Kleidungsstücken, Schachteln, Schals und Tüten, bis sie in einer Handtasche fand, was sie gesucht hatte. Ich brachte ihr rasch ein Glas mit Wasser aus der Küche.

»Verzeih mir, Kleines«, sagte sie und führte die Handfläche mit den Tabletten zum Mund, »heute geht es deiner Mama nicht gut.«

»Ich habe schlecht geschlafen«, sagte ich zu Marie beim Frühstück, das wir im Garten einnahmen, obwohl sie protestiert hatte, es sei ihr zu kalt. Auch ich hatte klamme Finger. Das konnte allerdings auch von der schlaflosen Nacht kommen. Ich blickte zum Haus. »Ich muss heute zum Arzt«, sagte ich. »Und ich muss gleich mal telefonieren.«

Für die Untersuchung und die Fahrzeit nehme ich pro Stunde 200 Euro«, sagte die Frau vom Schadstoffe-Institut. »Dazu kommt die Laboranalytik, das sind 410 Euro. Die rasterelektronenmikroskopische Untersuchung jeweils 105 Euro. Die Holzprobenuntersuchungen kosten jeweils 155 Euro. Am Ende die Gutachtenerstellung, und die Fahrtkosten kommen auch noch dazu.«

»Aha«, sagte ich, »wie viele Untersuchungen sind das denn?«

»Kommt drauf an, ich würde die gängigsten Holzschutzmittel auswählen, PCP, Lindan, Endosulfane, Dichlofluanid, Tolylfluanid und Chlorthalonil. Asbest- und Schimmelpilzsporengehalt wäre auch wichtig. Wir werden mehrere Messungen machen müssen. Vier Zimmer sind es, sagten Sie?«

»Entschuldigen Sie, ich überblicke das gerade nicht ganz.«

»Hören Sie, es ist wichtig, dass Sie das wissen. Und ich auch, bevor ich ins Auto steige und die lange Strecke zu Ihnen rausfahre. In der Regel kostet ein Gutachten zwischen 4 000 und 5 000 Euro. Ich lasse mir den Auftrag vorher schriftlich bestätigen.«

»Das kann ich nicht bezahlen.« Meine Stimme vibrierte.

»Ich könnte die Fahrtkosten von einem Euro pro Kilometer auf die Hälfte reduzieren«, schlug die Frau vor.

»Ich kann das nicht bezahlen. Ist es denn sinnvoll, das alles zu untersuchen?«

»Das müssen Sie entscheiden. Pauschale Aussagen möchte ich nicht treffen. Jedes Haus ist individuell zu begutachten.«

»Ich weiß jetzt nicht, was ich tun soll. Könnten denn die Symptome, die ich Ihnen beschrieben habe, auf Giftstoffe hinweisen?«

»Ohne Untersuchung möchte ich dazu keine Aussagen machen«, die Frau zögerte am Telefon, ihre Stimme war jung und freundlich. »Sie könnten auch einfach eine Pilzinfektion haben, die gar nichts mit dem Haus zu tun hat.«

»Vielleicht.«

»Ihre Tochter hat nichts?«

»Nein.«

»Kinder reagieren in der Regel heftiger, da ihr Immunsystem noch sehr sensibel ist.«

»Trotzdem, irgendetwas stimmt nicht, und ich muss wissen, ob wir hier weiterhin schlafen können.«

Die Frau holte hörbar Luft. »Vielleicht gehen Sie erst mal zum Arzt.«

»Aber wenn Sie doch sagen, dass in den Häusern in dieser Zeit ...« Ich bekam den Satz nicht zu Ende. »Ich möchte gerade gar nicht mehr so recht hier drinbleiben.«

»Ich mache Ihnen einen Vorschlag«, sagte die Frau, »es wäre eine Art Voruntersuchung. Sie nehmen Ihren Staubsauger und lassen ihn eine Weile im Freien durchlaufen. Dann legen Sie einen unbenutzten Beutel ein und saugen alle Staubflusen ein, gehen Sie durch alle Räume. Warten Sie ein paar Tage, falls Sie kürzlich erst gestaubsaugt haben, ich brauche schon einiges an Flusen. Den Beutel packen Sie in Alufolie und dann in eine Frischhaltetüte und schicken ihn mir. Ich werte den Staub im Labor aus, ich kann nicht alles erfassen, aber die häufigsten Mittel sind auch so nachweisbar. Das kostet dann 450 Euro.«

»Ich danke Ihnen.«

»Schon gut.«

»Wofür steht eigentlich TT?« Ich schaltete mein Telefon aus und schob es in die Schutzhülle. Rieke hatte mich darum gebeten. »Ich kenne das nur als Abkürzung für Trauma-Therapie.«

Rieke lachte. »Das würde ja wunderbar passen. Aber es heißt *trotzdem tanzen.*«

Mit Marie hatte ich manchmal auch die Musik in der Wohnung laut aufgedreht und die im Raum stehenden Möbel beiseite geschoben. Wir waren herumgehüpft, hatten Arme und Beine ausgeschüttelt. Ich versuchte dabei, auch meine Anspannung abzuschütteln, was mir nicht immer gelang. Vor allem nicht, wenn Tom in seinem Arbeitszimmer saß oder sogar herauskam und sich beschwerte, er könne sich nicht konzentrieren. Marie schaute ihn immer still an, wenn er so gereizt war. Sein Blick zum Fenster verriet, dass es ihm auch deshalb unangenehm war, weil vom Nachbarhaus eine gute Sicht auf unser Wohnzimmer war. Dabei hatten Tom und ich früher auch so ausgelassen tanzen können, nur wir beide, alles andere war uns egal gewesen. Ich fragte mich, wann seine Lebendigkeit eigentlich verloren gegangen war. So wie er es sich bei mir auch gefragt hatte. Und warum.

»Das ist wichtiger denn je«, sagte Rieke, »und zum Glück leben wir hier draußen ab vom Schuss, und der

Nachbar ist auch entspannt. Der kommt manchmal sogar vorbei.«

Ich folgte ihr in den Garten, Marie an der Hand.

»Die bedeutet uns auch viel«, sagte Rieke und zeigte mit der Hand auf eine Sauna. Sie war aus Holz, ein Ofenrohr ragte oben heraus, »durch das Schwitzen kommst du in den Körper.«

»Wie wichtig, um nicht völlig verrückt zu werden.« Ich fragte mich, ob Rieke meine weiße Zunge gesehen hatte.

Sie legte mir die Hand auf die Schulter. »Es geht gleich los.«

Wir kamen zu einer Wiese, auf der Menschen standen, miteinander redeten. Ein Sonnensegel war zwischen drei Bäumen aufgespannt. Auf einer Palette lag eine Matratze, ein Mann darauf, er sah in den Himmel, Beine und Arme von sich gestreckt. Sein Oberkörper war frei, er trug eine helle Leinenhose. Auf einem Gartenstuhl saß die Frau mit den schwarzen Haaren und den ausdrucksstarken Augenbrauen, die mir schon beim Konzert aufgefallen war. Auf einem Tisch stand eine Box, ein Laptop angeschlossen. Etwas abseits gab es ein Planschbecken, in dem Kinder spielten. Marie entdeckte Konrad und lief sofort zu ihm hin. Etwas weiter entfernt saßen drei ältere Mädchen im Gras und tuschelten.

Fabian und Rieke stellten sich auf der Tanzfläche einander gegenüber auf und lächelten sich an. Ich dachte wieder an Tom, wie wir uns gegenseitig gefeiert und angefeuert, rhythmisch auf den Boden getrampelt hatten. Rieke schüttelte die Arme aus und dehnte Nacken und Kopf, breitbeiniger Stand. Sie war eine schöne Frau, zierlich und zugleich so stark. Es waren nicht nur die Sehnen und Muskeln, die bei ihr zu sehen waren. Es war vor allem eine innere Kraft, die sie ausstrahlte. Ich stellte mich neben sie. Die anderen kamen dazu, bis eine kreisrunde Anordnung von Menschen entstand. Mir war nicht klar gewesen, dass das Tanzen einen gemeinsamen Anfang haben würde.

»Wir kommen auf diesem Stückchen Erde und in unserem Kreis an«, sagte Rieke. »Wenn es für euch stimmt, schließt die Augen und nehmt Verbindung auf. Mit dem Boden. Mit euch, eurer Atmung, dem Herzschlag, mit den anderen.«

Manchmal waren Tom und ich uns in die Arme gefallen, unsere Lippen hatten sich berührt, einfach so.

Fabian ging zum Laptop und sagte: »Das Set geht eineinhalb Stunden. Danach machen wir ein Sharing.« Er schaltete die Musik ein. Zunächst war ein Didgeridoo zu hören, unter das sich langsam ein elektronischer Rhythmus schob. Ich begann mich zu wiegen, sah zu den anderen hin. Die Dunkelhaarige stand noch, die Augen geschlossen, ließ die Musik auf sich wirken, die meisten bewegten sich bereits. Es dauerte, bis ich meine Befangenheit, mein Zungengefühl ablegen konnte. Ich sah zunächst auch immer wieder zu Marie, die mit den anderen Kindern spielte. Ein Junge kam weinend angelaufen, er rieb sich die Wade, eine Frau setzte sich mit ihm etwas abseits hin, nahm ihn auf den Schoß. Die Musik wurde intensiver, Gesang war zu hören, ein lauter Beat. Anfangs fühlte sich mein Tanzen ungelenk an, doch dann wurde es fließender. Die Dunkelhaarige ließ den Oberkörper nach vorne hängen, ging in die Hocke und schraubte sich wieder empor. Ich breitete die Arme zur Seite aus und bewegte sie wie Schwingen.

Später saß ich mit Rieke, der Dunkelhaarigen, die Mascha hieß, und anderen um ein Feuer. Rieke hatte einen Topf mit Kakao darübergehängt, der bald Blasen warf und an alle verteilt wurde. Ich wärmte meine Hände an der Tasse, dabei waren sie gar nicht kalt, es war die Geste, die mir gefiel. Das Getränk schmeckte erdig, nach Chili und Zimt. Am Rand der Tasse hinterließ der Kakao eine Welle. Eine der Frauen, die sich als Franzi vorgestellt hatte, stillte ihr Baby. Mascha hatte sich Vogelfedern in die Haare gesteckt, sie hielten einfach. Ihre Augenbrauen berührten sich an der Nasenwurzel. Wenn sie sprach, sah ich eine Furche in der Mitte ihrer Zunge. Sie lebte mit Franzi, ihrem Freund und anderen in einer Gemeinschaft.

Ich erzählte von meinem Hauskauf, auch davon, dass es sich ungewohnt und fremd anfühlte, aber nicht, was ich gerade erlebte. Etwas hielt mich zurück. Ich kannte die Frauen ja gar nicht. Es war auch etwas anderes, Scham, ein Gefühl des Versagens vielleicht, in dem die Sorge versteckt war, die Frauen könnten vor mir zurückweichen, als röche ich sonderbar, als könnte ich ihnen schaden, käme ich ihnen zu nahe.

Sarah, eine sehr schlanke Frau mit braunen Haaren, berichtete von einem Bauernhaus, das schon seit einiger Zeit zur Miete angeboten werde. Sie hatte es sich bereits angesehen und beschrieb es nun. Ihre Tochter kam zur Gruppe und fragte, ob sie heute bei einer Freundin übernachten dürfe.

»Okay«, sagte Sarah.

»Wenn wir das Neue gemeinsam materialisieren, lösen wir uns von selbst vom Alten«, sagte Mascha.

»Wir müssen noch mehr zusammenrücken«, sagte Rieke, »wer weiß, was noch kommt.«

»Ich glaube, es ist mehr als eine räumliche Frage«, sagte Mascha, »es geht vor allem darum, dass wir uns innerlich verbinden. Dass wir hier zusammensitzen. Dass wir uns in den Frauenkreisen treffen.«

»Mir fehlt eigentlich nichts«, sagte Franzi.

»Mein Hausarzt behandelt mich nicht mehr«, sagte Sarah. »Und manchmal frage ich mich, ob ich noch Sprit an der Tankstelle bekomme. Ich weiß, das gehört zur Grundversorgung. Aber: Wir brauchen das Auto.«

»Jetzt ist das nicht real«, sagte Franzi. Sie legte ihr Baby an die andere Brust. Es war bereits schläfrig, die Augäpfel bewegten sich unter den Lidern, und der Mund saugte nur langsam. Ich spürte ein Ziehen in meinen Brüsten, eine Erinnerung an die früher so innige Zeit mit Marie.

»Vielleicht sollten wir uns trotzdem vorbereiten«, sagte Rieke.

»Ganz im Gegenteil«, erwiderte Mascha, »wir dürfen unsere Herzen davon abwenden. Nicht mehr daran haften.« Sie sah Rieke in die Augen, ohne zu blinzeln.

»Du meinst die Angst. Das Angstdenken?«, fragte Sarah.

»Auch. Es geht mir darum, dass wir mit dem, was wir denken, wie wir handeln, die Realität erschaffen. Dass wir das anziehen, was wir sind. Und wir haben die Chance, ein neues Leben zu verwirklichen.«

»Ihr kennt bestimmt das Bild vom Wasser, das immer einen Weg findet«, sagte ich.

»Ja, das ist schön«, sagte Franzi. Das Baby war eingeschlafen, und sie legte es sich in den Schoß, schob ihren großen Busen wieder unter das Hemd.

»Vielleicht ist das Wasser in meinem Haus nicht in Ordnung«, sagte ich plötzlich. Das Wasser aus den Rohren, aus alten, jahrelang nicht durchspülten Rohren.

»Hast du schon mal an Wasseradern gedacht?«, fragte Rieke.

Ich schüttelte den Kopf.

»Ich kenne eine Geomantin, die Wasseradern umleiten kann. Sie treibt auch Geister aus. Und sie kann dieses Ding da in deiner Hand entstören.«

»Funktioniert es dann noch?«

»Klar, aber es irritiert dein System nicht mehr so.«

»Ihr seid schon auch gechipt, oder?« Unwillkürlich hatte ich die Stimme gesenkt.

»Fast alle.« Rieke schaute nach hinten. »Fabian nicht.«

»Aber der kommt dann doch nirgends rein.«

»Das will er auch gar nicht.« Etwas Ernsthaftes hatte sich auf Riekes Gesicht gelegt und das Lebhafte verdrängt, sie wirkte älter.

»Das geht?«

»Weil ich die Dinge kaufe, die wir brauchen. Alles organisiere. Die Formalitäten kläre. Das Kindergeld bekomme.«

Ich dachte daran, wie auch ich immer in Toms Schatten mitgelaufen war. Ich betrachtete Riekes Falten zwischen Mund und Nase. Dann fragte ich sie, einem Impuls folgend, ob Marie und ich die Nacht über bleiben könnten.

»Klar«, sagte sie, »ihr könnt ins Kinderzimmer. Grete und Konrad schlafen sowieso beide bei mir. Seit sie auf der Welt sind, immer noch.«

An einem heißen Sommertag hatte ich vorne am Brett des Dreimeterturms gestanden, meine nackten Füße auf der rauen Fläche, eine Hand am metallenen Geländer. Ich hatte Sorge gehabt, mich abzustoßen, in der Luft zu taumeln, nicht kerzengerade zu springen, wie ich es seit eh und je tat, und auf dem Bauch zu landen. Da wusste ich es. Da wusste ich von Marie. Mit dem Herbst war mein Bauch bereits unter der Kleidung zu sehen gewesen. Es folgte der Winter, der erste, seit ich mich erinnern konnte, in dem mir nicht mehr kalt war, weil das Kind mich von innen wärmte. Es boxte mich nachts. Teilte mir mit, dass ich nicht allein war, es nie mehr sein würde. Ich streichelte über den gespannten Bauch, der mir so gut gefiel.

Seit ich um Marie wusste, betrachtete ich das Leben anders. Nicht nur, dass ich Untersuchungen ablehnte, die mir unsinnig erschienen, auch gegen den Widerstand von Tom. Seit ich die Leiter vom Sprungturm wieder heruntergestiegen war, Entschuldigungen murmelnd, weil zwei Jungen auf dem Weg nach oben ebenfalls rückwärtsklettern mussten, wusste ich, dass alles gut sein würde mit dem Kind, ganz gleich wie es kommen würde. Und mein Blick änderte sich, als begänne ich noch mal in kindlicher Unschuld. Dinge, die ich nicht mehr wahrgenommen hatte, weil ich sie jeden Tag sah, betrachtete ich nun mit anderen Augen, als sähe ich alles zum ersten Mal. So wie Marie als Baby ihr Gesicht der Stehlampe zuwendete, als ich sie daran vorbeitrug. Ich wiederholte meinen Gang, um die Bewegung ihres Kopfes zu verfolgen. Sie war vielleicht zwei oder drei Monate alt und fixierte etwas mit ihren Augen, das Licht der Lampe. Ihre erste visuelle Wahrnehmung, die ich miterlebte.

Wenig später sah Marie mir bewusst in die Augen, erkannte mich, sabberte dabei. Sie sah Tom an, öffnete ihren kleinen Mund. Sie freute sich über ihren Papa, seine wuscheligen Haare faszinierten sie. Immerzu versuchte sie hineinzugreifen. Sie sah die Wohnung, war absorbiert von den sich im Luftzug bewegenden Blättern unserer Palme.

Und dann spazierte ich mit ihr vor die Brust gebunden durch unser Quartier. Auf dem zentralen Platz waren die Fassaden gerade und einheitlich geprägt, meist aus Holz oder Beton, die Dächer mit einem grünen Band versehen. Hinter Glasfronten befanden sich Geschäfte. Auf der Rückseite der Gebäude lagen die Auffang- und Verdunstungsbecken für das Regenwasser. Ich erinnerte mich, wie fasziniert ich von den Becken gewesen war. Durch eine kleinere Straße gelangte ich zum Außenbereich, die Häuser waren von Balkonen, Erkern und Loggien geprägt. Ich kam zu einer der Grünanlagen, die wie ein Gürtel das Quartier umfassten. Ein Schild informierte über das Animal Aided Design. Star, Nachtigall, Sperling, Igel, Frosch und eine Fledermaus waren darauf zu sehen. *Um den Menschen die Erfahrung von Natur zu ermöglichen*, stand da. Und weiter: *Die Tiere steigern unsere Wohnqualität und verbessern das Image unseres Quartiers*. Ich sah Insektenhotels und Nistkästen, sie wirkten unbenutzt. Hinter den Hainen aus Kiefern erhob sich am Ende der Anlage ein Deich, sodass dem Blick die Viertel und Gegenden außen herum verborgen blieben.

»Schau, Marie, das sind Schafe«, sagte ich und stellte mich so, dass meine Tochter am Riemen der Trage vorbei die Tiere sehen konnte, die auf dem Deich grasten. »Aus ihrem Fell ist früher Kleidung gestrickt worden. Und sie geben auch Milch. So wie ich dir Milch gebe. Die Lämmer trinken sie, so wie du. Nuckeln wie du.« Ich sah nach oben. »Und das ist eine Drohne, für das Natur-Monitoring. Heißt es.« Ich stellte mir mich als blinkenden Punkt auf irgendeiner Anzeige vor, wobei ich zugleich wusste, dass dies eine antiquierte Vorstellung war. Mein Spaziergang wurde von Systemen erfasst, deren Verarbeitung nicht mehr in diesem konkreten Sinne abgebildet wurde.

Ich kam am Eingang des Futur Hubs vorbei, der Kompetenzplattform für urbane Daten. In dem großen, fensterlosen Bau sammelte sich auf Servern das, was in unserem Leben unsichtbar blieb, was sich unter der Oberfläche, unter unserer Haut befand. *Vernetzte Intelligenz ist das Kapital unserer Zukunft* und *Unsere Charta lautet: Was auch immer nötig ist, um die Gesellschaft smarter zu machen – wir Residents leisten unseren Beitrag!* Die beiden Sätze waren in einer geschwungenen Handschrift auf die grüne Fläche des Gebäudes geschrieben. »Das sind übrigens wir, die Residents«, sagte ich, mehr zu mir als zu meiner Tochter.

Ich knipste eine Lampe an, die wie ein Mond geformt war, und zog die Vorhänge des Kinderzimmers zu. Rieke hatte uns Decken gegeben, ich breitete sie über Marie und mir aus. Die Wände waren orange gestrichen, die Tür mit Aufklebern übersät. In den Regalen Bücher und Spiele. Manche davon besaßen wir auch.

»Wie hat es dir heute gefallen?«, fragte ich Marie.

»Gut.«

»Mit wem hast du gespielt? Hast du schon eine Freundin oder einen Freund?«

»Konrad. Er spricht so lustig.«

»Stimmt.« Mir war auch aufgefallen, dass er seine Sätze herauspresste.

»Ich will den Ball«, demonstrierte Marie, und ich erkannte sofort Konrad in der Art, wie sie es sagte. Als würde er schreien, nur eben nicht sonderlich laut.

»Wie gut du ihn nachmachen kannst.«

»Wie lange bleiben wir hier?«

»Bis morgen.«

Marie brummte.

»Ich glaube, wir werden öfter herkommen. Das Tanzen findet regelmäßig statt.«

Ich hörte Fabian in der Küche mit seiner Tochter Grete schimpfen. Rieke kam hinzu, sie sprach beschwichtigend und schien ausgleichen zu wollen. Dann trampelte jemand über den Flur, Grete wahrscheinlich. Eine Tür flog krachend zu. Später rauschte eine Wasserleitung. Konrad rief nach seiner Mama, es kam aus einer anderen Richtung, er suchte etwas. Ich lächelte und sah zu Marie, die auch lächelte. In der Küche klirrten Gläser. Irgendwann blieb es ruhig vor der Kinderzimmertür.

Abwehr war nicht der passende Ausdruck, dachte ich, als ich mit dem Auto auf dem Parkplatz des Supermarkts hielt und nach hinten zu Marie auf ihrem Kindersitz sah. Sie drehte einen Tannenzapfen hin und her. Er hatte auf der Kühlerhaube gelegen, und sie hatte ihn sich geschnappt.

»Marie, wir kaufen noch Brot für morgen ein. Und Wasser. Schnallst du dich ab und kommst mit?«

Tom war nicht abwehrend gewesen. Dazu hätte eine Entscheidung gehört, auch wenn diese nur unterschwellig getroffen worden war. Er war eher wie taub. Da war die Sache mit dem Anruf gewesen. Meine Mutter hatte uns besucht, das erste Mal seit Jahren. Marie war fast ein Jahr alt, meine Mutter hatte sie noch nicht gesehen. Ich war überrascht, dass sie die Reise aus den semi-urbanen Bereichen zu uns in die Tech kräftemäßig überhaupt geschafft hatte. Und kaum hatte meine ausgemergelte Mutter in den Kinderwagen geblickt, in dem Marie eingeschlafen war, ihn ein wenig ruckelnd bewegt, kam der Anruf. Ich sah zu Tom, der im Flur stand und sagte, sie sei eine Verwandte, die Mutter seiner Partnerin. Er nannte Mutters Namen. Und ja, er habe vergessen, sie anzumelden, werde das nachtragen. Meine Mutter setzte sich auf die Couch, vorsichtig tastend, wegen der Rückenschmerzen.

»Was ist?«, fragte ich, als ich mit den Kaffeetassen zu ihm in den Flur kam.

»Ihre Fairness reicht nicht aus für unsere Zone. Sie wurde registriert, als sie den Wassergraben passiert hat.«

»Und da rufen die gleich an? Wer war das denn?«

»Irgendjemand aus dem Cockpit.«

»Das ist absurd.«

»Sie machen ja eine Ausnahme, deine Mutter kann bleiben«, sagte Tom leise und blickte ins Wohnzimmer, »aber wir sollen sie abmelden, sobald sie wieder weg ist. Auf jeden Fall heute noch.«

»Was?«

Meine Mutter sah mit skeptischem Blick zu uns rüber, eingezwängt zwischen den Kissen der Couch. Es wirkte, als wäre sie unfähig, jemals wieder aufzustehen.

Marie war mittlerweile aus dem Auto gestiegen, ich nahm sie an der Hand, die vom Harz klebte.

Ich hatte damals das Gefühl gehabt, dass es Tom gar nicht beschäftigt hatte. Er hatte auf seinem Telefon herumgetippt und anschließend Kaffee mit uns getrunken. Während ich verstohlen meine Mutter betrachtete. Sie war so dünn, dass die Wangenknochen deutlich hervortraten. Der Mund lag in Falten, das ganze Gesicht war faltig, die Linien um Nase und Augen herum wie mit grobem Bleistift gezeichnet. Und dann die dünnen, farblosen Haare. Der jahrzehntelange Medikamentenkonsum hatte sie gezeichnet. Ich fragte mich, was passiert wäre, wenn sie nicht sofort zu uns gekommen, sondern einfach noch etwas herumspaziert wäre an dem Tag. Ob jemand sie angesprochen, sie am Ellenbogen gefasst, sie aus unserem Quartier herausgeführt hätte. Ob meine Mutter wütend geworden wäre oder ob das alles sie verängstigt hätte. Und wie sie von dort hätte nach Hause finden können. Sie war nicht nur emotional gedämpft, sondern mittlerweile auch mental eingeschränkt. Wusste sie, wie sie hätte reisen müssen? Schließlich hatte ich ihr die Verbindung rausgesucht und die Tickets gebucht.

»Findest du das nicht übergriffig? Und auch beängstigend, diese Kontrolle?«, fragte ich Tom später, als wir im Bett lagen. Ich hatte meine Hand auf seinen Bauch gelegt, der hin und wieder gluckerte.

Er sah mich mit einem Blick an, der mir verriet, dass er kurz nicht wusste, worüber ich sprach. »Unsere Zone ist nun mal privilegiert und soll sicher sein«, sagte er und schaltete den Wecker ein. Dabei drehte er sich zur Seite, meine Hand rutschte aufs Laken.

»Wen sollte meine Mutter denn bitte gefährden?«, hatte ich ihn noch gefragt, aber keine Antwort mehr von ihm erhalten.

»Darf ich mir was aussuchen?«, fragte Marie.

Die Schiebetüren des Marktes öffneten sich. Hinter uns auf dem Parkplatz nahm ich eine Aufregung wahr, Stimmen und schnellere Schritte. Neben der Box mit den Einkaufswagen lag ein Mann auf dem Boden. Sein Mantel war seltsam ausgebreitet. Eine Frau kniete sich zu ihm nieder, andere standen um ihn herum. Jemand hielt sich ein Telefon ans Ohr.

»Was ist da?«, fragte Marie. Wie Tom, dachte ich.

»Ein Mann ist hingefallen.« Ich schob sie in den Supermarkt.

»Ist er tot?«

»Das weiß ich nicht. Ein Krankenwagen ist sicher schon gerufen.«

»Wirklich?« Marie zog mich wieder hinaus, sie wollte wissen, was passiert war.

»Nein, komm, da hat schon jemand telefoniert, der hat den Krankenwagen gerufen.« – Was wahrscheinlich unnötig war. Der Mann hatte wie leblos dagelegen, so viel hatte ich gesehen. Tom war auch rasch tot gewesen, es war ziemlich schnell gegangen, niemand hätte ihm mehr helfen können. Ich beschloss, einen größeren Einkauf zu machen, so lange im Supermarkt zu verweilen, bis die Aufregung draußen vorüber, der arme Mensch abtransportiert worden war.

»Magst du dir eine Süßigkeit aussuchen?«, fragte ich Marie. »Und auch ein Heft?«

Ob ich unvoreingenommen auf das Haus würde zugehen können? Ich bog in unsere Straße ein. Erst jetzt, als ich die Frage formulierte, bemerkte ich, dass sie mich schon den ganzen Vormittag über begleitet hatte. Plötzlich wollte ich unbedingt wissen, ob das Haus anders auf mich wirken würde. Ich drückte aufs Gaspedal, das Auto machte einen kleinen Satz, ich sah im Rückspiegel zu Marie, die nichts zu bemerken schien, sie blickte aus dem Fenster und kaute dabei auf ihrer Unterlippe.

Als Kind war ich von der Schule immer schnell nach Hause geradelt. Ich hatte nicht mehr mit den anderen an der Ecke zum Sportplatz anhalten und quatschen, Kaugummis teilen oder Freundschaftsbänder tauschen können. Ich durfte nicht trödeln, und zugleich beneidete ich sie, wie sie die nun freie Zeit, die vor uns allen lag, den langen offenen Nachmittag, so entschleunigt, so gesellig starteten, bevor sie sich in alle Richtungen zum Mittagessen zerstreuten. Wenn meine Freundin Louisa mich fragte, ob wir uns später sähen, sagte ich nur, dass ich sie anriefe, hob den Hintern vom Sattel und trat in die Pedale. Ich musste schnellstmöglich nach Hause. Seit Beginn der letzten Schulstunde hatte sich in meinem Inneren etwas aufgespannt, mich rasch Mäppchen und Hefte einpacken lassen, etwas, das sich so anfühlte, als risse es, wenn ich nicht bald Gewissheit bekäme. Ich musste wissen, ob meine Mutter Essen gemacht hatte oder nicht. Ob es, wenn ich den Schlüssel umdrehte und die Tür öffnete, nach Suppe oder Tomatensoße oder Würstchen roch. Davon hing ab, wie der restliche Tag sein würde. Ob meine Mutter ansprechbar war. Ob Louisa kommen konnte.

Manchmal war meine Mutter so gut drauf, dass sie uns erlaubte, mit ihren Kleidern zu spielen. Mit den hohen Schuhen, ein breiter Absatz aus Kork, mit denen ich vorsichtig über den Boden schlurfte, eine ungewohnt nach vorn gekippte Haltung hatte ich dabei. Wir legten uns auch Ketten um den Hals. Louisa wählte die mit den großen Holzkugeln, meine Mutter besaß auch eine mit einer grünen Feder, die fragil wirkte. Wir durften aus den vielen Handtaschen auswählen. Ich liebte eine schmale Tasche aus dunklem, geriffeltem Leder, der Griff aus Metall. Den legte ich mir ums Handgelenk und ließ die Tasche daran hin- und herschwingen. Meine Mutter holte ihren Schminkbeutel, stellte Musik an und malte uns lila Striche auf die Lider. Meine Augen tränten dabei, aber ich hielt still. Als ich die Lider öffnete, blinzelte Louisa mir zu, sie trug einen im Nacken gebundenen Seidenschal auf dem Kopf und sah sehr vornehm aus, als stiege sie gleich in ein Cabriolet. Auch sie bekam einen Lidstrich. Die Hand meiner Mutter zitterte, der Stift fuhr unvermittelt in Louisas Wimpern, und die wich zurück.

»Ich begleite dich besser nach Hause«, sagte ich.

»Jetzt schon?«, fragte sie.

Vielleicht war nun alles vorbei. Vielleicht konnte ich jetzt einfach freudig auf das Haus zugehen, hierbleiben. Mein Haus, mein eigenes kleines Haus. Ich sah es an der Straße liegen und bekam unmittelbar wieder dieses beklommene Gefühl. Das Haus wirkte abweisend. Ohne den Efeu nackt und kalt. Die wuchtigen Verschalungen der Rollläden lagen schwer über den Fenstern. Warum hatte ich das nicht bemerkt auf den Bildern des Exposés oder als ich es dann mit dem Makler besichtigt hatte?

Ich parkte den Wagen, holte die Einkäufe aus dem Kofferraum. Marie hüpfte zum Tor. Sie kannte den Mechanismus bereits und öffnete es, sprang in den Durchgang zum Garten. Der klar wahrnehmbare Druck verstärkte sich, legte sich auf mich, auf meine Brust.

»Hallo, Haus.« Mein Atem war enger als sonst. Obwohl noch einige Meter entfernt, nahm ich den modrigen Geruch wahr.

»Wo bleibst du, Mama?« Marie kam wieder zum Tor.

Am liebsten hätte ich mich sofort umgedreht und wäre gegangen.

»Marie, wie findest du das Haus eigentlich?«

»Gut.«

Ich trat hinter ihr in den Durchgang. Wie unbefangen meine Tochter war. Es erleichterte und irritierte mich gleichermaßen. Ich schloss die Tür auf und stellte die Einkäufe auf den Küchentisch. Der Kopfschmerz setzte wieder ein, und die Zunge aktivierte den Speichelfluss. Wobei ich mich nicht genau erinnern konnte, wie stark er im Supermarkt oder Auto gewesen war im Vergleich zu jetzt. Aber jetzt war er da. Mein Körper reagierte, er signalisierte, dass etwas nicht in Ordnung war, er wehrte etwas ab. Ich öffnete die Küchenfenster. Ich wurde geschädigt, massiv, ich spürte es. Und das Schlimme war: Das war jetzt unser Zuhause. Marie und ich hatten nichts anderes mehr.

Auf dem Weg zurück zum Auto kribbelte meine Haut. Ich setzte mich unter die geöffnete Kofferraumklappe und verharrte.

»Mama«, hörte ich Marie wieder vom Durchgang.

»Moment«, rief ich zurück, »ich komme gleich.« Ich wollte sitzen bleiben, die Angst unter Kontrolle bekommen, wie auch immer. Auch einfach wegfahren, ins Auto steigen, nur mit dem, was ich am Körper trug, dem Wasser und der einen Tasche Lebensmittel im Kofferraum. Der Tank war voll. Ich sah Maries Schemen im Durchgang. Sie wartete auf mich, hatte noch nichts zu Mittag gegessen, wollte spielen, brauchte meine Nähe. Mich. Es erschien mir ganz einfach, sie jetzt hier zurückzulassen. Marie, die auch geschädigt wurde, höchstwahrscheinlich. Und ich war schuld daran. Aber sie hatte keine Symptome, ihre Zunge sah normal aus. Sie war munter wie eh und je. Hatte Marie überhaupt aus dem Wasserhahn getrunken? Ich konnte nicht fassen, was sich da in mir tat, zwang mich, mit jeder Hand eine Wasserkiste zu nehmen, und schleppte sie zum Haus.

»Marie, hör mir mal gut zu: Ab jetzt trinken wir nur noch aus diesen Flaschen. Hörst du? Du machst den Wasserhahn nicht mehr an.«

Sie saß auf dem Küchenboden und ließ den Tannenzapfen auf der Spitze kreiseln.

»Marie.«

»Ja.«

»Und wir putzen mit dem gekauften Wasser auch unsere Zähne. Verstanden?«

»Jaaa.«

Ich würde auch den Tee damit machen, die Nudeln. Ich hatte vier Kisten Wasser mitgebracht, die sollten für die nächsten Tage reichen. Wir würden auch nicht mehr duschen, nur noch im Waldsee baden. Für den Schutzfilm der Haut war das sowieso besser. Am Morgen bei Rieke hatte ich recherchiert, wie Leitungswasser untersucht werden konnte. Auf Eisen, Kupfer, Blei, Aluminium. Ich konnte das Wasser selbst entnehmen und die Probe einschicken, die Kosten waren überschaubar. Und dann. Dann würde ich es wissen. Würde sagen können: Es ist das Wasser, es sind die Rohre aus Blei oder Kupfer. Ich würde sagen können: Es sind die Holzbalken. Die Staubprobe hatte ich schon verschickt. Es würde eine Lösung geben. Ich öffnete eine Flasche und spülte gegen das Pelzige im Mund an.

»Hier«, ich reichte sie an Marie weiter.

»Mag nicht«, sagte die.

»Trink trotzdem mal, bitte.«

»Nein.«

»Marie.«

»Ich bin nicht durstig.«

»Verdammt. Du trinkst jetzt trotzdem was.«

Marie nahm einen kleinen Schluck, hielt die Flasche danach weiter am Mund, um ein längeres Trinken zu simulieren, das mich zufriedenstellen sollte. Mein kooperatives Kind tat mir den Gefallen. Ich nahm Marie die Flasche ab und drückte sie an mich, verdammte mich dabei selbst in Gedanken. Sie roch fein nach Zimt. Nie sollte ihr etwas passieren. Das war es doch, worum es ging. Sie sollte so wenig wie möglich davon mitbekommen, dass sie als Punkt in einem Koordinatensystem erfasst und ihr Verhalten beobachtet werden würde. Jede Entscheidung mit einem Wert versehen. Auch wenn ich nicht wusste, ob ich sie wirklich davor würde bewahren können. Letztlich war es eine Frage der Zeit. Meine Aufgabe bestand darin, sie bis dahin, bis zu einem schrittweisen Selbsterkennen, zu behüten und zu stärken. Und nicht, sie giftigen Stoffen auszusetzen. Es war paradox, denn genau deshalb waren wir hier: um Marie so weit wie möglich von Implantaten, den Fragen nach Zugang, der Bewertung fernzuhalten. Und jetzt das. Jetzt saßen wir in einem Haus, das nicht gut für sie war. Mit mir saß sie hier, ausschließlich mit mir, die ich mich selbst nicht im Griff hatte.

Dazu gehörte auch, und der Gedanke ließ ein hilfloses Gefühl in mir aufkommen, dass ich ihr meine Anspannung nicht zeigen durfte und es doch tat. Natürlich nahm Marie sie wahr, jetzt, in dieser Umarmung, früher, in der Trage vor meiner Brust. In dem, wie ich Tom angesehen hatte, als er mich stehen gelassen hatte. Wie ich mich zurückgezogen hatte. Marie war mit mir verbunden. Und deshalb musste ich jetzt die Ursache finden, die Ursache für meine Symptome. Damit wir wenigstens hier, in diesem Haus, bleiben konnten. So war doch der Plan gewesen.

Ich rief Frau Müller-Velber vom Schadstoffe-Institut an, wollte wissen, ob die Staubprobe angekommen war.

»Ich habe sie bereits ins Labor geschickt.«

»Darf ich Sie etwas fragen?«

»Nur zu.«

»Wenn nun Holzschutzmittel gefunden werden, in starken Mengen. Was würde das für das Haus bedeuten?«

»Jetzt warten Sie doch erst mal ab«, sagte sie beruhigend. Und als ich schwieg, fuhr sie fort: »Dann müssten wir lokalisieren, um welches Holz es geht und wie es verbaut ist. Sie sagten ja, das Haus sei nachträglich gedämmt worden. Sie müssten dann einen Bausachverständigen holen, der Sie berät. Entweder sie maskieren die Hölzer, verschalen sie oder bauen sie aus. Das ist jetzt rein hypothetisch.«

»Dann verkaufe ich das Haus lieber wieder.«

»Die Ergebnisse liegen schon in ein paar Tagen vor.«

»Für so einen Aufriss habe ich keine Kraft.« In meinem Kopf ratterte die Frage, ob ich eine Mietwohnung bekommen würde. Die Vermieterin oder der Vermieter würden meine Daten abrufen und sehen, dass ich durch den Hausverkauf liquide wäre, immerhin, aber sie würden auch erfahren, dass meine Adaptivität im mittleren, eigentlich schon unteren Bereich war, weil ich zum Beispiel bestimmte Gesundheitsbehandlungen abgelehnt hatte. Im Grunde genommen war ich ein unsicherer Faktor, eine Verweigerin. Wer würde mir also eine Wohnung vermieten? All die Jahre war Tom es gewesen, der die Verträge unterschrieben, der gezahlt hatte.

»Sind Sie noch dran?«, fragte die Frau vom Schadstoffe-Institut.

»Ja, entschuldigen Sie.« Ich blickte zu Marie, die mich aufmerksam ansah. »Und bei einem Verkauf?«

»Da müssten Sie das Gutachten beilegen. Sonst wäre es arglistige Täuschung.«

Vielleicht sollte ich Rieke fragen, ob wir bei ihnen ins Kinderzimmer ziehen könnten. Aber wir kannten uns kaum.

»Ich rufe Sie an, sobald mir das Ergebnis vorliegt«, sagte die Frau jetzt. »Waren Sie denn schon beim Arzt?«

»Heute Nachmittag, und vielen Dank.«

Ich verabschiedete mich und legte auf.

»Was ist denn heute Nachmittag?«, fragte Marie sofort.

»Ich gehe zum Arzt.«

»Bist du krank?«

»Nein.« Vielleicht. »Weißt du was? Lass uns einen schönen Spaziergang machen.« Meine Zungenspitze war aufgeraut, vielleicht von den umherfliegenden Steinwollefasern, die sich in die Furchen gelegt haben mussten, bis sie sich schließlich in den Verästelungen meiner Bronchien verfangen würden. Die Zunge konnte aber auch einfach betäubt sein. Ich wusste die Eindrücke nicht mehr voneinander zu trennen.

Drei Straßen liefen auf die Dorfmitte zu. Die Häuser waren auf sie ausgerichtet. Die Menschen träfen sich genau hier, würden sie aus ihren Türen treten. Es stand sogar eine

Eiche da, deren breites und altes Astwerk über die Straße reichte. Einen Tisch und mehrere Stühle bräuchte es. Und doch, niemand würde sich hier hinsetzen.

Wir nahmen einen der kleineren Abzweige, blieben am Rand, wo der Asphalt in Schotter überging. Ein Haus hatte eine blaue Tür und blaue Fensterläden, eine Quitte im Garten trug pelzige Früchte. Die Terrasse war fertig und angebaut. Das nächste Haus war grau verputzt, die Fensterläden waren geschlossen. Marie lief voraus zu den Pferden, die auf einer Wiese standen und grasten. Ein Fohlen auf staksigen Beinen schob den Kopf zwischen die Hinterbeine einer Stute. Wir kamen an einem Bauernhaus vorbei, der Hof staubig, eine Güllegrube, Ställe, aus denen eine Maschine rumorte. Die rotbraunen Blätter eines Ahorns bewegten sich im Wind. Wieder Wohnhäuser. Wir sahen in den angebauten Essraum eines alten Fachwerkhauses, der Tisch direkt in der Mitte. Zwei Jungen saßen daran, älter als Marie, beide mit hellen, kurzen Haaren. Der Vater trug einen Krug mit Saft zum Tisch, aus dem hinteren Teil löste sich die Gestalt der Mutter. Sie trug ein ärmelfreies Kleid mit roten Blumen und hatte offenes Haar. Sie sagte etwas und wedelte dabei mit den Armen, alle sahen zu ihr hin und lachten. Der eine Junge stupste seinen Bruder an, er reichte ihm ein Brötchen.

»Die gehen sicher schon zur Schule, die Jungs«, sagte ich zu Marie.

Sie erwiderte nichts, und wir gingen weiter, bis die Straße in einen Feldweg mündete, zögerten beide kurz, dann setzten wir unseren Weg fort. Maispflanzen, schon so hoch, dass man darin verloren gehen konnte. Wiesen. Ich benannte, was ich erkannte, Flockenblume, Rainfarn, Klee. Ich wollte noch viel mehr lernen.

Ein Hochsitz, auf den Marie unbedingt klettern wollte. Ich rüttelte an der Leiter, dann nickte ich ihr zu.

Sie winkte mir von oben. »Mama, komm auch.«

Ich sah sie in dem offenen Verschlag, ihr lachendes Gesicht. »Lieber nicht«, sagte ich.

»Bitte, Mama.«

Maries Haare wurden vom Wind zerzaust, und sie sah mich eindringlich an. Ich schüttelte den Kopf, was den Druck in meine Wangen ausstrahlen ließ.

»Du bist blöd.«

Tom wäre ihrer Bitte ohne Zögern gefolgt, behände wäre er die Leiter hinaufgeklettert.

»Erinnerst du dich noch an den Moment?«, rief ich zu Marie nach oben. In ihrem Gesicht las ich, dass sie mit einer Antwort haderte.

»Ja«, sagte sie schließlich.

Er war unspektakulär gewesen. Ich hatte krank auf der Couch gelegen, und Marie hatte ein Brot mit Schokoaufstrich gegessen. Sie hatte es sich allein geschmiert, der Belag war ungleichmäßig verteilt und zu einer Seite des Brots hin viel zu hoch verstrichen. Wäre ich gesund gewesen, hätte ich ihr das nicht durchgehen lassen. Ein Streifen aus Schokolade verlief von Maries Mundwinkel über ihre Wange. »Wenn ich groß bin«, fragte sie auf einmal, und zwischen ihren Zähnen sammelten sich aufgeweichtes Brot und Schokolade, »weiß ich dann noch alles, was passiert ist?« Meine schlaue Tochter. Sie hatte nie von sich in der dritten Person gesprochen, wie Kleinkinder es taten, wenn sie anfingen, Subjekt, Prädikat und Objekt zu verbinden. Sie hatte gleich *ich* gesagt. *Ich will* oder *ich will nicht*. Es mochte vielleicht damit zusammenhängen, dass ich mich ihr gegenüber auch nicht als *Mama* bezeichnet und sie immer direkt angesprochen hatte. In Wirklichkeit aber hatte es etwas mit ihrem Wesen zu tun, sie kam mir von Anfang an reifer und weiser vor, als ich es je war und sein würde.

»Nein. Wir wissen jetzt nicht, an was wir uns später erinnern«, hatte ich ihr geantwortet. »Manchmal sind es gar nicht die großen Sachen, die Urlaube oder Geburtstage, sondern ganz gewöhnliche Ereignisse.« Ich dachte daran, wie ich einmal auf das Schulhofpflaster einen Schmetterling neu aufgemalt hatte. Die alte Farbe war bereits abgesplittert gewesen. Ich hatte den Pinsel über den Asphalt geführt und die Flügel größer als die vorherigen gemacht, mit dem Gefühl, dabei etwas Verbotenes zu tun, weil ich mich nicht an die Vorgabe hielt. »Wir können aber versuchen, uns an diesen Moment, jetzt und hier, für immer zu erinnern«, sagte ich zu Marie. »Ich krank hier auf der Couch, du da am Boden vor mir mit deinem Schokobrot. Was meinst du?«

Sie hatte genickt.

»Kriege ich ein Schokobrot zu Hause?«, fragte sie jetzt und kletterte vom Hochsitz herunter.

»Na gut.«

Der letzte Schmetterling hieß das Puppenspiel, das erste, das Marie erleben sollte. Tom und ich waren aufgeregter als sie, da sie ja gar nicht wusste, was sie erwarten würde. Wir hielten, Tom links, ich rechts, ihre Hände, als wir auf das Studio eines der Stadttheater zugingen und uns in die Schlange einreihten. Es ging ganz rasch. Ich löste meine Hand von Maries. Der Scanner am Eingang ließ mich nicht eintreten, meine Fairness lag mittlerweile bei hundertneunzig Punkten, wie auf dem Display zu lesen war. Und noch bevor ich reagieren konnte, entschied Tom, mit unserer Tochter weiterzugehen. Marie bekam gar nicht mit, dass ich ihnen nicht folgte. Sie hüpfte an der Hand ihres Vaters auf und ab. Die beiden gingen durch das Foyer zum Theatersaal. Tom blickte kurz zu mir zurück und hob die Hand, was mich lediglich den Mund öffnen ließ, vielleicht hätte ich schreien sollen. Menschen drängten an mir vorbei. Ich sah Marie nicht mehr, nur Toms Lockenkopf, wie er sich zu ihr beugte, wahrscheinlich mit ihr sprach. Ob er ihr erklärte, was geschehen war? Ich wusste es nicht. Ich kannte ihn nicht mehr so, wie ich es einmal, eng an ihn gedrückt, getan hatte.

»Wie findest du das?«

»Gut.«

Marie stand in Schreibschrift auf der Mappe, aus der wir die Zeichnungen holten. Sie hatte die Bilder im Kindergarten mit Wachsstiften gemalt. Die meisten von ihnen waren mit kräftigen roten und blauen Flächen versehen, Marie hatte stark aufgedrückt und war schnell hin- und hergefahren, viele Striche führten über den Bildrand hinaus. Dazwischen fanden wir einzelne zarte Bilder, bei denen sie nur mit einer Farbe halbrunde Bögen gemalt hatte. Auch ein Gruppenfoto der Kinder fiel heraus, sie standen an einen umgefallenen Baumstamm gelehnt, flankiert von den Erzieherinnen und Erziehern. Ich suchte Marie darauf.

»Wo bist du denn?«

»Da!« Sie wies mit dem Finger auf die Stelle am Rand, neben einer Erzieherin, ihre Haare waren zum Pferdeschwanz gebunden, und sie trug eine rote Latzhose, sie lachte und hatte die Augen dabei halb geschlossen. »Erkennst du mich nicht?«

»Doch, natürlich.«

Wir legten die Bilder auf dem Boden aus, alle waren mit einem Datum versehen. Bis auf eine Sonne waren keine gegenständlichen Darstellungen darunter. Das intuitive Malen war den pädagogischen Kräften wichtig gewesen. Auf einem Elternabend war erläutert worden, wie gut es für die unbefangene Entwicklung der Kinder sei. Es habe mit dem freien Fließen zu tun, damit, dass es nicht durch Vergleiche beeinträchtigt werde.

Es waren diese Erzieherinnen und Erzieher gewesen, die Marie nicht mehr in den Kindergarten gelassen hatten, mit einem freundlichen, aber bestimmten Lächeln, das kein Schlupfloch ließ, weil ich sie nicht hatte chippen lassen. Marie hatte an dem Tag bereits ihre Hausschuhe angezogen und verstand nicht, warum sie nicht wie immer zum Morgenkreis dazustoßen sollte, sondern in der Garderobe bleiben musste.

»Ich habe leider vergessen, dass es ansteht«, hatte ich rasch gesagt. – »Auch das Zähneputzen?« Die Erzieherin hatte aufgelacht. – »Nein«, rief Marie aufgebracht, »ich habe die Zähne geputzt.« – »Wissen Sie, seit Toms Tod«, versuchte ich noch anzubringen, dabei hatte meine Entscheidung damit nichts zu tun gehabt. Marie war still geworden. – »Das Leben geht weiter«, hatte die Erzieherin gesagt. Und noch ergänzt: »Sie wissen, dass wir das der Zentrale für Familien melden müssen?«

Selbstverständlich wusste ich das. Wobei sie es auch hätten ignorieren können. Es gibt doch immer eine Wahl. Oder etwa nicht? Auf dem Rückweg nach Hause fragte Marie nach dem Grund, den ich ihr nicht recht erklären konnte.

»Ich hab's verbockt«, sagte ich nur. Ich kooperierte nicht. Tat nicht, was gefordert war.

Zu Hause war Marie in ihr Zimmer gerannt und hatte schweigend mit ihren Hölzern einen Turm gebaut. Meine Hände zitterten, als ich in der Küche Puddingpulver anrührte und drei Fruchtgummis obendrauf legte. Ich hatte Angst, Marie zu verlieren. Dass sie mir weggenommen werden würde. Nun konnte nämlich formuliert werden, dass ich das Wohl meiner Tochter gefährde. Einfach so, einfach so könnte es heißen: Kindeswohlgefährdung. Nur weil ich meiner Tochter keinen Chip zwischen Daumen und Zeigefinger hatte einsetzen lassen. Sie war nun in dem Alter, in dem das anstand. In ihrem Fürsorgeausweis war das Datum klar genannt: ihr fünfter Geburtstag. Mit einer Frist von sechs Wochen.

Ich stellte den Pudding neben sie. Marie aber sah mich nicht an, starrte mit krauser Stirn auf ein Holz in ihrer Hand, die Unterlippe vorgeschoben. Sie aß den Pudding erst, als ich das Zimmer wieder verlassen hatte. Ich beobachtete es durch den Türspalt. Wie sie zunächst überlegte, den Fruchtgummi mit den Fingern vom Pudding zu nehmen, die Hand kreiste über der Schüssel, dann den Löffel mit der Faust fasste und damit unter die Süßigkeit fuhr. Am liebsten hätte ich sie dafür auf den Schoß genommen und fest umarmt, aber sie würde sich wehren. Marie war verunsichert, zu Recht. Ich verharrte unbewegt, hörte, wie sie aß. Ich hatte nicht gedacht, dass der Kindergarten sie wirklich wieder nach Hause schicken würde, hatte gehofft, meine Tochter würde unter allem noch eine Weile hindurchtauchen können. Dabei hatte ich jeden Tag gewusst, dass es irgendwann passieren könnte. Meine Gedanken kreisten seit Monaten darum. Ich war mir sicher, dass meine Wahl richtig war. Nur konnte Marie jetzt nicht mehr den Kindergarten besuchen. Keine anderen Kinder mehr. Keine

Struktur. Sie musste die Konsequenzen meiner Überzeugung tragen. Ich zog meine Tochter mit an den Rand, vielleicht auch schon ins Aus. Wenn ich sie dabei nur nicht verlor. Mir fiel ein Vater ein, den ich öfter vormittags mit seinen Kindern auf dem Spielplatz gesehen hatte. Die Kleinen schienen keine Einrichtungen zu besuchen. Ich dachte an das Haus, das ich bereits angesehen hatte. Die ruralen Grenzgebiete waren noch nicht so weit entwickelt. Ich beschloss, es zu kaufen.

»Dieses hier finde ich besonders stark.« Ich hielt ein Papier hoch, auf dem Marie sehr lange mit roter Farbe im Kreis gemalt hatte.

»Das bist du«, sagte sie.

»Ich sehe ja gut aus, wie ein Planet, ein wütender, feuriger Planet.«

»Du musst es so herum halten.«

»Wo sollen wir es aufhängen?«

Guten Tag, guten Tag«, sagte der Arzt etwas fahrig. Ein älterer Mann mit dichtem weißem Haar, einem runden Gesicht und ungewöhnlich hellgrünen Augen. Marie und ich hatten in einem kleinen Vorzimmer gewartet, es gab keine Sprechstundenhilfe. Von der Decke war eine Videokamera auf uns gerichtet gewesen. Ganz unverstellt. In der Stadt hatten die Masten, die alles erfassten, wie Lampen ausgesehen.

»Würden Sie Ihr Smartphone bitte ausschalten und in den Warteraum legen?«, sagte er, nachdem wir einander die Hand gereicht hatten. Schon lange hatte ich das mit niemandem mehr getan. Sein Händedruck war fest.

»Ich habe es gar nicht dabei.«

»Noch besser«, der Arzt setzte sich hinter seinen Schreibtisch. »Sind Sie gechippt?«

Ich nickte.

Er schob Unterlagen auf dem Tisch zusammen und legte sie in ein Fach. »Welches Attest wollten Sie noch mal?«

»Ich bin nicht wegen eines Attests gekommen.«

Der Mann sah auf. »Oh, da habe ich Sie wohl verwechselt. Entschuldigen Sie. Worum geht es?«

Nach wenigen Sätzen, die ich von meiner Vergiftungsangst sprach, liefen mir schon Tränen über die Wangen.

»Wie heißt du?«, fragte der Arzt Marie unvermittelt, die ihm sofort ihren Namen nannte. »Also, Marie, ich habe ein wunderbares Bilderbuch über Wölfe vorne im Wartezimmer, auf dem kleinen Tisch neben der Couch. Möchtest du dir das ansehen?«

Sie schüttelte den Kopf und rückte an mich heran.

»Ich will nur kurz mit deiner Mama sprechen«, sagte er. »Wenn du es durchhast, kannst du wiederkommen. Darfst auch die Tür offen lassen.«

Marie ging tatsächlich zögernd davon. Die Tür blieb weit geöffnet.

Jetzt sah der Arzt mich eindringlich an. »Beschreiben Sie bitte nur Ihre Symptome.«

»Ich bin eine schlechte Mutter. Es ist nicht gut, dass sie das hört. Ich rede hier einfach los.«

Der Arzt bewegte den Kopf ein wenig von links nach rechts, sein Blick war milde auf mich gerichtet. Er war sicher ein wunderbarer Vater und Großvater.

»Sie sind nicht von hier, oder?«

Ich erzählte vom Haus, in dem wir seit Kurzem lebten. Von meiner Zunge, den Kopfschmerzen, der Schlaflosigkeit. Marie kam mit dem Buch in der Hand und setzte sich vor die offene Tür im Schneidersitz auf den Boden, zu mir gewandt.

»Wir machen am besten einen Abstrich und ein Blutbild. Da müssen Sie etwas zuzahlen. Ich denke, Eisenspeicher und Vitamin B12 könnten interessant sein.«

»Ich bin Veganerin«, sagte ich.

»Eine Muttermilchverweigerin?« Der Arzt lächelte mich an.

»Nicht nur das.«

»Dass ich eine Privatpraxis habe, wissen Sie?« Auf einem Zettel kreuzte er etwas an.

Ich schüttelte den Kopf.

»Ist nicht viel, ich nehme 25 Euro für die Behandlung.«

»Verstehe.«

»Ich würde Leber- und Nierenwerte mitmachen wollen.« Er blickte aus dem Fenster. »Ich glaube allerdings nicht, dass wir etwas finden.«

»Bitte schauen Sie doch mal.« Ich streckte meine Zunge heraus.

»Das habe ich schon gesehen.« Während er Nadel, Kanüle und Zubehör holte, fragte er: »Haben Sie schon mal darüber nachgedacht, was Zuhause für Sie bedeutet?«

»Nein.«

Der Arzt nickte und setzte sich neben mich, um meine Armbeuge zu befühlen. Marie sah in das Buch, ihre Augen flogen über die Seiten, um alles zu erfassen. Sonst war ihr Körper ruhig, wie am Boden verankert.

Ich musste jünger als Marie jetzt gewesen sein, als der Schlauch in meinen Mund geschoben wurde. Menschen hielten mich fest, eine ganze Gruppe, so war es mir vorgekommen, darunter meine Mutter. Doch ich wollte dieses braune, feste, unendlich lange Ding, das immer tiefer in meinem Hals versenkt wurde und mir die Luft zum Atmen nahm, mich von innen aufriss und töten würde, herausziehen. Auch hier die Griffe um den Arm, Mutters fester Griff. Mein Körper schwer, als wäre er in zähem Gummi gefangen. Die Tabletten taten wohl ihre Wirkung. Die Tabletten, an denen ich geknabbert hatte, die so bitter schmeckten, die Zunge betäubten und doch jeden Tag im Mund meiner Mutter verschwanden. Das warme Wasser gluckerte in meinen Bauch. Ein See bildete sich in mir, schwappte hin und her, stieg höher, versenkte alles, Haferflocken und

Gedanken, blähte den Bauch auf. Ich pinkelte, und noch während sich die Hose nass und warm an meine Schenkel klebte, erbrach ich mich.

Was direkt danach geschah, daran habe ich keine Erinnerung. Meine Mutter war weg, »in Kur«, sagte Vater, der plötzlich zu Hause war, nicht mehr auf Geschäftsreise oder bis in die Abendstunden in der Firma. Es war ungewohnt, der Geruch seines Aftershaves überall, seine Telefonate, die er in einer bestimmenden Tonlage führte, die ich nicht kannte. Selbst bei geschlossener Tür hörte ich ihre Härte. Wahrscheinlich rief er nicht nur in der Firma an, sondern auch schon bei seinem Anwalt und bereitete die Scheidung vor. Wir wohnten damals noch am Hang, auf dem Weg vom Dorf zum Aussichtsturm. Unser Haus hatte einen Garten, durch die Glasschiebetüren war das Wohnzimmer zu sehen, die ausladende graue Couch, und ein paar Stufen höher unsere offene Küche mit dem Arbeitsbereich in der Mitte. Die Schränke in zartem Gelb. Wenn es meiner Mutter gut ging, standen Osterglocken oder Sonnenblumen oder Gerbera in einer Vase auf dem Tisch. Mein Zimmer lag im oberen Stock und hatte ein in die Schräge gebautes Hochbett, um das mich Louisa beneidete, es war über eine Strickleiter zu erreichen.

Nachdem mein Magen ausgepumpt und meine Mutter wieder da war, kam längere Zeit Frau Scheffler vorbei, zu Kaffee und Kuchen. Ich musste dann immer am Tisch sitzen bleiben. Meine Mutter war geschminkt, trug ihre Ohrringe und legte Stoffservietten neben die Teller, aufgeschäumte Milch stand auf dem Tisch. Ich beantwortete Fragen über meine Freundinnen, mein Kuscheltier. Frau Scheffler tat so, als wäre das ungemein spannend, dabei interessierte es sie gar nicht, sie war jedes Mal aufs Neue überrascht über den Namen des Kuscheltiers. Sie hörte ihn mehrfach und behielt ihn doch nie. »Wolf?«, sagte sie. »Das ist doch kein Name für einen süßen Biber.« Aber so hieß er halt. Mein Wolf.

»Das ist ja total schön«, rief Rieke, als sie mit dem Fahrrad vorfuhr, Konrad sprang von der Ladefläche vorne. Ich hatte mit Marie vor dem Haus gewartet. Sie war so aufgeregt, dass Konrad sie besuchen würde, traute sich aber nicht, alleine vor dem Haus zu spielen. Also hatte ich einen Stuhl mitgenommen und mich in den kleinen Vorgarten zu ihr gesetzt. Ich fühlte mich auch ein wenig festgesetzt, wie immer, wenn mein Kind mich brauchte. Der Efeu wucherte bereits wieder am Mauerwerk empor, ich schob meinen Fuß unter die Pflanze und zog zwei, drei Haftwurzeln ab. Aufstehen wollte ich nicht, das tat ich erst jetzt, als Rieke strahlend auf mich zukam.

Wir umarmten uns. Nur Maries Körper war mir in meinem gegenwärtigen Leben nahe, aber so, als wäre er noch ein Teil von mir, natürlich. Dass Rieke mich berührte, auch wenn es nicht das erste Mal war, wühlte mich auf. Sie roch nach Feuer. Obwohl ich selbst nicht sonderlich groß war, kam ich mir in der Umarmung wuchtig vor. Meine Brust schien ihren gesamten Oberkörper zu umfassen. Ich löste mich, sie ließ ihre Hände auf meinen Armen, sah mich an, als erfasste sie, wie es mir ging. Ich wich ihrem Blick aus.

Sie sah zum Haus und sagte: »Hier wohnt ihr? Das ist ja wunderschön mit dem Fachwerk.«

Konrad und Marie liefen in den Garten vor.

»Möchtest du Kaffee oder Tee?«

»Hast du Lupinenkaffee?« Rieke ließ mich los.

Ich schüttelte den Kopf.

»Dann gerne einen Tee.« Und als wir in der Küche standen, sagte sie: »Das ist doch schon richtig gemütlich hier.«

Ich nickte nur, schüttete Wasser aus der Flasche in den Kocher.

»Ich fühle mich aber nicht wohl«, sagte ich dann.

»Warum?«

Ich war gehemmt, Rieke vom Ausmaß meines Zustands zu erzählen. Als ich sie nur traurig ansah, ging sie in den Flur und schaute in die unteren Zimmer. Ich beobachtete sie von der Küchentür aus. Würde Rieke auch etwas spüren, Kopfschmerzen bekommen oder einen Geschmack im Mund, wäre es ein Beweis dafür, dass da etwas war. Ich sehnte mich danach und fürchtete es zugleich. Wir hätten dann erst mal nichts mehr, Marie und ich. Müssten ausziehen. Fühlte Rieke jedoch nichts, würde sie nicht reagieren, so wie auch Marie nicht reagierte, ließe dies eine Ahnung zu, die ich nicht formulieren wollte.

»Klar, ist noch fremde Energie drin«, sagte sie. »Aber wenn hier erst viele Kinder durchgetrampelt sind, ist die weg.«

Ich hörte es, doch es veränderte nicht das Gefühl. Dunkel lag etwas auf mir. Es hatte damit zu tun, dass ich das Haus gekauft hatte. Dieses Haus. Ich konnte etwas dafür, dass hier Schadstoffe waren. Es hatte etwas mit mir zu tun.

»Wie lange stand es leer?«, fragte Rieke.

»Drei, vier Jahre. Vielleicht länger.«

»Dann sind hier vielleicht noch verlorene Wesen.«

»Auch das noch.«

»Dir geht's wirklich nicht gut.« Rieke kam auf mich zu und legte mir ihre Hand auf die Schulter. »Die wollen nur erlöst werden. Hast du schon geräuchert?«

»Salbei, Weihrauch. Viel gelüftet.«

»Lass dir Zeit, Gesa.«

»Ich glaube, ich schaffe das nicht.« Ich konnte nicht weinen, dabei hätte ich es so gern getan.

In dem Moment kam Marie vom Garten herein und steuerte das Badezimmer an. Sie sah mich an, wie ich mit Rieke dastand. Marie zuckte zurück, minimal von mir weg, dabei ging sie weiter zum Bad. Nur ich bemerkte die kurze Bewegung. In ihr lag das Bedürfnis, weg aus diesem Raum zu gehen, weg von mir. Weil ich ihr Angst machte. Und ich war die Einzige, die Marie geblieben war. Plötzlich wünschte ich mir, Tom lebte noch. Ihr so unbeschwerter, oberflächlicher Vater, den alle gemocht hatten. Er würde Marie nehmen und mit ihr auf den Hochsitz klettern, Jägerin und Jäger mit ihr spielen, Tiere imaginieren, lustige Namen für sie erfinden. Und ich hätte mich von ihr lösen können, denn sie wäre umsorgt gewesen. Ich hätte meine Gedanken ordnen können, die Angst beruhigen. Mich verstecken. Nur wo? Und bis wann? Bis was vorbei war? Dann wäre Marie ein konformer Mensch geworden, erwachsen vielleicht, Teil einer Gesellschaft, die ich ablehnte. Vielleicht besser für sie. Es wäre besser für sie gewesen, wenn Tom nicht kollabiert wäre. Besser, mit ihm zu sein als in den ländlichen Sektoren, entfernt, aber mit einer Mutter, die ihr kein Zuhause schaffen konnte. Die kein Zuhause für sich selbst hatte.

»Sollen wir uns in den Garten setzen und reden?«, fragte Rieke.

»Wie findest du denn, dass es hier riecht?«, wollte ich wissen.

»Noch nicht nach euch. Das ist normal.«

»Ich vertraue diesem Haus nicht«, sagte ich. Es sind Schadstoffe hier drin. Die aus den Balken dünsten. Die hinter den Wänden lauern. Oder im Wasser. Ich sprach es nicht aus. Das, was keine Skepsis war, sondern ein körperlich vermitteltes Wissen, dass etwas in dem Haus nicht in Ordnung war, egal wie schön es aussah und eingerichtet war.

»Und Marie? Wie geht es ihr?«

»Sie ist unbefangen.«

»Sie schläft gut?«

»Ja.«

Rieke wiegte den Kopf hin und her. »Was kann ich für dich tun? Soll Marie heute bei uns schlafen?« Gemeinsam gingen wir in den Garten.

»Ich weiß nicht, ob sie sich das schon traut. Sie hat noch nie bei jemand anderem übernachtet. Aber wir können sie fragen.«

Rieke betrachtete Haus und Garten. »Du könntest die ganzen Sachen, die da stehen, wegräumen. Lavendel einpflanzen, oder dort im Sonnenlicht Tomaten. Und die Steine durch Kiesel ersetzen. Das macht gleich eine bessere Stimmung.«

Ich war froh, dass Rieke da war. Und ich verstand, was sie meinte. Ich war nur blockiert. Da unklar war, ob wir überhaupt bleiben konnten. Wenn das hier vergiftet war, wäre es sinnlos, Tomaten zu pflanzen. Mehr als das, es wäre gefährlich. Sie wären vergiftet wie Marie und ich.

»Mir ist das alles zu viel«, sagte ich, »ich kann keinen klaren Gedanken fassen.«

»Marie«, rief Rieke, und meine Tochter sah vom Spielen mit Konrad auf. »Komm doch mal her.«

Sie kam sogleich angesprungen. Auf den Steinplatten der Terrasse hüpfte sie auf einem Bein, ohne die Ritzen zu berühren. Sie sah zu mir, tastete mich wieder mit Blicken ab, versuchte zu verstehen, was los war.

»Sag mal«, Rieke griff nach ihrer Hand, »du hast doch schon mal bei uns geschlafen?«

Marie nickte freudig.

»Möchtest du heute noch mal mitkommen? Mit zu Konrad, Grete und mir?«

»Mit Mama?«

»Deine Mama bleibt hier und ruht sich etwas aus.«

Marie löste sich von Rieke, ihre Hände gruben sich zwischen meine übereinandergeschlagenen Oberschenkel. Ich wollte sie von mir wegschieben. Auch sie war mir gerade zu viel.

»Wir grillen Marshmallows am Lagerfeuer«, sagte Rieke.

Marie zögerte, ihre Zunge legte sich an die Vorderzähne. Sie blickte zu mir. In ihr arbeitete es, sie versuchte, etwas zu begreifen, was da und zugleich nicht zu fassen war, diffus blieb. Wie ähnlich wir uns darin waren. In dem Moment wusste ich, dass sie nicht mitgehen würde. Nicht weil sie nicht wollte. Konrad war ihr Freund und Rieke ein so lieber Mensch, dass Marie Vertrauen zu ihr gefasst hatte. Sie würde nicht gehen, weil sie mich nicht allein lassen wollte. Gerade weil sie mich nicht verstand, gerade weil ich sie ängstigte. Ich erkannte es, ich kannte es. Sie musste sich jederzeit vergewissern können, dass ich noch da war, noch in dieser Welt. Für Marie war es wichtiger, bei mir zu sein, damit sie mich, wie auch immer, festhalten konnte, das war wichtiger als alles andere. Denn sie ahnte, was ich hatte: Ich drohte ihr zu entgleiten. Sie schüttelte den Kopf, und Rieke nickte. Bevor Marie zu Konrad zurückging, küsste sie mich so, dass Rieke es nicht sah, auf den Rücken. Ich fühlte es durch den Stoff, ein Tupfen ihres Mundes.

»Darf ich mal nach oben gehen?«, fragte Rieke.

Ich nickte. Als sie aufstand, hielt ich sie am Arm fest.

»Da war eine tote Krähe. Ich verstehe nicht, wie die da reingekommen ist.«

Rieke sah mich nachdenklich an. Dann zu den Kindern. »Guck mal, Gesa, die spielen schön. Die sind überhaupt so innig miteinander. Wir gehen da jetzt mal hin.«

Ich folgte Rieke die Treppe hoch, die sie leichtfüßig nahm. Sie betrat den ersten Raum, in dem Toms Dinge verstaut waren. Das Sideboard stand direkt neben der Tür im Weg.

»Hier habt ihr noch nichts gemacht«, stellte Rieke fest.

»Uns reicht das unten erst mal.« Ich war an der Tür geblieben. So wie Marie am ersten Tag. Der Geruch der toten Krähe war nicht mehr wahrnehmbar.

»Edle Sachen«, sagte Rieke und fuhr mit der Hand über den alten Schreibtisch aus Eiche.

»Von Tom, Maries verstorbenem Papa.«

Rieke verarbeitete, was ich sagte, ich sah es an ihrem Innehalten, das hatte sie noch nicht gewusst. Dann sah sie aus dem Fenster in den Garten. Sie winkte, offensichtlich hatte eins der Kinder sie entdeckt.

»Er hatte seinem Vater, also Maries Großvater, gehört.« In eine Ecke der Tischplatte hatte jemand ein *M* eingeritzt. Tom hatte immer seinen Würfelbecher darauf abgestellt. Er war aus Leder. Wenn Tom mit seinen Texten nicht weiterkam, würfelte er vor sich hin, bis die Blockade vorbei war. Das Ding war sicherlich noch in einem der Kartons.

»Wann ist er gestorben?«, fragte Rieke. »Also, Maries Papa?«

Ich brauchte einen Moment. »Vor einem Dreivierteljahr ungefähr. Bald ein Jahr.«

»Und wie geht Marie damit um?«

»Ich weiß es nicht.«

Der Chip vibrierte unter meiner Haut, und ich kratzte an der Stelle, das kleine Ding ein Widerstand im weichen Gewebe.

»Das kommt, wenn es so weit ist«, sagte Rieke.

Sie stimmte einen tiefen Ton an und ging in den hinteren Raum. Der Ton verklang.

»Das hier hat ihm aber nicht gehört, oder?« Rieke wies auf das Bett an der hinteren Wand. Ein altes Möbelstück mit einer hohen hölzernen Fläche am Kopfende, es hätte zu dem Schreibtisch gepasst. Unter dem Lattenrost lag Staub. Toxischer Staub.

»Nein, das war schon da.«

Wir traten beide nicht näher heran, dabei war es nur ein altes Bett.

»Sollen wir es zusammen auseinandernehmen? Ich helfe dir, und du lässt später den Sperrmüll kommen.«

»Gern. Aber vielleicht nicht heute.«

Rieke schüttelte ihre Arme aus. »Ich bringe dir das nächste Mal noch einen Schwarzen Turmalin mit. Und ich schreibe dir die Nummer auf von Luca, der Geomantin.«

In der Nacht nahm ich ein Messer mit stabiler, breiter Klinge, schob im Wohnzimmer die Couch vor und setzte es an der Wand an. Ich hatte mir vorgestellt, die Platten durchstoßen zu können, aber die Messerspitze hinterließ nur eine Kerbe, sosehr ich auch drückte. Mir fiel der Handbohrer ein, den Marie in ihrer Werkbank hatte. Ein Dachs war auf dem roten Zahnrad angebracht, mit der Pfote zeigte er die Drehrichtung an. Und tatsächlich, als ich kräftig loskurbelte, brach der Bohrkopf in die Schicht hinein, grau gekräuseltes Material fiel aus den Windungen. Ich zerbröselte es zwischen den Fingern und roch daran. Nichts. Ich setzte erneut an und durchbrach die Platte, drehte so lange hin und her, bis ein größeres Loch entstand, in das ich mit der Taschenlampe leuchtete. Helles Zeug füllte den Hohlraum aus. Mit einer Büroklammer gelang es mir, einiges davon herauszuziehen. Die Fasern waren fein, ich rieb das flexible Material zwischen den Fingern, es löste sich auf. Meine Kuppen brannten, als hätte ich dort unsichtbare Schnitte gesetzt. Mein Mundraum war erfüllt von seltsam schmeckendem Speichel, ich schluckte ein paarmal, die Wahrnehmung blieb. Ich drehte den Bohrer noch tiefer hinein, bis ich auf etwas Neues stieß, eine metallisch schimmernde Folie. Dahinter ein harter Widerstand. Ich pochte ein paarmal dagegen, hölzern hörte es sich an, wahrscheinlich ein Balken.

»Was machst du da?« Marie stand in der Tür. Die Schlafanzughose rutschte, und sie zog sie am Hintern wieder hoch.

»Nichts.« Ich ging rasch auf sie zu, nahm sie auf den Schoß. So saßen wir da auf dem blanken Boden, ich wiegte Marie, die sah zu dem Loch in der Wand. Ich auch. Der Bohrer steckte immer noch darin.

»Was machst du mit meinem Bohrer?«

»Ich habe mir die Struktur des Hauses angesehen. Wie es aufgebaut ist. Ich glaube, ich weiß es jetzt.«

Sie drückte ihren Kopf an meine Brust.

»Mir geht es nicht gut, Marie. Ich versuche zu verstehen, was los ist.«

»Liest du mir was vor?«

»Na klar«, sagte ich. Und dann: »Mariechen, es tut mir leid. Ich wäre gerne anders drauf, fröhlicher. Ich liebe dich.«

»Mir ist kalt«, sagte sie.

Ich liebte meine Tochter so sehr. Müsste ich mein Leben für sie geben, ich zögerte keine Sekunde. Doch darum ging es nicht. Es ging darum, einen Alltag zu leben, in den hinein Marie sich entspannen konnte und in dem sie sich geborgen fühlte.

»Was möchtest du denn hören?«

»Das längste Buch von allen.«

»Soll ich uns einen Tee machen? Du weißt schon: Tee-Buch.«

So hatten wir es einige Zeit genannt, das abendliche Vorlesen, für das ich ihr eine Trinkflasche mit warmem Fencheltee zubereitete. Damit hatte ich sie abgestillt, und das Nuckeln an der Flasche, während ich vorlas, war lange geblieben, war zu einem Gefühl der Geborgenheit für sie geworden. Einmal hatte die Waschmaschine im Badezimmer so heftig rotiert, irgendetwas darin war blockiert gewesen, dass wir nachsehen gegangen waren. Der Trockner darauf war kontinuierlich nach vorne gerutscht, schließlich gekippt und mit einem Krachen auf den Steinboden gefallen. Marie war damals zwei Jahre alt gewesen. »Tee-Buch!«, hatte sie erschrocken gerufen und mich an der Hand ins Schlafzimmer gezogen.

Ich hatte meine Mutter auch an der Hand genommen. Schwach hatte ihre in meiner gelegen, und ich drückte sie fest, spürte den harten Ring, die Knochen unter schlaffem Fleisch. Zog sie unter einem Durchgang zur Straße vor. Ich wollte nur weg, nach Hause, irgendwo anders hin mit ihr. Meine Mutter war vormittags in den Kindergarten gekommen. Ich hatte eine Brennnessel im Garten gepflückt, war schlau genug gewesen, sie der Wuchsrichtung entlang zu fassen, war auf Ruben zugegangen und hatte sie ihm über die nackten Unterschenkel gezogen. Er sah von seinem Spiel mit dem Bagger auf, es dauerte etwas, ich beobachtete es genau, wie der Schmerz sich in seinem Gesicht zeigte, wie er den Mund aufriss und seltsam mit dem Kopf wackelte, sich die Wade rieb. Er rannte schreiend zu Emma, der Kindergärtnerin. Ich musste daraufhin in der Garderobe sitzen, die Tür zum Raum wurde geschlossen, und ich starrte auf meine roten Sandalen, hörte, wie Teller aufgedeckt wurden, Stühle rückten, das Lachen einem Murmeln wich, es war Essenszeit. Jemand rief wohl meine Mutter an, die auch kam. An ihrem verquollenen Gesicht erkannte ich, dass sie nicht gut drauf war. Wahrscheinlich hatte sie benommen im Bett gelegen. Am liebsten hätte ich sie sofort wieder hinausgeschoben. Ihre Zunge war schwer. Als lägen Kiesel darauf, fragte sie, warum ihre Tochter in der Garderobe sitzen müsse. Sie bekam die Zunge nicht an den Gaumen, das Wort *sitzen* ohne T. Ich kannte den Buchstaben zwar noch nicht, doch dass er fehlte, war unüberhörbar. Nicht nur für mich, auch für die Kindergärtnerinnen, die Kinder, die gekommen und neugierig waren, wie ich es bei Rubens Reaktion auch gewesen war. Ohne sich eine Irritation anmerken zu lassen, berichtete Emma, was passiert war.

»Das ist schwarze Pädagogik, das wissen Sie schon«, sagte meine Mutter.

Emma antwortete nicht. Ich saß weiter auf der Bank und fokussierte meine Mutter von unten. Innerlich beschwor ich sie, den Mund nicht noch einmal zu öffnen, sondern einfach zu schweigen. Wenn ich es mir nur stark genug wünschte, dachte ich. Zugleich war ich froh über das, was sie sagte. Über ihre Wut, ihre berechtigte Wut, die unter allem Gedämpften deutlich zu spüren war. Auch für Emma.

»Ich möchte das nicht vor den Kindern besprechen. Ich werde Sie und die Leitung um ein Gespräch bitten«, sagte meine Mutter. So viele Buchstaben, so viele Wörter. Ich griff nach ihrer Hand, schämte mich, es zu tun, und zeigte doch, dass sie zu mir und ich zu ihr gehörte. Ich stand auf. Meine Mutter folgte mir, ohne sich zu verabschieden.

Marie war in meinem Arm eingeschlafen, das Buch lag aufgeklappt auf der Decke. Ich schob sie behutsam von mir und setzte mich auf, ging in die Küche. Der Steinboden war kalt unter meinen Füßen, zum Spülbecken sank er ein wenig ab, Staub und Krümel sammelten sich dort an der

Scheuerleiste. Das Bad ging neben der Spüle ab, das Licht aus der Küche reichte, um es räumlich zu erfassen. Eng war es, ungefähr drei Meter lang, es hatte nur ein kleines Fenster an der einen Seite. Ich streckte die Zunge heraus, der Spiegel zeigte mir selbst in der Dunkelheit die weiße Fläche. Zurück in der Küche, durchmaß ich den Raum mit Schritten, auch den Flur. Dann stieg ich ins obere Stockwerk, bei jedem Schritt pochte es in meinem Kopf. Zwei Zimmer hätten Marie und mir gereicht. Ein kleiner Bungalow, ein Bauwagen. Warum nur hatte ich dieses Haus gekauft? Ich knipste oben alle Lichter an. Dann betrat ich das Krähenzimmer, Toms Möbel verstellten mir den Weg. Ich versetzte dem Sideboard einen Tritt, was lediglich meinem Zeh wehtat. Das Zimmer war größer als das untere, weil es noch über den Eingangsbereich im Erdgeschoss reichte. Ich verließ es, der Flur war eng, er erschien mir zu klein. Ich betrat den zweiten Raum, den mit dem Bett. Wuchtig stand es in der Ecke, das Kopfteil wie ein langer Schatten. Ich schätzte die Maße des Raums, trat an die Tür und warf einen Blick in den Flur, grell erleuchtet durch die Leuchtstoffröhre. Dann wieder ins Zimmer. Es stimmte nicht. Im Flur fehlte etwas. Ich trat an die Wand gegenüber der Treppe und betrachtete sie genau. Eine Raufasertapete, die gelbstichig war. Mit den Fingerspitzen fuhr ich über die Holzsplitter, die da in das Material eingearbeitet waren. Ich klopfte mit dem Knöchel. Wie unten, hart und dumpf, eine Gipsplatte mit Dämmung dahinter. Ich klopfte daneben, das Geräusch war klangvoll. Ich ging wieder in das Zimmer. Das Bett stand zu weit hinten. Das war es, was mir aufgefallen war. Ich trat an das Bett heran. Es roch nicht nur nach altem Holz, sondern auch nach Verwesung. Ich ignorierte den Ekel und versuchte, das Möbel zu bewegen. Es war schwer, und ich musste einen Fuß gegen die Wand stemmen, um es davon abziehen zu können. Ein Spalt entstand, in den ich mich zwängte und von dem aus ich mit dem Rücken und an die Wand gedrückten Beinen das Bett verschob. Es knarrte. Das Türchen war sofort zu sehen, es war durch das Kopfteil verdeckt gewesen. Ein tischhoch in die Wand eingearbeiteter Rahmen, aus der Fläche stand ein Haken wie eine Einladung hervor. Ich zog an ihm, das Licht fiel in einen kleinen Raum, höchstens einen halben Meter breit, etwa eineinhalb Meter lang. Ich schob den Kopf hinein, hielt mir dabei die Nase zu. Links an der Wand stand eine Packung Windeln, und ich brauchte einen Moment, bis ich verstand, dass es sich um Windeln für einen erwachsenen Menschen handelte. Ein Eimer daneben. Ansonsten war das Kabuff leer. Ich zog mich zurück und schloss es rasch. Warum, fragte ich mich und stockte. Ich wollte die Frage nicht formulieren. Warum hat sie ihn so gequält, fragte ich mich dann aber doch, als ich wieder zu Marie unter die Decke kroch. Und wusste es sofort.

Mit einer Rute in den Händen schritt Luca durchs Gras. Sie trug einen roten Wollpullover, der mir zu warm erschien für diesen Tag, eine Leinenhose, ihre Sandalen hatte sie ausgezogen. Luca hatte rötliche Haare bis zu den Ohren, einen akkurat geschnittenen Pony. Marie und ich standen an der Küchentür. Ich hätte mich gerne aus dem Geruch herausbewegt, den ich am Eingang zur Küche so deutlich wahrnahm, der den Wunsch weckte, das Haus nicht zu betreten. Eine olfaktorische Grenze, vielleicht auch Warnung, die ich immer wieder überging. Doch Marie hatte nach meinem Rock gegriffen, quasi meinem Rockzipfel, ich verharrte mit ihr, beobachtete mit ihr die Frau in unserem Garten. Die beiden Messingteile bewegten sich nach außen, und Luca blieb stehen, ihre Lippen bewegten sich. Sie lächelte, setzte ihren Gang fort.

»Was macht sie?«, fragte Marie.

»Ich weiß es nicht.«

Luca sah zu uns herüber. »Sieh mal, Marie!«, rief sie.

Marie lief gleich zu ihr. Ich näherte mich auch.

Immer wenn Luca auf einen bestimmten Punkt zuging, fingen die dünnen Stangen an zu vibrieren und bewegten sich nach außen.

»Ein Kraftpunkt«, sagte sie, »ein spiritueller. Es gibt noch einen zweiten auf dem Grundstück, einen emotionalen. Den habe ich gemessen, aber noch nicht gefunden.«

»Hast du das gemacht?«, fragte Marie.

»Nein, die Rute hilft mir nur zu spüren, was da ist. Sie ist meine Verbindung zu den Schwingungen der Erde. Warte mal.« Luca kramte in ihrer Hosentasche und holte ein Pendel hervor. Ein heller Kristall zeigte mit der Spitze nach unten. »Mit ihm geht es auch. Ich mag die Rute lieber.« Sie hielt das Pendel zwischen den Fingern und bewegte sich auf den Punkt zu, es war einfach eine Stelle im Gras im hinteren Teil, fast schon an der Wand, das Pendel schlug aus.

»Möchtest du probieren?« Sie reichte Marie das Band.

Es pendelte hin und her, Marie bewegte die Hand dazu.

»Halte es ganz still, die Bewegung kommt von selbst.« Sachte berührte Luca Marie an der Hand. Die ging nach vorne, zurück.

»Versuch mal, nur die Fingerspitzen zu nehmen, als würdest du ein verschmutztes Taschentuch wegtragen.« Sie zeigte die Handhaltung mit Daumen und Zeigefinger, die anderen Finger abgespreizt.

Marie machte es nach. Das Pendel kreiselte leicht, die Drehungen wurden ausladender, je näher Marie der Stelle kam, und schwächer, wenn sie sich entfernte.

»Ein guter Ort für Meditation, die Verbindung zur geistigen Welt ist besonders hier«, sagte Luca. Sie lächelte zu Marie.

»Ist der wertvoll?«, fragte die.

»Ein Bergkristall, es geht, nein, das ist kein Edelkristall«, sagte Luca. »Tiere brauchen keine Pendel«, sagte sie zu uns beiden, »sie erkennen die Punkte so. Beispielsweise koten sie oft darauf, weil dort die Energie anders ist, alles schneller verwest und sie so nicht so leicht aufzufinden sind für Feinde.«

Marie sah Luca gebannt an.

»Deshalb hast du neulich auf unseren spirituellen Kraftpunkt gepinkelt«, sagte ich zu Marie.

»Das war doch dort.« Sie zeigte woanders hin.

»Ich habe das Haus schon gescannt vor ein paar Tagen«, sagte Luca, »nachdem wir telefoniert hatten und du mich beauftragt hast.«

»Das geht?«, fragte ich. »Du hattest doch die Adresse noch gar nicht.«

Sie nickte. »Ich kann das, ja. Die Adresse brauchte ich nur, um noch zu euch zu finden.« Sie sah zum Haus. »Ich möchte es jetzt gerne in Ruhe ausmessen. Es ist energetisch tot. Kein Wunder, dass es dir nicht gut geht. Du hältst mit deiner Energie die Räume am Leben, dabei sollten die Räume euch Energie geben. Ich habe auch schon gesehen, dass es ein Kraftort ist, werden kann. Es ist ein guter Ort für euch.«

»Wirklich?«, fragte ich.

»Ja.«

»Warum ist es so tot?«

»Warum ist die Welt an vielen Stellen so tot. Das ist schwer zu sagen. Meist sind es störende Einwirkungen auf die Energiefelder. Auf feinstofflicher Ebene. Der Leerstand verschlimmert es dann, manchmal auch Menschen, die früher darin gewohnt haben. An ihnen kann es auch liegen. Ich werde nach erdgebundenen Seelen sehen. Auch nach anderen Wesen. Zwergen. Hast du hier schon mal einen gesehen?«, fragte sie Marie.

Ihr Körper war angespannt, sie war auf Luca konzentriert, verarbeitete, was sie hörte und sah, die Rute, das Pendel in ihrer Hand. Zwerge. Marie nickte und zeigte in den Durchgang zur Straße.

»Kinder haben noch einen unverstellten Zugang zu höheren Ebenen«, sagte Luca zu mir.

Wir folgten ihr, auch ich versuchte zu erfassen, was hier vor sich ging. Aus dem Gerümpel unter der Schubkarre holte Marie einen Gartenzwerg mit Pfeife im Mund hervor. Sie legte die Zunge an die Zähne und sah erwartungsvoll zu Luca. Die Nase des Zwergs fehlte und legte den Blick ins schimmelige Innere seines hohlen Körpers frei.

Luca lachte. »Hervorragend, den können wir auch ins Licht schicken. Oder in die Mülltonne.«

»Meinst du, im Haus sind noch Seelen?«, fragte ich.

»Soll ich?«, fragte Marie und zeigte zu den Tonnen. Luca nickte. Sie hatte rosige Wangen, ihre Wimpern und Augenbrauen waren so hell, dass ihr Gesicht etwas Nacktes hatte.

»Im Vorabscan habe ich keine gesehen«, sagte sie zu mir, »ich überprüfe das. Du hast mich telefonisch beauftragt, dein Haus und das Grundstück zu entstören. Ich mache das mittlerweile nicht mehr, indem ich die entsprechenden Zeichen aufzeichne. Ich markiere sie gedanklich. Auf elektromagnetische Felder. Radioaktive Stellen. Schadstoffe. Wobei ich keine gesehen habe. Ich erkläre dir nachher noch alles genau, das kannst du dann gerne notieren.«

Marie und ich setzten uns in den Garten. Ich hörte, wie Luca die Küche abging, die Tür zum Flur scharrte über den Boden. Zwischen meinen Brüsten sah ich einen feuchten Film auf der Haut, ich schob meine Nase über den Ausschnitt. Sauer.

Später stand Luca im Garten und tippte auf ihrem Telefon, wartete auf etwas, es piepte, sie las die Nachricht. Ich schenkte ihr Tee ein und sah sie an. Sie neigte den Kopf nach links und rechts und sah dann zum Himmel.

»Ich überprüfe meine Ergebnisse immer noch mal mit meinem Meister. Er hat mir eben die Bovis-Einheit bestätigt. In Bovis«, sie setzte sich zu mir, ihr Gesicht wurde wieder weicher, »messen wir die Energie eines Ortes. Der Begriff kommt eigentlich aus der Weinprüfung und bezeichnet die Licht-Wellenlinien. Wir nutzen ihn für uns. Kurzum, bei dir sind wir bei 11 000 Bovis-Einheiten, Tendenz steigend. Als ich kam, hatte das Haus gerade mal 6 000, da war energetisch nichts mehr, salopp gesagt. Ich habe selber mal in so einem Haus gewohnt, das ist hart. Doch jetzt in dieser Schwingungsfrequenz können keine Schadstoffe mehr wirken. Überhaupt keine negativen Energien.«

Luca erklärte mir daraufhin, dass die Steinwolle radioaktiv belastet gewesen sei, keine starke Strahlung, jedoch vorhanden. Sie habe das entstört. Ebenso einen Chi-Schalter zwischen Küche und Flur installiert, die pyramidalen Ecken in Flur und Treppenaufgang entstört. Das elektromagnetische Feld. Es habe zwei pathogene linksdrehende Wasseradern gegeben, eine direkt unter meinem Bett, die sie umgeleitet habe. »Ich habe keine Schadstoffe gemessen«, sagte sie zu mir, »und auch keine Seelen gefunden, die befreit werden wollten.«

»Hast du den kleinen Raum gesehen, im hinteren Zimmer oben?«, fragte ich.

Luca nickte. »Seltsames Ding. Aber da ist nichts.«

»Wie kannst du Radioaktivität wegnehmen?«, fragte ich. »Ich meine, die ist doch da.«

»Da kommen wir in den Bereich der Quantenphysik und

der Feinstofflichkeit. Denn letztlich ist ja nichts Materie, alles ist Energie. Und die kann anders schwingen, wenn sie entsprechend informiert wird. Das ist jetzt etwas heruntergebrochen. Die Geomantie ist ein altes Wissen. Wir verändern mit den Zeichen Frequenzen. Das ist spürbar. Das wirst du spüren. Dein System braucht Zeit, um sich an das Neue zu gewöhnen, zehn, zwölf Tage, dann wirst du dich besser fühlen.«

»Ich kann das nicht ganz glauben.«

»Das macht nichts. Es wirkt trotzdem.« Luca lächelte und nippte an ihrem Tee. »Wir haben mal einen Drogeriemarkt entstört, weil die Filiale vergleichsweise wenig Umsatz hatte. Der hatte auch eine niedrige Bovis-Einheit damals. In den Räumen war vorher eine Schlachterei gewesen, das wirkte nach. Nachdem wir da durchgegangen sind, erzählte uns der Filialleiter, dass die Kundinnen und Kunden länger verweilten, sein Umsatz hat sich um zwanzig Prozent gesteigert. Und die Menschen, die da einkauften, wussten das ja gar nicht und hätten es auch sicher nicht geglaubt. Das meine ich damit.«

»Ist es nicht seltsam, für den Gewinn eines Unternehmens deine Dienste anzubieten?«

»Wie meinst du das?«

»Dem Filialleiter ist wahrscheinlich nicht wichtig, dass die Menschen sich wohlfühlen, sondern dass sie mehr kaufen.«

Luca überlegte, ihre Augen, die so ungeschützt wirkten, sahen zu Boden, als suchten sie etwas. »Sagen wir mal so, ich würde nicht jeden Auftrag annehmen. Ich stimme dir zu. Es braucht einen ethischen Maßstab.«

»Schade, dass es kein Atomzwischenlager war, dass dich beauftragt hat, es zu entstören.«

»Das würde ich alleine nicht schaffen.« Sie sah zu Marie, die mit uns am Tisch saß, fasziniert war. Luca bewegte den Kopf hin und her, als lockerte sie ihren Nacken. »Ohne Beauftragung dürfen wir sowieso nicht wirken.«

»Ich habe einen metallischen Geschmack auf der Zunge. Kopfschmerzen«, sagte ich.

»Ich bin Geomantin. Ich möchte nicht so gerne etwas zu dir sagen.« Luca zögerte, sie lächelte, und ihre Wangen bewegten sich dabei.

»Seit ich hier bin«, sagte ich.

Lucas Blick blieb zwar auf mich gerichtet, ihre Aufmerksamkeit war aber woanders. Es dauerte. »Als Information bekomme ich, dass es nichts mit dem Haus zu tun hat.« Sie sah mir in die Augen, als läge eine Antwort darin, die sie langsam entzifferte. Erst als ich blinzelte, sagte sie: »Wenn ich in Kontakt mit dem Höheren Selbst gehe, gibt es eine starke Resonanz auf die Frage, ob dir eine Ausleitung helfen könnte, von Schwermetallen. Vielleicht von Medikamenten in deiner Kindheit? Aber wie gesagt ... Warte mal ein paar Tage ab, wir telefonieren, ich möchte wissen, was du merkst.«

»Vielleicht möchtest du auch wissen, wie gut du warst?«

»Das auch.« Luca lachte.

»Die Ergebnisse weisen nicht darauf hin, dass die Holzschutzmittel ursächlich für Ihre Beschwerden sind«, sagte Frau Müller-Velber vom Schadstoffe-Institut. Sie hatte mich am Vormittag angerufen.

»Das heißt was?«, fragte ich aufgeregt.

Marie stellte sich vor mich, und ich drehte mich zur Seite.

»Die meisten untersuchten Holzschutzmittel liegen unter der Nachweisgrenze. Permethrin, Lindan, Chlorthalonil und Endosulfane konnten nicht ausgewiesen werden. Andere sind reine Hintergrundbelastungen. PCP, Dichlofluanid und Tolylfluanid zum Beispiel.«

»Hintergrundbelastungen?«

Marie stand wieder direkt vor mir, sie war noch näher herangetreten als vorher. Ich wies mit der Hand erst zum Telefon, dann zum Garten.

»Die Emissionen liegen unterhalb der Grenzwerte. Ich orientiere mich an den Vorgaben des Nationalen Umweltinstituts«, Frau Müller-Velber zögerte, »das sind quasi objektbedingte Belastungen, die in vielen Häusern und Gebäuden vorkommen.«

Marie fasste nach meiner Hand, spielte mit den Fingern. Ich entzog sie ihr.

»Und wenn die Grenzwerte falsch sind?«, fragte ich. »Ich meine, wer hat die festgelegt und nach welchen Kriterien?«

»Sie können jetzt immer weiter alles infrage stellen«, sagte die Frau. »Wenn Sie mögen, erläutere ich Ihnen ...«

»Schon gut«, unterbrach ich sie.

»Waren Sie schon beim Arzt?«

»Ja. Es gibt allerdings noch keine Ergebnisse. Ich habe aber das Wasser aus den Leitungen untersuchen lassen.«

»Und?«

»Sicher, unbedenklich, erfüllt die Vorgaben.«

»Sehr gut.«

»Und was soll ich jetzt tun?«

Marie hatte wieder nach meiner Hand gegriffen.

»Die mir vorliegenden Werte der Laboranalytik können ungenau sein, möglicherweise ist nicht alles erfasst. Es ist keine durch einen Fachmann, eine Fachfrau erhobene Probe. Daher kann ich nur eine Aussage treffen in Bezug auf das, was mir vorlag. Die Analyse weist darauf hin, dass Ihre Symptome nicht von den erfassten Holzschutzmitteln kommen.«

Ich atmete hörbar aus. Marie trat auf meine Füße. Ich schob sie mit der Hand weg. Ihr Blick war bockig.

»Ich denke, unter den genannten Einschränkungen, dass Sie mich nicht für ein umfangreiches Gutachten beauftragen müssen.«

»Verstehe«, sagte ich und sah Marie böse an.

»Ich schicke Ihnen den Bericht und lege die Rechnung bei. Rufen Sie mich dann noch mal an, und wir gehen die Ergebnisse durch.«

»Ich danke Ihnen.« Wir legten auf, und ich sagte zu Marie: »Verdammt, das war jetzt wichtig für mich.«

Die Matratze um die Ecke zur Küche zu wuchten, war gar nicht so leicht. »Schieb noch mehr«, sagte ich von vorne zu Marie.

Ich hob das vordere Ende über die Schwelle, knickte das Ding zur Seite, damit es am Unterschrank vorbeikam. Der Spannbezug löste sich an einer Ecke, und ich klemmte ihn zurück.

»Wenn das so weitergeht, müssen wir in der Küche schlafen«, sagte ich. Marie kicherte.

»Neben dem Kühlschrank. Dann können wir nachts gleich was essen, wenn wir wach werden. Wir müssen nur die Tür öffnen.«

»Pudding«, sagte sie.

»Mit Fruchtgummi?«

»Und Schokosoße.«

Endlich im Garten angekommen, zogen wir die Matratze übers Gras, der Bezug bekam Flecken.

»Wohin?«, fragte ich. Schweißtropfen liefen mir den Rücken entlang, sie verloren sich am Saum der Unterhose. Ich hielt inne, wischte mir übers Gesicht und fuhr mir mit der Hand in den Ausschnitt.

Marie deutete auf eine Stelle. Ich legte eine Picknickdecke aus, hatte das unhandliche Ding währenddessen gegen zwei Stühle gelehnt, dann ließen wir es zu Boden kippen und sprangen darauf.

»Perfekt«, sagte ich und sah in den Himmel. Ein gleißender Sommertag. Eine warme Nacht lag vor uns, womöglich eine der letzten in diesem Jahr. Wir holten alle Decken und Kissen, die wir finden konnten, und bauten uns ein Lager. Lange sprang Marie auf dem Bett herum, drapierte Kuscheltiere, ihre Puppe und wählte Bücher für die Nachtlektüre aus, während ich uns Pudding kochte. Wir aßen die warme Süßspeise auf der Matratze, jede eine Decke um die Schultern gelegt. Marie kleckste Schokolade auf den Bezug und sah mich an.

»Muss ich sowieso waschen«, sagte ich, tunkte meinen Finger in die Soße, zeichnete ein kleines Herz daraus. Marie tat, als tropfte ihr unabsichtlich noch einmal Schokolade auf den Stoff. So konnte sie auch ein Herz machen.

Gemeinsam beobachteten wir, wie die Sonne über die Terrasse, den Tisch, die Wand verschwand, wir daraufhin im Schatten, während der Himmel sich rosa verfärbte und die Wolken von unten angestrahlt wurden. Marie gähnte und drückte sich an mich. Ich öffnete den Arm, und sie legte sich in meine Beuge. Ich roch an ihren Haaren und dachte an die Kiefern, unter denen wir heute am See gelegen hatten.

»Wir können schon den ersten Stern sehen, erstaunlich«, sagte ich und zeigte nach oben.

»Ist da auch ein Baby und wartet?«

»Bestimmt«, sagte ich.

Marie gähnte wieder, sie blickte zum Haus. Ich rührte mich nicht. Ihre Augen blieben auf die Küchentür gerichtet. Ich kannte das, sie würde gleich einschlafen. Zweimal senkten sich langsam die Lider und gingen wieder auf. Marie presste den Mund zusammen, die Lippen schoben sich vor, es erinnerte mich ans Stillen, dann wurde ihr Mund wieder weich. Ihre Augen schlossen sich. Die Augäpfel drehten sich unter den Lidern nach oben. Als würde sie im Traum zu den Sternen blicken. Dorthin, wo sie herkam.

Ein Kauz rief, lang gezogen und auffordernd, der Laut flatterte aus. In einer Ecke des Gartens raschelte es im Gras. Eine Maus vielleicht. Ich hatte hier noch keine gesehen, auch nicht im Haus. Dabei hatte ich eigentlich erwartet, dass Tiere sich einnisten würden, wenn ein Haus unbewohnt war. Auch keine Spuren von Holzwürmern in den Balken, keine Vögel im Garten, zwar Nester, aber leer, keine Küken wurden darin ausgebrütet. Sie wissen es. Ich presste die Zunge an den Gaumen und spürte das Unnatürliche, das sich löste. Ich zog Marie näher an mich heran, vergrub meine Nase im Waldgeruch ihrer Haare und versuchte, meinen Atem dem ihren anzugleichen.

»Mama.« Marie zwickte mich ins Ohrläppchen. Ich drehte mich zu ihr, es war bereits hell. Mein Arm spürte auf der Bettdecke die Feuchte der Nacht.

»Mariechen, guten Morgen.«

»Ich habe von Papa geträumt.«

»Möchtest du's erzählen?« Ich war sehr wach plötzlich, blieb liegen und zog Marie in die Rundung meines seitlich liegenden Körpers.

»Ich bin mit ihm eine lange Treppe heruntergerannt, und am Ende bin ich geflogen.«

»Ich bin noch nie im Traum geflogen. Das muss toll sein.«

»Es ist ganz einfach. Du musst nur die Arme öffnen.«

»Ist Papa auch geflogen?«

»Er war dann weg.«

»Bist du wieder gelandet?«

»Weiß nicht. Oh, in den Schüsseln sind Ameisen.«

Ich blickte über Marie hinweg ins Gras. Eine Ameisenstraße hatte sich zu den Resten des Puddings vorgearbeitet. »Es hat sich rumgesprochen, dass es hier was Gutes gibt«, sagte ich. Waren Ameisen nicht die Tiere, die alles überlebten?, dachte ich. Denen das hier nichts ausmachte?

»Sehe ich Papa wieder?«

»Ja. Er wartet im Himmel auf dich.«

»Wie sieht er denn aus?«

»Wie Papa halt aussieht. Erinnerst du dich an seine dunklen Locken?«

»Muss Pipi«, sagte Marie. Sie hockte sich etwas weg, zog sich die Schlafanzughose zu den Knöcheln und beobachtete den Urin, wie er ins Gras plätscherte und versickerte. Dann kam sie wieder zu mir unter die Decke gekrochen.

Nur einmal noch hatten Tom und ich uns gestritten, als er gesagt hatte, für Marie komme nichts anderes infrage, als in einem der großen Tech-Zentren zu leben, wo sie alles werden könne, ihr alles offenstehe.

»Du meinst, solange sie konform ist und bei allem mitmacht?«, erwiderte ich scharf.

»Du solltest deinen Freiheitsbegriff mal überprüfen«, sagte Tom, »ob deine Freiheit nicht purer Egoismus ist.«

»Sagt derjenige, der neulich einfach mit Marie zum Puppenspiel rein ist und mich am Eingang zurückgelassen hat.«

»Das hatte ja wohl seine Gründe. Und für die bist allein du verantwortlich.«

»Ich frage mich wirklich, wer hier der Egoist ist.«

»Es ging um Marie, liebe Gesa! Nicht um dich, einmal einfach nicht um dich. Marie sollte etwas erleben, eine schöne Erfahrung haben, und nicht durch dich davon abgehalten werden.«

»Du drehst wirklich alles um.«

»Nein, *du* drehst alles um, in deiner seltsamen Logik«, sagte Tom. »Wenn du dich nicht in das Kollektiv einbringst, musst du auch die Konsequenzen tragen, anstatt in diese lächerliche Opferrolle zu gehen und mir die Schuld zu geben.«

»Genau das meine ich: Marie kann nur was werden, wenn sie mitmacht. Nur unter bestimmten Bedingungen.«

»Wir sind nun mal soziale Wesen, die Verantwortung füreinander tragen. Und ja, ich hoffe, Marie wird so. Und nicht so wie du.«

»Wie ich?« Ich war mittlerweile laut geworden.

Tom wurde es auch. »Ja, wie du, die du in einer wunderschönen Wohnung in einem autofreien Quartier mit einer gesunden Tochter lebst, die alles werden kann, und doch nie zufrieden bist.«

Marie saß in ihrem Zimmer und bekam alles mit.

»Ich weiß einfach nicht, wie wir uns noch erreichen können.« Ich dämpfte meine Stimme.

»*So* ganz bestimmt nicht.« Auch Tom wurde leiser, doch die Spannung füllte weiterhin den Raum aus. »Du verunsicherst die Kleine mit deinem Verhalten.«

»Ich *bin* verunsichert«, antwortete ich.

»Mensch, Gesa«, sagte er.

»Ach, Tom«, sagte ich, »ich kann doch nur authentisch bleiben.«

An dieser Stelle hätten wir es sein lassen können, doch er schob hinterher: »So, wie du die Welt siehst, kann Marie nur eine Macke kriegen. Ich kann nur hoffen, nicht ganz so pathologisch wie bei dir.«

»Danke schön«, erwiderte ich, »in so einer Welt kann man ja nur eine Macke kriegen, wenn man nicht bereits völlig dissoziativ ist.«

»Ach so. Damit meinst du dann wohl mich.« Toms Stimme höher als sonst.

»Am liebsten würde ich mit Marie in die ländlichen Sektoren gehen, wo das alles nicht so wichtig ist.« Jetzt war es raus, relativ ruhig sogar, was ich seit einiger Zeit überlegte.

Tom sah mich irritiert an. Damit hatte er nicht gerechnet. »Unser Leben ist hier«, sagte er, »dafür haben wir so viel Energie aufgebracht.«

»Aber das ist es nicht. Und für Marie möchte ich dieses Leben auch nicht mehr.«

»Das lasse ich niemals zu.« Sein Mund wurde schmal.

»Du könntest mitkommen, Tom. Ich frage dich das. Würdest du mitkommen?«

»Ihr werdet nicht gehen. Damit das ein für alle Mal klar ist. Ihr werdet hierbleiben.«

»Du wirst uns aber nicht festhalten können«, provozierte ich ihn, dabei wusste ich damals noch gar nicht, ob ich es wirklich tun würde.

»Ich habe *auch* das Sorgerecht.« Eine ungewohnte Härte lag in seiner Stimme.

»Und? Was schert es mich?«

»Es wird dich dann schon *scheren*«, sagte Tom spöttisch zu mir, »wem die Zentrale für Familien Marie zusprechen wird. Ein Blick in deinen Glaubwürdigkeitskredit wird reichen für die Entscheidung.«

»Es ist alles in Ordnung«, sagte der Arzt zu mir am Telefon. »Die Leber- und Nierenwerte sind unauffällig. Es liegt keine außergewöhnliche Belastung durch Schwermetalle vor. Ihre Lymphozyten sind etwas niedrig, das heißt, Sie haben relativ viele weiße Blutkörperchen. Da zeigen die Ergebnisse die obere Norm. Aber absolut gesehen ist es unbedenklich.«

»Was heißt unbedenklich?«

»Dass wir in drei Monaten noch mal ein Blutbild machen können. Ich vermute, es hängt mit dem Stress zusammen. Und das legt sich, sobald der Stress sich legt.«

»Er legt sich nicht. Ich habe immer noch die Symptome. Schlimmer denn je.«

»Ich empfehle Ihnen, ein Vitamin-B-Präparat zu nehmen, Zink, Magnesium, Eisen. Der Wert ist niedrig, sie sind Veganerin, das war zu erwarten.«

»Ich werde vergiftet.«

»Wir werden alle vergiftet. Jeden Tag.«

Es gab eine Stille am Telefon, kurz fragte ich mich, ob die Verbindung unterbrochen war, doch ich hörte leise sein Atmen. »Es gibt kein giftfreies Leben«, sagte er dann, »auch nicht hier in den Sektoren, weder in Ihrem Haus noch außerhalb davon. Denken Sie darüber nach.«

»Darüber denke ich schon länger nach.« Meine Stimme war gereizter, als ich beabsichtigt hatte.

»Ich weiß«, er zögerte und sagte dann: »Vielleicht liegt auch eine Erfahrung darin, die Sie machen möchten.«

»Ganz bestimmt nicht«, sagte ich.

»Gut, so weit dann«, sagte er. »Ich schicke Ihnen den Laborbericht und meine Rechnung.«

Was er geöffnet hatte, schloss sich wieder, ich bedauerte es.

»Ich danke Ihnen auf jeden Fall«, sagte ich.

»Gerne, wir sehen uns in drei Monaten wieder.« Ich hörte ihn dabei schmunzeln.

ZWEI

Steinstufen führten zu der Eingangstür hinauf. Ich holte unseren Koffer aus dem Auto und stellte mich neben Marie, die das Haus betrachtete. Es war schön, aus braunem Klinker mit Holzfenstern. Das Geländer der Treppe aus schwarzem Eisen, die Stangen waren an ihren Enden zu breiten Blättern geschmiedet, die in verschiedene Richtungen wiesen, wie Efeu, selbst die Adern der Pflanze waren ins Eisen geprägt worden. Jemand hatte einigen Blättern einen Überzug gestrickt, rot, blau, rosa verdeckten sie die Hässlichkeit. Oder betonten sie.

»Komm.« Ich griff Maries Hand, und wir betraten das Haus durch die angelehnte Tür. Unmittelbar standen wir in einem großen Raum, vor uns ein Haufen Schuhe, links eine offene Küche, rechts ein Wohnbereich, in dem ein Klavier stand, eine Kiste mit Holzklötzen, eine Couch. Bücher stapelten sich daneben.

»Scheint niemand da zu sein.«

Wir zogen die Schuhe aus, sahen in einen Flur, eine große Treppe führte nach oben, eine Tür zum Badezimmer. Im Raum daneben, dessen Tür angelehnt war, kniete eine Frau mit dem Rücken zu uns auf dem Boden. Ihr Kopf war nach unten geneigt. Ich wollte mich bemerkbar machen, sie grüßen, doch etwas hielt mich zurück. Maries Hand umgriff meine Finger fester. Die Frau hatte dünne, strähnige Haare, ein Wispern war zu hören. Ihr Kopf ruckte hoch, und sie sah her.

»Bist du Gesa?« Sie stand rasch auf, schob ihre Brille auf der Nase zurecht und griff nach einer Sporttasche.

»Entschuldigung, wir wollten dich nicht stören.«

»Ich habe eben noch eure Räume gereinigt. Hallo, ihr beiden.« Sie hatte einen Dialekt, der die Vokale flach in die Länge dehnte.

»Was hast du gemacht?«, fragte Marie.

»Karola. Mit K. Ich habe hier einen Monat gewohnt.« Sie hielt mir die Hand hin, die ich ergriff.

»Und bleibst du?«, fragte ich.

Sie schüttelte den Kopf, ein Schatten zog über ihr Gesicht. Sie schob wieder ihre Brille hoch, die bereits Fingerspuren auf den Gläsern hatte.

Eine Matratze lag auf dem Boden, eine Holzbank und ein Tisch standen am Fenster. Die waren nach hinten raus, eine weite grüne Fläche, eine Scheune auf der einen Seite, eine kuppelartige kleine Hütte, ein Camper weiter hinten. Von dem Zimmer ging noch ein weiteres, kleineres ab, das leer war. Marie sah hinein, dann hüpfte sie auf die Matratze.

»Es sind schöne Räume«, sagte Karola.

»Wohin gehst du jetzt?«, fragte ich.

»Ich sitte erst mal ein Haus und zwei Katzen nicht weit von hier. Ich suche weiter. Meine Tochter lebt in der Gegend, und ich möchte in ihrer Nähe sein.« Sie sah Marie an, die sich an den Holztisch gesetzt hatte. »Sie ist schon erwachsen.«

»Und wie ist das mit Einkaufen, Putzen?«, fragte ich.

Karola zuckte mit den Schultern. »Heute Abend ist

Meditation. Ich fahre jetzt mal.« Sie schulterte die Sporttasche und griff nach zwei Beuteln, die an der Wand lehnten.

»Soll ich dir helfen?«

»Nicht nötig«, sie lächelte mich an, sah dann zu Marie. »Meldet euch nach eurem Probewohnen mal.«

Als Karola aus dem Raum war, fragte Marie: »Was hat sie da gemacht?«

»Vielleicht gebetet.«

»Zu Gott?«

»Oder einer Göttin. Das geht auch.«

Ich holte unsere Lebensmittel aus dem Auto und verräumte sie in die Küche, was nicht so einfach war, es gab einen großen, allerdings vollen Kühlschrank, sonst nur eine lange Arbeitsfläche und ein offenes Regal, das bereits mit Nudeln, Linsen, Oliven, Grieß, Pasten, Marmelade, Öl, Gläsern und Tellern vollstand. Ich schob unsere Sachen dazwischen. In der Spüle stapelten sich Schalen mit angetrockneten Haferflocken. Ein Schnuller lag auf dem Abtropfgestell.

Dann gingen Marie und ich hinters Haus. Das Grundstück war weit, es hatte sich lange niemand darum gekümmert, das Gras stand hoch. Die Scheune wirkte marode. Das Dach hing nach unten durch, an mehreren Stellen fehlten Ziegel, eines der beiden Holztore hatte sich aus der oberen Angel gelöst. Wir folgten einem Trampelpfad. Bretter lagen an einer Stelle übereinander. Marie kletterte darauf, sie wippten unter ihren Füßen. Ich griff nach ihrer Hand, sie balancierte hin und her. Wir kamen zu einer Feuerstelle, von der ein Weg zu der niedrigen Hütte führte, sie war nicht breiter als eineinhalb Meter und von außen mit

Decken behängt. Wir sahen hinein, gebogene Ruten bildeten die Kuppel, in der Mitte war eine Kuhle, eine Matte und ein Schlafsack lagen darin, es roch harzig. Der Camper stand am Ende des Geländes. Rechts von ihm waren Beete, Zucchini breitete sich aus, noch einige gelbe Blüten, aber auch schon ein paar der grünen Früchte waren unter den stachligen Blättern zu sehen. Tomatenpflanzen, die an Holzstäben hochrankten, Mangold, Schnittlauch. Wir umrundeten den Camper, er sah gemütlich aus, der Schlafbereich war über der Fahrerkabine, eine Sonnenblume auf die Tür gemalt. Ein Schaukelstuhl stand vom Wagen weggedreht, zu einer Koppel hin.

Als wir zum Haus zurückgingen, rannten zwei Jungen barfuß auf uns zu, beide hatten lange dunkle Haare, die wild flatterten. Ich hatte sie schon beim Tanzen gesehen.

»Was macht ihr hier?«, rief der Ältere der beiden, der vielleicht neun oder zehn Jahre alt war.

»Wir wohnen jetzt mit euch für einen Monat. Das ist Marie, die kennt ihr schon, ich bin Gesa.« Marie hatte nach meiner Hand gegriffen. »Und wie heißt ihr?«

»Joris«, rief der Ältere und kletterte über die Bretter, »mein Bruder heißt Noam.«

Der kleinere, jünger als Marie, stellte sich auf einen herausstehenden Balken und schwang darauf auf und ab. Seine Zehen umkrallten die Kante. Er blies sich die Haare aus dem Gesicht. Eine Frau kam vom Haus auf uns zu, auch sie kannte ich vom Tanzen, Franzi. Das Baby im Tuch vor ihrem Bauch weinte. Franzi wippte beim Gehen auf und ab und hatte die Hand über seinen Kopf gelegt. Sie hatte die gleichen Haare wie ihre Söhne.

»Huhu, Gesa. Herzlich willkommen, ihr beiden.«

Wir tranken einen Tee zusammen in der Küche, während Franzi ihr Baby stillte. Marie betrachtete den Vorgang ruhig und mit großen Augen.

»Wenn alles gut geht, schläft Jesse so direkt ein«, sagte Franzi zu ihr, sie strich dem Kleinen über Stirn und Nase, er schloss die Augen. Oben im Haus machten die Jungen Krach. Dann wurde es schlagartig still, es piepte nur hin und wieder, Noam heulte einmal auf. Marie sah zur Treppe.

Franzi und ihr Mann Andreas hatten zuvor in einem Haus gewohnt, erzählte sie, hätten dort aber nicht bleiben können, aus Gründen, die sie nicht nannte und bei denen ich das Gefühl hatte, sie erst mal besser nicht zu erfragen. Marie zog an meiner Hand.

»Ich unterhalte mich gerade«, sagte ich.

Sie zog weiter.

»Willst du nicht mal nach oben schauen?« Ich versuchte, meine Finger aus ihrem Griff zu lösen, doch sie umschloss sie fest.

»Marie, geh doch bitte allein.« Ich nahm die andere Hand und schob ihre von meiner, sie taumelte zwei Schritte nach hinten. Wir erschraken beide.

»Los.« Franzi legte Jesse, der tatsächlich eingeschlafen war, behutsam auf eine Decke am Boden und streckte Marie die Hand hin. »Wir gucken mal.«

Ich folgte den beiden die Treppe hoch. Die Brüder saßen auf einem Bett in ihrem Zimmer, Joris blickte kurz auf, er tippte auf einem Tablet herum, Noam sah gebannt auf den Bildschirm.

»Wie habt ihr das entsperrt?« Franzi nahm das Gerät an sich.

»Mann«, rief Joris, »ich bin mitten im Spiel. Du bist gemein.« Er trat mit dem Fuß gegen ein Kissen. »Jetzt verliere ich.«

»Ich habe das nicht erlaubt. Und wenn Mascha das wieder sieht.«

»Mama«, sagte Joris, »die ist doch gar nicht da.«

»Nichts da. Wir haben neue Mitbewohner hier. Ich möchte, dass ihr Marie alles zeigt. Ihr könnt auch zum Sandhügel, wenn ihr bei der Straße vorsichtig seid.«

»Kein Bock. Verschwinde von meinem Bett.« Joris drückte Noam mit den Füßen von der Matratze, der daraufhin anfing zu weinen. Franzi verdrehte die Augen und nahm Noam in den Arm, der nur noch lauter aufheulte.

»Das ist mein Bett«, sagte Joris, »ich muss jetzt Hausaufgaben machen.«

»Deshalb musst du aber nicht nach deinem Bruder treten. Das kannst du einfach sagen. Noam, willst du mit Marie spielen?« Noam schüttelte in der Umarmung seiner Mutter den Kopf. Sie seufzte.

»Weißt du was«, sagte ich zu ihr, »wir haben noch gar nicht ausgepackt. Wir sehen uns später.«

Mascha kam ins Zimmer, als ich gerade unsere Bücher neben die Matratze legte. Zwei Kinderbücher für Marie, mein Tagebuch.

»Hallo«, sagte sie und sah mich an.

»Hallo.« Ich hätte sie gerne umarmt, auch um eine Spannung abzubauen, fühlte jedoch keinen Impuls ihrerseits und blieb auch stehen, strich meine Hände an der Hose ab. Sie betrachtete mich.

»Brauchst du noch was, oder reichen dir die Möbel hier?«

»Alles gut, für die Zeit kommen wir zurecht. Und ich kann immer noch was holen. Du wohnst im Camper draußen?«

»Wenn ich nicht bei Ole bin, direkt hier gegenüber«, sie wies mit der Hand in den Flur, das Zimmer ihres Freundes lag auf der anderen Seite. »Kommt doch nachher mal am Wagen vorbei. Wir meditieren dort auch um neun Uhr.«

Ich nickte und spürte die Müdigkeit. Als ich mich zu unserer Wäsche bückte, stach mir wieder der Schmerz in den Kopf. Ich bewegte die Zunge hin und her, sie war weiterhin fremd.

»Ich muss mich hinlegen«, sagte ich zu Marie.

»Und ich?«, fragte sie.

»Möchtest du nicht noch einmal rausgehen?«

Sie schüttelte den Kopf.

»Ein Buch ansehen?«

Sie schüttelte den Kopf noch vehementer.

»Marie, ich brauche eine Pause.«

»Hier ist nichts«, sagte sie.

»Im Koffer ist deine Puppe, und ich habe auch die Steckperlen eingepackt.«

»Kein Bock.«

»Wo hast du *das* denn gelernt?«

»Ich will zu dem Sandberg.«

»Bitte, Marie, eine halbe Stunde.«

Sie stampfte mit dem Fuß auf. Es war auch eine Umstellung für sie, ich sah es. Ich hatte ihr nur gesagt, dass ich es gerne ausprobieren wollte, ein anderes Haus, in dem auch Kinder wohnten. Kinder in ihrem Alter. Zwischen dem Anruf von Rieke und unserer Ankunft hier war eine Nacht vergangen. Eine schlaflose. Ich hatte gerade mal das Nötigste eingepackt, fast so, als würden wir fliehen. Ich hatte nicht ein Mal zurückgesehen, als wir ins Auto gestiegen waren.

»Marie, ich kann nicht mehr.«

Sie weinte. Ich nahm ein Stück der Lippe zwischen die Zähne und knapste etwas Haut ab.

»In Ordnung, wenn ich mich bei diesem Sandberg ausruhen kann und du für dich spielst. Ich bin echt fertig.« Ich fuhr mit der Zunge über die Stelle, schmeckte Blut.

Marie sprang zur Tür. Im Flur stand Jolinde. Sie war die Tochter von Lisa, die im oberen Stockwerk zwei Zimmer hatte. Sie sahen sich an, so wie Kinder sich erst mal ansehen und wahrnehmen, herausfinden, ob sie einander mögen könnten.

»Hallo«, sagte Marie.

»Hallo«, sagte Jolinde, dann rannte sie zu ihrer Mutter, die gerade etwas die Treppen hochtrug und dabei stöhnte.

Ich wickelte das Haar um meinen Finger, ein Widerstand, dessen Schmerz mich zum Loslassen zwingen wollte, zog weiter, steigerte ihn, bis er abrupt nachließ. Ich hielt das Haar in der Hand. Es sah farblos und dünn aus, anders, als ich meine Haare beschrieben hätte, nämlich braun und kräftig.

Marie war rasch eingeschlafen, und ich hätte nur die Augen schließen müssen, um ihr zu folgen, meine Persönlichkeit abzulegen, zu vergessen, was mir in letzter Zeit kaum noch gelungen war. Ich schwang die Beine von der Matratze und setzte mich auf, schummerig war mir. Ich verharrte und betrachtete meine Tochter. Wie weich ihr Gesicht im Schlaf war, nichts hatte sich eingeschrieben, kein Ausdruck darin festgekrallt. Sachte fuhr ich ihre Brauen entlang. Und doch: Lange Zeit hatte sie eine Frage im Gesicht getragen, in ihren großen Augen, mit ihrer leicht gekräuselten Stirn. Ihre Mimik formulierte sie ununterbrochen – die Frage nach Tom. Was nur mit ihm passiert war.

Sie war auf einem Kindergeburtstag gewesen, als er vom Tisch aufgestanden war. Ich hatte ihm einen Kaffee gemacht, den er rasch getrunken hatte. Vor der Tür zur Toilette war Tom dann zusammengebrochen. Ich alarmierte den Notruf und hielt seinen Kopf dabei. Erbrochenes klebte an seinen Mundwinkeln und schmierte auf meine Hose, er hatte sich entleert. Sanitäter kamen, eine Ärztin füllte ein Formular aus, und betroffen blickende Männer nahmen ihn in einer metallenen Kiste mit, die so schmal war, dass ich mich umdrehte, um mich zu vergewissern, dass er nicht noch dort am Boden lag. Eine Nachbarin brachte einen Tee, der mir den Mund verbrannte, was ich nur so beiläufig registrierte, als erzählte es jemand neben mir einer anderen Person. Erst am nächsten Tag spürte ich, dass Zunge und Gaumen wund waren.

Ich hatte mich später gefragt, ob Marie es hätte sehen, Tom hätte sehen sollen. Etwas sehen, was nicht zu begreifen war. Dass da zwar noch ein zusammengesackter Körper lag, aber Tom von jetzt auf gleich nicht mehr da war. Kein Papa mehr, es nie mehr sein würde. Tom würde Marie nie mehr in ein Handtuch wickeln und abrubbeln, wenn sie aus der Badewanne käme. Er würde ihr nichts mehr antworten, egal was sie ihn auch fragte. Und auch ich konnte ihm nichts mehr erwidern.

Beim Bestatter hatte sie seinen Körper noch einmal gesehen. »Papa ist so weiß«, hatte sie geflüstert, nachdem wir lange schweigend am Kopfende der Bahre gestanden hatten. – »Wie ein Stein«, sagte ich. – »Er fühlt sich auch ein wenig so an«, sagte der Bestatter, er stand in einigem Abstand hinter uns, ich hatte ihn schon vergessen, »du darfst ihn berühren.« Marie sah mich an, sie war anwesend mit allen Sinnen. Es war dieses Dasein von ihr, das mich in den Moment zurückholte. Ich nickte, und Marie berührte Tom an der Wange. »Kalt«, sagte sie. Ich legte meine Hand über ihre, das Leben in ihr und darunter kühle Abwesenheit, ein körperlicher Kontakt, der auf anderer Ebene gekappt war.

Manchmal kam Marie morgens in die Küche gerannt, und an ihrem plötzlichen Stehenbleiben in der Tür und einer Starre im Körper erkannte ich, dass sie es erst jetzt wieder gewahr wurde. Tom würde nicht dort sitzen. Sie schlug dann den Weg zur Toilette ein, als hätte sie das ohnehin vorgehabt. Tom holte sie auch nicht mehr vom Kindergarten ab. Ich sah, wie enttäuscht sie war, ihre Mundwinkel erschlafften, und sie ließ die Arme hängen, als ich die Garderobe betrat und in den Spielraum winkte. Selbst wenn ihr Kopf sowieso herabgeneigt war, weil sie die Hausschuhe auszog, senkte sie ihn noch weiter, was ihr erlaubte, mich nicht ansehen zu müssen. »Weißt du schon, welches Eis du willst?«, fragte ich sie. – »Schoko.« Sie schlüpfte in ihre Schuhe.

»Aua«, sagte sie beim Zähneputzen und wich mit schaumigem Mund von mir weg, »Papa hat das nie so gemacht.« Es lag eine unbewusste Macht darin, die mich verunsicherte. Die mich nach ausgefallenen Rezepten kochen ließ. Und dann saßen wir doch mit einer Leere am Tisch, einer Stille, egal wie viel ich auch erzählte oder den Nachmittag für uns plante. Das Essen fad und pappig, sodass ich es schließlich in den Mülleimer kippte und uns Grießbrei machte, den wir im Wohnzimmer auf dem Teppich aßen. Was Tom nicht gemocht hätte wegen der möglichen Flecken.

Ich küsste mein schlafendes Kind auf die Stirn und sah aus dem Fenster. Wir hatten mal ein Babyfon gehabt, vielleicht hatte ich es in die Kisten mit Toms Sachen gepackt. Vielleicht hatte ich es auch weggeworfen, als ich die vielen Geräte, Kabel, Ladestationen, die wir hatten, in den grauen Müllsack packte, die sichtbare Oberfläche der Technologie, mit der unser Leben funktioniert hatte. Ich hätte das

Babyfon jetzt gut gebrauchen können. Ich öffnete das Fenster, kühl war es geworden. Ein paar Menschen standen bei Maschas Camper, ein buttergelber Horizont, ihr Wagen war seitwärts Richtung Westen aufgestellt. Ich ging in die Küche, um zu sehen, ob jemand im Haus war. Alles war ruhig. Aus dem oberen Stockwerk schimmerte rotes Licht auf die Stufen. Eine Lampe stand vor dem offenen Kinderzimmer, sie war mit einem Tuch abgedeckt. Joris und Noam lagen in ihren Betten, Noam hatte die Decke von sich gestrampelt. Ich sah in das andere Zimmer, eine Nähmaschine stand am Fenster, Stoffe verteilten sich auf dem Boden, Garnrollen in verschiedenen Farben auf dem Fensterbrett, eine Couch. Dann noch ein kleines Schlafzimmer, wahrscheinlich von Franzi und Andreas, ein ungemachtes Bett, Bücher. Die Tür zu Jolindes und Lisas Wohnbereich war geschlossen.

Ich dachte an die nächtliche Ruhe in meinem Elternhaus, wie ich unter der Schräge des Kinderzimmers gelegen hatte. Die Decke war mit Holz verkleidet. Ich konnte mit meinen Füßen darübertapsen und so in den Kerzenstand kommen. Im Holz waren Astlöcher. Nachts wurden es Augen, die mich anstarrten, deren Blicke ich aber nicht verfolgen konnte, weil sie in der Dunkelheit verborgen waren.

Ich trank ein Glas Wasser in der Küche, schluckte sauren Schleim herunter. Die Tür zum Garten stand offen, Mascha und die anderen hatten sich bereits in einen Kreis gesetzt. Ich machte einen Schritt ins Freie. Die Sonne war untergegangen, nur ein zartes Glimmen erinnerte noch an sie. Bei der Scheune flogen Fledermäuse im Zickzack durch die Luft. Meine nackten Füße spürten das Gras. Kälte kroch vom Boden in meinen Körper, ich schob die Arme in den Pullover, trat auf etwas Weiches, das unter meiner Sohle quiekte, eine kleine Spielzeug-Giraffe, nahm sie mit.

Andreas sah auf, ich lächelte ihm zu, den anderen auch. Nur Ole hatte die Augen geschlossen und einen Daumen auf seine Brust gelegt. Das Baby lag eingeschlagen in eine Decke in Franzis Schneidersitz, die Augen fest zugedrückt, ein Mützchen auf dem Kopf. Sie selbst hatte sich einen Pullover über die Schultern gelegt und gähnte. Lisa hielt eine Tasse in der Hand, aus der es dampfte. Ihre dünnen Haare und die blassen Augen, bei denen kaum Wimpern zu sehen waren, ließen sie wie aus einer anderen Welt wirken, so fein war sie. In der Mitte der Runde flackerten Kerzen in geriffelten Gläsern, ein Holz war entzündet, Qualm stieg auf, ein süßlicher Geruch.

»Wie macht ihr das mit den Kindern?«, flüsterte ich und wies zum Haus.

Mascha sah mich kurz an, ihre Augenbrauen wie Schatten, und begann dann einen brummenden Ton anzustimmen. Lisa stellte die Tasse ins Gras und stimmte mit ein, Ole und Andreas auch. Franzi rückte zur Seite, Jesse wurde dadurch hin und her bewegt, schlief ungerührt weiter. Marie hatte ich als Baby zum Schlafen immer in die Wiege gelegt, was mich, wie mir in dem Moment klar wurde, an die Wohnung gebunden, letztlich unbeweglich gemacht hatte. Ich setzte mich neben Franzi auf eine Decke.

»Meine Jungs schlafen wie Steine«, sie beugte sich zu mir. »Machst du dir Gedanken?«

Ich nickte.

»Geh ins Vertrauen«, sagte Franzi.

»Darf ich euch einladen, bei euch anzukommen«, sagte Lisa.

Alle schlossen die Augen, das Tönen klang aus. Ich sah zum Haus, dreißig Meter waren es sicherlich.

»Wir beginnen bei Mutter Gaia, aktivieren unsere Chakren, von der Wurzel bis zur Krone, verbinden uns mit unendlicher Intelligenz, fließen in einem runden Bogen und zu allen Seiten wieder in die Urmutter zurück und beginnen die kosmische Spirale nach oben erneut. Die Meditation eröffnet einen Schutzraum um uns, den ihr zwischen Himmel und Erde so weit ausdehnen dürft, wie es für euch stimmig ist.«

Alle waren jetzt still. Franzi rückte sich in ihrer Position zurecht. Ich stellte die Giraffe neben sie, sah noch einmal zum Haus, die Scheune wirkte düster. Der Boden war kalt, und ich legte die Decke über meine Füße, dann schloss auch ich die Augen.

Wieder trat mir das Haus meiner Kindheit vor Augen, ich im Bett unter der Schräge. Sollte etwas passieren, würde meine Mutter mir nicht helfen können. Sie würde nicht mal wach werden. Ich konnte sie in die Wange zwicken, ihr laut ins Ohr sprechen, sie lag wie tot da, auf dem Rücken, der Kopf zur Seite gekippt, mit ausgebreiteten Armen. Nur an der Bewegung des Brustkorbs war zu sehen, dass sie noch lebte.

»Atme ein und kräftig durch den offenen Mund aus.« Lisa blies den Atem pfeifend aus. Bei Mascha tönte ein tiefer Ton mit, bei Ole klang es wie Meeresrauschen. Franzi stöhnte eher, Andreas hörte ich gar nicht.

»Und noch mal.«

Der Atem stolperte aus meinem Mund.

»Und noch mal. Gehe nun, verbunden mit Mutter Erde, zur Mitte deines Körpers, zur untersten Stelle an den Damm. Lass dort einfließen: Ich bin Leben. Ich bin kosmische goldene Lebensenergie.«

Einmal war ich nachts neben meiner Mutter sitzen geblieben, erschrak plötzlich, weil ihr Arm sich über mein

Gesicht legte. Am Morgen erwachte ich, als sie mich unter ihre Bettdecke zog. »Kleines«, sagte sie mit belegter Stimme, »du bist ja ganz ausgekühlt.« Ich hatte mich nicht getraut, die Augen zu öffnen. Ich hatte den Atem meiner Mutter gerochen und meinen Rücken gegen ihren warmen Bauch gedrückt.

»Und nun wirble die Energie höher, wie eine goldene Säule, die sich nach oben dreht, in den Raum deines Beckens, und lass dort erklingen: Ich bin ein Menschenwesen. Ich bin kosmische goldene Liebeslebensenergie.«

Ich hörte etwas aus Richtung des Hauses und schlug die Augen auf. Dunkelheit hatte sich über die Wiese gelegt, es gab eine Bewegung im hohen Gras. Lisa führte weiter durch die Meditation, ihre Lippen pressten sich kurz aufeinander, sie leitete den Wirbel zum Solarplexus, nur Franzi sah mich an und auch zum Haus. Ein Kind kam über die Wiese gerannt.

»Ich bin. Spür diese Kraft des Ich-Bin. Ich bin kosmische goldene Liebeslebensenergie.«

Ich stand auf, Franzi auch, das Baby fing an zu wimmern. Ich lief los.

»Sie weint«, sagte Joris, als ich zu ihm kam.

Ich lief weiter zum Haus, hörte Marie bereits durchs Fenster, sie schluchzte richtig. Ich fluchte. »Marie«, rief ich, »ich bin gleich bei dir!«

Sie saß auf dem Bett, aufgelöst. Die Haare standen ihr wirr zur Seite. Ihre Brust hob und senkte sich vom Weinen. Ich schloss sie in die Arme, legte sie an meinen Bauch, sie war heiß, das Oberteil am Kragen feucht von Tränen und Schweiß. »Ich bin da, ich bin da, kleiner Schlumpel.« Sie wurde weicher, sank in meinem Arm ein wie ein Ballon, aus dem die Luft entwich.

»Alles gut?« Franzi sah zur Tür rein, Jesse in ihrem Arm weinte, neben ihr Joris, der sich die Augen rieb. Auch Franzi sah müde aus.

Ich nickte. »Danke, Joris, dass du gekommen bist.«

»Sie hat nach ihrem Papa gerufen«, sagte er.

Franzi schob ihn aus dem Raum. »Los, wir gehen jetzt auch alle ins Bettchen.« Sie lächelte mir zu und schloss unsere Tür.

Wie ein Paket legte ich Marie in meinen Schoß, sie hatte die Augen schon wieder geschlossen. Ich summte, beruhigte mich damit selbst und streichelte die glatte Stelle hinter ihrem Ohr. Marie atmete gleichmäßig.

Tom hatte in der Achselhöhle salzig und herb geschmeckt, nach schwarzen Oliven. Der Sinneseindruck war plötzlich unverwechselbar da. Ich leckte sie, die Zunge rau und trocken, während er in mich stieß und damit mein Gesicht in seine Achsel. Später hatte ich in ihr gelegen, verschwitzt, der Orgasmus verebbte, machte einer erschöpften Geborgenheit Platz, in der ich mich an seine Flanke drehte. Zu Tom. In seinen Geruch, seine Körperwärme.

Ich blieb sitzen, Marie auf mir, obwohl ich mich auch gerne eingerollt hätte. Ich wollte der Traurigkeit nachhängen, die in mir war, so unerlaubt und unbenutzt. Draußen zirpten Grillen, ich hörte Schritte im Stockwerk über uns. Später kam ein gleichmäßig tickendes Geräusch von dort, es beschleunigte sich ein wenig und schläferte mich ein. Ich schreckte hoch, als es endete. Dann setzte es erneut ein, zunächst langsam, dann wieder rascher.

Ein tiefes Rot, in dem hektisch schwarze Flecken tanzten. Ich schlug die Augen auf, was einen kleinen Schmerz in der Stirn weckte, hell war es im Zimmer. Mein Mund war trocken. Zwischen meinen Brüsten juckte es, ich kratzte die Stelle, die sich rau anfühlte. Auf dem Boden saß Marie im Schlafanzug mit Jolinde, die ein geblümtes Kleid trug, ihre Haare waren zu einem Kranz auf dem Kopf geflochten. Die beiden steckten Perlen auf ein Gitter und flüsterten miteinander.

»Na, ihr Komplizinnen«, sagte ich.

»Wir machen eine Blumenwiese«, sagte Marie.

Ich beobachtete die Mädchen. Sie teilten sich die Bereiche auf, besprachen Farben und Größen. Sie nannten die Blumen beim Namen. Ich blieb liegen, musste mich nicht kümmern, Marie wollte in diesem Moment nichts von mir. Franzi kam mit Joris und Noam die Treppe herunter. Sie bugsierte die beiden ins Bad, sprach von Frühstück und Schule. Noam quengelte.

In Jolindes Augen blitzte etwas auf. Sie erhob sich, öffnete die Tür und rief: »Hallo, ich und Marie spielen!«

Joris sah von Weitem ins Zimmer. Dann brüllte er sie an, mit weit aufgerissenem Mund. Jolinde kicherte und schloss die Tür wieder. Irgendwo fing das Baby an zu weinen.

»Joris, was soll das«, hörte ich Franzi vor der Tür. An den ruckelnden Lauten von Jesse erkannte ich, dass sie den Kleinen hin- und herschaukelte und so wohl zu beruhigen versuchte.

Jolinde hockte sich wieder neben Marie. Sie verfolgte die Vorgänge da draußen mit einer gewissen Freude. Ich stellte mich ans Fenster. Der Tau dampfte aus den Gräsern, die Sonne beschien jetzt die andere Seite von Maschas Wagen. Wie warm es wohl bei ihr war, ob sie noch unter der Decke lag? Andreas kam aus der niedrigen Hütte gekrochen, er trug nur eine weite blaue Hose, streckte die Arme zum Himmel und dehnte sich, sein Rücken breit und muskulös. Joris brüllte wieder. Andreas drehte sich dem Haus zu, ich trat einen Schritt zurück, winkte ihm dann, er erwiderte meinen Gruß. Franzi schimpfte nun, dass Joris verdammt noch mal das Oberteil anziehen solle, dass es ihr reiche, jeden Tag so ein Theater. Jesse weinte laut. Andreas bückte sich und verschwand wieder in der Hütte. Etwas ging zu Bruch. Ich machte mich auf in die Küche.

»Es ist immer das Gleiche.« Eine Haarsträhne hatte sich aus Franzis Pferdeschwanz gelöst, sie lächelte mich gequält an, während sie mit dem einen Arm Jesse hielt und mit der freien Hand eine zerbrochene Tasse vom Boden aufsammelte.

»Lass mal«, sagte ich und bückte mich.

»Die blöde Kuh«, sagte Joris. Er stand mit freiem Oberkörper schmollend am Tisch, in der Hand hielt er ein Shirt. Zwei Reiswaffeln lagen vor ihm, die er nicht anrührte.

»Lass dich nicht von Jolinde ärgern. Das will die doch nur. Und jetzt zieh endlich das Ding an.« Franzi wies auf das Kleidungsstück. Jesse weinte immer noch.

»Aber das sieht aus wie ein Strampelanzug.«

»Es ist ein Oberteil, und du trägst es jetzt.«

»Ich will aber das Fußballshirt.«

»Das ist nicht vorbereitet, du trägst dieses. Und Noam, holst du bitte deine Schuhe? Und pass auf die Scherben auf.«

Noam sah unbestimmt umher, er war noch gar nicht richtig wach.

»Wo sind sie denn?«, fragte ich.

»Blaue Sandalen, die müssen irgendwo an der Tür liegen«, sagte Franzi.

Ich suchte die Schuhe, Franzi und Joris setzten ihre Diskussion über das Oberteil fort. Da ich sie nicht finden konnte, fragte ich Noam direkt, wo sie sein könnten. Er zuckte mit den Schultern.

»Wo hast du sie zuletzt angehabt?«

»Am Sandhügel«, er schniefte.

Also trat ich hinaus, ging über die Straße und fand sie tatsächlich am Fuß der Aufschichtung, eine Sohle und eine Schnalle stachen aus dem Sand hervor.

Als ich zum Haus zurückkam, waren Franzi, Joris, Noam und Marie auf den Stufen. Meine Tochter hatte Jesse in den Armen, seinen Körper behutsam an sich gedrückt. Der Kleine war vollkommen zufrieden, verbunden mit ihr. Marie blickte mit geneigtem Kopf in sein Gesicht. Sie sah aus wie eine Mutter, gebend und präsent. Ich hielt inne, bis das Bild sich auflöste und da wieder meine Tochter mit einem Baby stand und das einzig Richtige von uns allen tat.

Joris hatte sein Oberteil immer noch nicht an. Er schlang seine Arme um die Brust und zitterte. Zu seinen Füßen stand der Schulranzen. Franzis Gesicht war gestrafft vor Anstrengung.

»Zum letzten Mal: Zieh dich jetzt an! Morgen mache ich

dir das mit dem Fußball, versprochen, heute schaffe ich das nicht mehr«, kam es von Franzi.

Noam hatte die Reiswaffeln in der Hand. Ich zog ihm die Schuhe an, er hielt sich an meiner Schulter fest dabei, Krümel rieselten mir in den Ausschnitt.

»Ich will auch zu Hause bleiben«, sagte Joris, er befühlte den Bund des Ärmels, bewegte ihn zwischen Daumen und Zeigefinger hin und her, etwas Kleines schien darin verborgen zu sein, dann zog er sich das Oberteil über den Kopf und die Ärmel zu den Handgelenken runter. Franzis Gesicht entspannte sich.

»Du gehst aber in die Schule.«

»Warum?«

»Damit du Lesen und Schreiben und Rechnen lernst«, sagte sie und schloss das Auto auf. Ich nahm Joris' Ranzen und legte ihn auf unzählige Tüten mit Kleidungsstücken in den Kofferraum. Marie stand weiterhin versunken mit Jesse an der Tür. Sie wiegte ihn hin und her.

»Ich kann das alles schon.« Zögerlich kam Joris die Stufen herunter.

»Ich weiß.« Franzi fuhr ihrem Sohn durch die Haare. Dann nahm sie Jesse aus Maries Armen, die ihn anlächelte, der Kleine öffnete seinen zahnlosen Mund.

»Warum soll ich da noch hin?«

»Damit ich arbeiten gehen kann.«

»Das ist Missbrauch, sagt Papa.«

»Was der so alles sagt.« Franzi schnallte Jesse in der Babyschale auf dem Beifahrersitz fest, stupste dabei mit ihrer Nase an seine. Er quiekte. »Steigt jetzt ein. Ich komme schon wieder zu spät, ich werde noch verrückt.«

Franzi verkaufte Kinderkleidung auf Märkten, die meisten Dinge selbst gemacht. Bunte Hosen mit breiten Bünden, Wollwesten, Mützen und Lätzchen für die Kleinen. Eine Arbeit, die ich mir schön vorstellte. Sicherlich auch anstrengend in der kalten Jahreszeit. Und doch, vielleicht würde ich einfach auch Verkäuferin werden können. Von Schreibwaren, Füllern, Tagebüchern in Leinen. Würde sie an Menschen verkaufen, die noch mit der Hand schrieben.

»Geht Jolinde nicht zur Schule?«, fragte ich Lisa.

Die beiden Mädchen spielten hinter dem Haus, Marie hatte wahrscheinlich immer noch ihren Schlafanzug an, keine Zähne geputzt, nichts getrunken, nichts gegessen. Ich kochte Espresso auf der Herdplatte. Andreas saß am Küchentisch und schmierte Brote. Auch er hatte mittlerweile ein Oberteil an.

»Ich habe sie zurückstellen lassen«, sagte Lisa. Sie schnitt Ingwer klein, ihr schmaler Körper dabei ganz aufrecht.

»Und das ging?«

»Wahrscheinlich weil sie so klein gewachsen ist. Wir müssen bald aber zu einer Untersuchung. Beim Ruralen Gesundheitsservice. Dabei sind wir unter dieser Adresse noch gar nicht gemeldet, die haben uns trotzdem angeschrieben. Jolinde ist nicht gedingst.« Lisa wedelte mit der Hand. Sie hielt immer noch das Messer.

»Marie auch nicht.«

»Das System Schule wird sich sowieso auflösen. Für die, die erwacht sind.« Sie ließ die Ingwerstückchen in eine Kanne rieseln. »Jolinde wird auf jeden Fall nicht in diese Disziplinierungsanstalt gehen.«

Andreas sah vom Tisch auf.

»Wie macht ihr es denn?«, fragte ich ihn.

»Joris ist auf einer Schule, die es nicht meldet.« Er legte

seine Brote in eine Dose. »Gibt nicht mehr so viele davon. Die Direktorin einer anderen Schule ist gerade wegen Urkundenfälschung verhaftet worden.«

»In den Städten sind alle Schulen mit Sensoren ausgestattet«, sagte ich.

»Die kleinen Dorfschulen hier oft noch nicht. Die haben ja noch nicht mal eine Sporthalle oder einfach nur Bücher.« Andreas verharrte einen Moment, dann sagte er: »Fürs Erste haben wir vorgesorgt.« Er nahm den Ärmel seines Oberteils zwischen die Finger, so wie Joris es eben getan hatte, und zeigte ihn mir schweigend, sah mich eindringlich an dabei.

»Ihr habt ihn dort eingenäht?«

Andreas schob die Brauen zusammen und hielt sich den Zeigefinger vor den Mund. Ich verstand sofort, schließlich trugen wir die Abhörtechnik in unseren Händen.

»Entschuldigung«, sagte ich mit der ungechippten Hand vor dem Mund.

»Schon okay. Wir haben ja kein Aktivierungswort genannt«, sagte er.

»Und wo habt ihr das her?«

Andreas erwiderte nichts. Es war klar, dass er es nicht verraten würde. »Wenn das allerdings rauskommt ...«, sagte er dann. »Ich habe von einer Mutter gehört, die deswegen das Sorgerecht verloren hat. Und die Methode hat sich natürlich rumgesprochen.« Er packte seine Dose und eine Flasche Wasser in einen Rucksack. »Früher oder später machen es fast alle mit ihren Kindern. Wir wahrscheinlich auch. So schlimm ist es nun auch wieder nicht. Und was bleibt uns sonst? Zu Hause lassen dürfen wir sie ja auch nicht, da steht dann rasch die Polizei vor der Tür. Sollen wir über die grüne Grenze? Übers Mittelmeer?«

Es lag eine gewisse Resignation in der Art, wie er die Fragen stellte. Er formulierte sie nicht das erste Mal. »Das ist doch paradox, dorthin zu gehen, wo niemand mehr leben will. Wo nichts mehr wächst. Ich frage mich manchmal schon, ob wir uns verrannt haben. Wo eigentlich das wirkliche Übel liegt.« Andreas fuhr sich mit der Hand übers Gesicht. Lisa betrachtete ihn skeptisch.

»Deshalb kann der Weg nur in eine neue Ebene führen. Nach oben«, sagte sie.

»Wie soll das gehen?«, fragte ich.

»Wir können in eine Schwingungserhöhung kommen, es wird einen inneren Aufstieg in eine höhere Sphäre geben. Es gibt ja nicht nur die drei, sondern viel mehr Dimensionen. Und wir haben die Fähigkeit, dorthin zu gelangen, wir sind nur gekappt oder gedämpft. Es hängt von unserem Bewusstsein ab.« Lisa sprach weiter von Träumen, die uns jede Nacht zeigen würden, dass wir Raum und Zeit überwinden könnten.

»Und dann gibt es keine Schule mehr?«

Andreas stand da und hörte uns zu.

»Doch, wahrscheinlich schon. Die meisten machen einfach weiter wie bisher. Nur für uns ist es nicht mehr relevant. Wir werden in einer Ebene schwingen, wo uns das nicht mehr berührt.«

»Dein Wort in Gottes Ohr«, sagte Andreas.

»Es ist Gottes Wort. Die leibliche Auferstehung von Jesus weist doch genau darauf hin, auf das, was jetzt kommt.« Lisa sah von ihm zu mir, sie hatte rote Wangen bekommen, durch ihre dünne Haut schimmerte die Erregung direkt hindurch. »Es sind nicht viele, die in dieser Inkarnation aufwachen werden.«

»Was macht dich so sicher?«, fragte ich.

»Medien sagen das.«

»Die Medien?«

»Nicht *die* Medien«, Lisa schnalzte mit der Zunge, »Menschen, die channeln. So viele Erwachte empfangen gerade diese Botschaften. Thea von Freisprung. Hans Grübler. Margarete Fernández.«

»Und was channeln die?«

»Dass wir uns für dieses Leben entschieden haben, um wachsen und aufsteigen zu dürfen. Es sind besondere Zeiten für die Seelen. Die dunklen Kräfte bäumen sich noch mal auf. Hans Grübler vergleicht das zum Beispiel mit einer umgekehrten Sanduhr«, Lisa formte ihre schmalen Hände zu einem Trichter, sie wirkte glücklich dabei. »Wir sind bald an der engsten Stelle, es wird noch mal druckvoll, danach kommt die Erlösung.«

»Es ist vor allem eine Hoffnung«, sagte Andreas, »das erhoffst du dir, Lisa. Mehr als das ist es auch nicht.«

»Ich würde gerne glauben, was du sagst, Lisa«, sagte ich, »aber es fällt mir schwer. Unser Weg ist eher der, unterm Radar zu bleiben, solange es geht.«

»Was wären wir denn ohne Hoffnung?«, fragte Mascha, die in die Küche gekommen war, wir drehten uns alle zu ihr um. »Was wären wir ohne unsere Träume? Unsere Visionen? Auch Visionen, die wir kaum glauben wollen?«

»Das stimmt«, sagte ich, »sonst wäre ich jetzt wahrscheinlich nicht hier, bei euch. Wenn ich nicht glauben würde, dass es noch ein anderes Leben gibt. Geben *muss.*«

»Ihr wisst, dass Menschen, die glauben, resilienter sind? Dass sie es sind, die Krisenzeiten besser überstehen? Dass es sie auch braucht, die Spinner und Spinnerinnen«, Mascha zeichnete Anführungsstriche in die Luft, »um neue Wege zu finden?«

Lisa nickte.

»Das stimmt«, sagte Andreas, »immer haben sich Menschen aufgemacht. Auf der *Mayflower* zum Beispiel, weil sie verfolgt wurden, ihrem Glauben treu blieben und dann in die Neue Welt aufbrachen.«

»So eine neue Welt gibt es doch gar nicht mehr – oder nicht so«, sagte ich. »Der Überwachungswahnsinn herrscht überall, in den Zentren nur eben noch stärker als hier.«

»In einer höheren Dimension gibt es die Freiheit schon noch«, beharrte Lisa, »das ist es ja, was ich meine. Eine innere Reise, ein spiritueller Aufbruch.«

»Von den Pilgervätern und -müttern sind viele gestorben auf ihrem Weg«, sagte ich.

»Ja, nicht alle schaffen es«, erwiderte Lisa, »das ist klar. Und um beim Beispiel zu bleiben: Trotzdem beziehen sich doch viele auf diese Menschen.«

»Und für die Native Americans waren die Siedlerinnen und Siedler auch nicht gerade ein Segen«, sagte ich, »ganz im Gegenteil.«

»Hängen wir uns nicht an diesem Beispiel auf«, sagte Andreas beschwichtigend, »es geht doch um etwas anderes. Um den Glauben an ein unabhängiges Leben, den wir irgendwie teilen. Auch wenn unsere Wege verschieden sind. Das eint uns doch auch.«

Ich nickte. Lisa stimmte ihm nicht zu, ich sah es an ihrem scharfen Blick.

»Deshalb meditieren wir, weil es uns zu einer höheren Wahrheit bringen kann«, sagte Mascha. »War übrigens eine schöne Meditation gestern. Ich fühlte mich aufgerichtet danach. Ich danke dir von Herzen.«

Lisa strahlte.

Andreas sah auf die Küchenuhr, hob eine Hand und verabschiedete sich: »Ich mag unsere Begegnungen.«

Ich mochte sie auch, überhaupt wieder mit Menschen zu sprechen, auch wenn sich mir Lisas Sichtweise nicht erschloss.

»Hast du gut geschlafen nach der Aufregung gestern?«, fragte mich Mascha.

»Ja«, sagte ich, »und es tut mir leid, dass ich die Meditation unterbrochen habe. Ich hätte im Haus bleiben sollen, unser erster Abend. Marie weiß ja noch gar nicht so recht, wo wir sind.«

»Das hat sich manifestiert«, sagte Mascha. »Beginne es mit einer klaren inneren Haltung beim nächsten Mal.«

Sie wusch einen Apfel. Lisa saß am Tisch und trank ihren Tee, sie wirkte nachdenklich.

»Sagt mal«, begann ich, »ich weiß die Konditionen noch gar nicht. Für unser Probewohnen.«

»Komm erst mal an, dafür ist immer noch Zeit.« Mascha biss in den Apfel, Saft spritzte hervor. »Möchtest du mit mir schwimmen gehen?« Sie sah mich kauend an.

Lisas Blick ging von Mascha zu mir.

»Gern. Wo und wann?«

»Jetzt gleich. Gibt eine kleine Pfütze hier um die Ecke.«

»Ich hole Marie.«

»Lass sie hier«, sagte Mascha, und zu Lisa gewandt: »Bist du da?«

»Wo sonst«, antwortete die, es lag etwas Schnippisches darin. »Übernimmst du die beiden dann am Nachmittag?« Lisa sah mich an: »Ich habe nämlich Seminar bei Hans heute, Hans Grübler.«

»Das mache ich.«

Mascha ging nackt und mit großen Schritten zum Ufer hinunter. Sie hatte drei quer verlaufende Narben auf dem Rücken, so lang wie Finger. Und sie war älter, als ich gedacht hatte, ihr Körper zeigte es mir, die faltigen Ellenbogen, das Gewebe der Oberschenkel. Wahrscheinlich doch schon Ende vierzig. Ich folgte ihr, ebenfalls nackt. Sie ging bis zur Hüfte ins Wasser, ich tauchte neben ihr ein, schwamm ein paar Züge in die Mitte des kleinen Sees, drehte mich auf den Rücken und schüttelte meine Haare. Mascha schwamm mit erhobenem Kopf hinter mir her. Mit wenigen Zügen kraulte ich ans gegenüberliegende Ufer.

Der Boden war schlickig, ich zog mich an einer Wurzel aus dem Wasser. Dann reichte ich Mascha die Hand. Sie betrachtete meinen Körper, so wie ich es eben bei ihr getan hatte, nur dass sie nicht verstohlen hinsah, sondern offen. Ich lehnte mich nach hinten, um ihr nicht entgegenzufallen, während ich sie aus dem Wasser zog. Gemeinsam gingen wir am Ufer zurück zu unserer Decke. Maschas Haare auf dem Kopf waren trocken geblieben, nur ab Höhe des Halses waren sie nass geworden, klebten schlangenförmig auf ihren Schultern. Sie pflückte ein Weidelgras und steckte es sich zwischen die Lippen.

Etwas später lagen wir nebeneinander, ich rieb den getrockneten Sand von meinen Füßen.

»Wo warst du denn vorher?«, fragte ich sie.

»Hier und dort. Immer mit meinem kleinen Wagen. Als ich noch reisen konnte, auch längere Zeit am Atlantik.«

»Und dann hast du dieses Haus hier gefunden?«

»Im Frühjahr, ja.«

»So kurz her ist es erst? Und warum hier?«

»Die Schwingungsfrequenz ist hoch, es gibt ja kaum noch was. Das Energiefeld ist nicht so gestört.«

»Und die Natur ist schön.«

»Vieles hier.« Sie drehte sich zu mir, den Kopf auf die Hand gestützt. Sie hatte immer noch den Grashalm im Mund und sah mir in die Augen. »Und du?«

»Wir kommen direkt aus einer der smarten Städte, der Tech, dem Herzen.«

Sie legte ihre Hand auf mein Brustbein, was mich kurz den Atem anhalten ließ, nicht nur weil ihre Hand kühl war. Es war die Berührung, die erste zwischen uns. Mascha schloss die Augen, ihre Hand drückte und verschob sich leicht. »Das ist das Herz«, sagte sie, »ba-bam. Schnell geht es.«

Meine Brustwarzen stellten sich hart auf. Mascha nahm ihre Hand wieder weg.

»Stimmt, es ist eher das Gehirn«, sagte ich. Ich sah nach oben. Mehrere wattige Wolken waren über uns. Schon lange hatte ich keine so schön konturierte und plastische Formation mehr am Himmel gesehen.

»Ich habe Geld geerbt. Davon habe ich das kleine Haus gekauft. Ich wollte weg und uns schützen.«

»Und da dachtest du, das kannst du hier.«

»Ab vom Schuss, ja.«

»Bist eine Suchende.«

»Du auch?«

»Eine Spielende.« Mascha nahm den Grashalm und streichelte damit über meine Flanke, es kitzelte, und ich bewegte mich leicht, rückte nicht weg, biss mir auf die Lippe.

Z*unge weiß, nicht mehr so schlimm, wird besser*, schrieb ich am Nachmittag in mein Tagebuch. Der Kugelschreiber lag ungewohnt in meiner Hand, er schmierte, meine Schrift war ungelenk. Und doch: Ich schrieb wieder. Ich hatte Zeit und Ruhe zu schreiben. Ich lehnte mich im Sand zurück und schloss die Augen, spürte meinen Körper, mich, während Marie und Jolinde sich ein gemütliches Heim am Fuße des Sandhügels einrichteten. Dann horchte ich in meinen Kopf, im Inneren saß noch dumpf ein Druck. *Verkauf des Hauses*, schrieb ich und setzte ein Fragezeichen dahinter. Ich sah zu Marie, die gerade Nüsse für den Bereich der beiden sammelte, der bereits mit Blumen geschmückt war. Das Fragezeichen übermalte ich mit einem Ausrufezeichen.

Joris kam angerannt und rief uns zum Essen. Alles, was wir tun mussten, war, uns an den Tisch zu setzen. Franzi stellte einen Topf mit dampfenden Spaghetti auf den Tisch, es gab Tomatensoße und ein großes Glas mit grün leuchtendem, selbst gemachtem Bärlauch-Pesto. Andreas hatte zwei Salate mit Gemüse aus dem Garten zubereitet. Wenn das so weiterwachse, sagte er, und es sehe so aus, als trage die Permakultur schon Früchte, im wahrsten Sinne des Wortes, dann bräuchten wir bald kein Gemüse mehr vom Markt oder Hof. Der erste Schritt zur Selbstversorgung. Mascha klatschte in die Hände, Lisa stimmte ein.

Ole tat uns die Spaghetti auf. Ich betrachtete ihn. Er war überraschend jung, wahrscheinlich der Jüngste von uns Erwachsenen. Er hatte blonde, kurz geschnittene Haare, nur eine längere Strähne fiel ihm über die Augen, er neigte den Kopf deswegen leicht. Es lag nicht nur an der Strähne, er wirkte, als bliebe ein Teil von ihm ständig verborgen. Lisa flüsterte Mascha etwas ins Ohr, die mich ansah, während ich mich hinsetzte. Ich hielt ihrem Blick stand, bis ich Maries Stuhl verschieben musste, damit sie die Beine unter den Tisch bekam. Franzi legte sich Jesse an die Brust, mit der freien Hand drehte sie die Spaghetti auf ihrem Teller ein. Sie war hungrig, ich sah es.

»Wollen wir's mal mit einer Nudel probieren?«, fragte Andreas sie über den Tisch hinweg.

»Wenn sie abgekühlt sind. Jetzt hat er sowieso gerade angedockt«, sagte Franzi.

Noam weinte plötzlich laut auf, weil er vermeintlich weniger als sein Bruder auf den Teller bekommen hatte. Andreas schöpfte ihm nach. Jolinde wollte weder Soße noch Pesto. Und Salat schon gar nicht. Lisa holte Butter aus dem Kühlschrank und schnitt kleine Stücke über Jolindes Portion. Joris wollte nun auch Butter und schob den Teller von sich. Franzi sagte, auch mit Blick auf Jolinde, sie habe gekocht und sich Mühe gegeben und wünsche sich, dass zumindest mal probiert werde, allein aus Respekt. Lisa entschuldigte sich für ihre Tochter, sie sei froh, wenn die überhaupt etwas esse.

»So wird das nichts mit der Selbstversorgung«, sagte ich lachend zu Andreas, der eher gequält dreinblickte.

Jolinde drehte sich zu Joris und sog lächelnd eine fettig

glänzende Spaghetti in den Mund. Joris warf den Stuhl um und rannte die Treppe nach oben, mit den Füßen stampfte er dabei heftig auf die Stufen. Andreas folgte ihm, und Franzi sah Lisa an, die gerade Salz über Jolindes Spaghetti streute.

Marie aß und beobachtete alles. Wie ich auch. Großfamilie, dachte ich. Ich musste erst so alt werden und selbst ein Kind bekommen, bis ich in einer Großfamilie landete. Etwas, das ich nie erlebt hatte. Mein Vater hatte meine Mutter verlassen, da war ich fünf, innerlich hatte er sich schon viel früher verabschiedet. Solange er noch da war mit seinem penetranten Geruch, seinen gestärkten Hemden und der tiefen Stimme, war er immer beschäftigt gewesen, abwesend. Die meiste Zeit sowieso auf Reisen. Letztlich hatte ich meine Kindheit und Jugend nur mit meiner Mutter allein verbracht, ihrem wechselhaften Wesen ausgesetzt. Später zu zweit mit Tom, bis wir mit Marie zur Kleinfamilie wurden, zwei Elternteile, die mit dem Einzug der Technologie in ihre Körper immer weniger miteinander gemein hatten. Das hier war etwas anderes.

»Wer führt heute die Meditation?«, fragte Lisa.

»Ich fände eine stille gut«, sagte Ole.

Mascha nickte.

»Ich glaube, ich klinke mich aus. Ich bin hundemüde«, sagte ich.

Maschas Augen tasteten mein Gesicht ab. Andreas kam mit Joris wieder von oben herunter. Er reichte dem Jungen einen Joghurt aus dem Kühlschrank, und Joris aß ihn auf der Couch. Franzi warf Andreas einen Blick zu. Der hob abwehrend die Hände.

»Meditiert ihr manchmal auch im oder am Haus?«, fragte ich.

»Das haben wir bisher nie gemacht«, sagte Franzi. »Weißt du, wir sind ja alle noch nicht lange hier zusammen. Mir wäre es recht.«

»Aber beim Wagen ist unser spirituelles Chakra«, warf Lisa ein, »das hat Luca ausgependelt.«

Ich lächelte.

»Um sich mit dem höheren Selbst zu verbinden, ist die Weite dort hinten gut«, sagte Ole.

Noam rutschte vom Stuhl. »Ich muss mal«, sagte er, sah zu Franzi und trippelte hin und her. Franzi wiederum schaute zu Andreas, der sich ein Stück Tomate in den Mund schob und mit der Gabel gleich ein neues aufspießte, dann aber doch aufstand. Er reichte Noam die Hand, und die beiden verschwanden in Richtung Badezimmer.

»Marie sollte erst noch mehr Vertrauen gewinnen«, sagte ich.

»Du auch«, sagte Mascha.

»Was bekommt ihr eigentlich für den Monat von mir?«, fragte ich.

»Was dir als Energieausgleich angemessen erscheint.«

»Und wenn es nicht reicht?«

»Und wenn wir in der Fülle sind?«, fragte Mascha.

»Wollen wir die Tage mal wieder Waffeln vor dem Haus verkaufen?«, fragte Franzi, die sich Jesse über die Schulter legte und seinen Rücken streichelte. »Wir brauchen noch Geld für die Stromrechnung.«

»Wir werden noch mehr werden«, sagte Mascha zu mir.

Wir spazierten zusammen mit Lisa über die Wiese, die Mädchen sprangen um uns herum.

»Wir werden eine starke Gemeinschaft von Gleichgesinnten. Je klarer wir sind, desto stärker ziehen wir diejenigen an, die so sind wie wir«, ergänzte Lisa. »Es ist eine Information im Feld, die weit reichen wird. Dafür müssen wir nicht mal werben.«

»Das wird uns helfen, angesichts des bestehenden Systems. Es ist ja gewollt, dass der Mensch sich einsam fühlt«, fuhr Mascha fort, »wer allein ist, resoniert nicht.«

»Ich bin froh, das zu hören«, sagte ich, »ich habe oft gedacht, es muss noch andere geben, die nicht richtig finden, was passiert. Ich habe doch nicht einfach nur eine Macke.«

»Das meine ich«, sagte Mascha.

»Deswegen musste ich auch erst mal raus.«

»Dein Haus war wahrscheinlich nur eine Station, um uns zu finden«, sagte Lisa, »es wusste, dass du nicht bleiben solltest und weitersuchen musst.«

»Kann sein.«

»Du hast es gekauft, oder?«, fragte sie, und ich nickte.

»Nur zu zweit zu leben, Mutter und Kind, ist keine stimmige Lebensform«, sagte Mascha.

Ich wusste es nur zu gut. Immer Verantwortung, immer der Blick des Kindes auf mir, nie loslassen zu können. Es war pathologisch.

»Wir begleiten die Kinder hier in ihrer freien Entwicklung«, sagte Lisa, »sie lernen von uns, von unseren Fähigkeiten. Sie helfen Andreas und Mascha im Garten, Franzi bringt ihnen das Nähen bei, ich die Musik. Darum geht es doch.«

»Was habt ihr denn früher gemacht?«, fragte ich.

Mascha hatte Biologie studiert und in einer internationalen Umweltschutzorganisation als wissenschaftliche Mitarbeiterin gearbeitet. Ich war überrascht. »Weißt du«, sagte sie, »du kannst nicht innerhalb des Systems etwas verändern, die Machtstrukturen sind zu stark, auch wenn eine zunächst sinnvoll klingende Absicht formuliert wird. Du musst zu viele Kompromisse eingehen. Ich bin dort krank geworden, körperlich krank, war ausgebrannt und deprimiert. Erst die langen Reisen im Camper haben mich wieder geerdet und die Vision gebracht, mit anderen zusammenzuleben und etwas Neues zu verwirklichen.«

»Ich war mal Lehrerin an einer Musikschule, Klavier und Flöte«, sagte Lisa.

»Das da drin ist deins?« Ich zeigte zum Haus, und sie nickte.

»Ich war der Schule nicht konform genug, sie haben den Vertrag nicht verlängert. Jetzt biete ich einen Musikgarten an, einmal die Woche in einem Kulturzentrum zwanzig Kilometer entfernt, für Eltern mit Babys.«

Wir blieben vor der Scheune stehen. Bisher hatten Marie und Jolinde auf ihre Art das Gelände erkundet. Nun schob Jolinde das Tor zur Seite, es quietschte, Marie folgte ihr ins Innere. Ich rief sie zurück und warf einen Blick hinein. Durch das Loch im Dach fiel ein Lichtfleck in den hinteren Teil der Scheune, eine alte Kutsche stand dort, sonst viel Holz, ein Rasenmäher, Gerätschaften, alle überzogen mit dem faserigen Grau von Staub und Schmutz.

»Wo ist denn eigentlich Maries Vater?«, fragte Lisa.

Ich zeigte nach oben. Sie schüttelte den Kopf.

»Im Himmel«, sagte ich.

»Oh.«

»Und Jolindes Vater?«

Lisa hob die Arme. »Irgendwo. Eine anonyme Samenspende.«

»Hier wird unser Heil- und Meditationszentrum entstehen«, Mascha wies ins Innere, »mit Wohnungen oben für unsere Gäste und Menschen, die erst mal ankommen möchten.«

»Marie, komm bitte her«, ich wies mit dem Finger hinauf zum Dach, »da haben sich schon Ziegel gelöst.« Auch ein Deckenbalken war gebrochen. An der Bruchstelle war er gesplittert, nur der Druck von den Seiten hielt ihn noch zusammen. Marie hörte nicht auf mich, sondern folgte Jolinde lachend zur Kutsche.

»Marie!«, rief ich strenger.

Doch die Kinder kletterten bereits auf den Kutschbock.

»Können wir mit den beiden bitte wieder hinausgehen?«, sagte ich zu Mascha und Lisa.

Lisa zuckte mit den Schultern, aber Mascha nickte. Wir verließen die Scheune. Ich rief weiter nach Marie, machte kehrt, da sie mir nicht folgte, wie sie es sofort getan hätte, wären wir nur zu zweit gewesen.

»Marie!« Die beiden Mädchen hüpften auf der Polsterung herum, Staub wirbelte auf, der im Sonnenlicht tanzte. Es wirkte magisch.

»Jetzt komm endlich, Marie! Sonst sind wir wieder weg.« Was unsinnig war. Wohin hätten wir gehen sollen? Trotzdem wirkte die Drohung. Erschrocken sah Marie mich an und stieg von dem Gefährt. Jolinde kam ihr nach, die Lippen beleidigt zusammengepresst.

Nur einmal hatte Marie mir auch nicht folgen wollen. Bei Toms Beerdigung. Sie hatte sich geweigert, Schuhe und Jacke anzuziehen. Als ich es übernehmen wollte, wand sie sich erst, ich griff nach ihren Füßen, sie schüttelte meine Hände ab und rannte in ihr Zimmer. »Mariechen, wir wollen Papa verabschieden«, sagte ich. »Er wird sonst ...« Ich brachte den Satz nicht zu Ende, er war zu manipulativ. Falsch auch. Tom konnte nicht mehr traurig sein. Tom konnte gar nichts mehr. »Bitte«, sagte ich stattdessen und streckte meine Hand aus, die sie ignorierte.

»Das ist ja ein riesiges Projekt, das ihr da vorhabt«, sagte ich zu den beiden Frauen draußen vor dem Tor.

»Wir gründen einen Verein dafür«, sagte Mascha.

»Aber das Ding ist baufällig.«

»Stell dir mal vor, wir setzen in dieses Gefach ein großes Fenster ein. Das wird richtig schön«, sagte Lisa.

»Mit welchem Geld?«

»Sei unbekümmert und vertraue der Kraft«, sagte Mascha. »Wie die Menschen wird auch das Materielle zu uns fließen. Es gibt genug systemkritische Menschen, die auch die finanziellen Mittel haben und an Schutzräumen interessiert sind. Glaub mir!«

»Manchmal sterben Menschen früher, als wir es erwarten«, hatte ich schließlich zu Marie gesagt, und sie war aus ihrem Zimmer gekommen, hatte sich ihre Schuhe geschnappt. »Dann sind wir besonders traurig. Und irgendwie auch im Schock. Wie bei Papa.« Ich half ihr in die Jacke, ihre Hand war ungewöhnlich kühl, als ich sie ergriff.

»Hm«, war alles, was sie machte.

»Seine Zeit auf der Erde war schon rum«, sagte ich. Wir hatten nichts dabei, was mir erst auffiel, als ich den Code der Tür aktivierte. Marie hätte ein Bild malen können. Zumindest einen schönen Stein hätten wir finden und mitbringen können. So blieb mir nur, im Blumenladen schnell noch etwas zu besorgen.

Toms Mutter hatte sich um die Beisetzung gekümmert und auch die Grabstelle bestimmt, auf einem Waldfriedhof, unter einer Kastanie. Das Grab seines Vaters lag auch dort. Mich hatte sie lediglich informiert.

»Wann ist deine Zeit rum?« Marie presste ihre Finger zusammen. Wahrscheinlich glich sie damit die Anspannung aus, in der sie war.

»Ich bleibe noch lange.«

»Woher weißt du das?«

Jetzt war ich diejenige, die *hm* hätte machen können. Stattdessen sagte ich: »Bis du groß bist, Marie. Vielleicht selbst schon ein Kind hast.«

»Du lügst.« Sie sagte es ruhig.

»Marie.«

»Du weißt es gar nicht.« Da war nichts Vorwurfsvolles, es war eine Feststellung.

»Du hast recht, ja«, sagte ich. »Ich stelle es mir aber so vor. Und ich wünsche es mir.«

Ich war stehen geblieben, um meine Kleine anzusehen. Sie trug ein dunkles Kleid mit Punkten und einen Mantel, ich hatte ihre Haare zu einem Zopf geflochten. Sie sah aus wie aus der Zeit gefallen. Was sie irgendwie auch war.

»Komm.« Jetzt war sie es, die mich an der Hand zog und damit meinem Blick auswich.

»Es ist der normale Lauf der Dinge und sehr wahrscheinlich«, sagte ich noch. Der Satz hatte nichts Tröstliches. Letztlich war auch er nicht wahr.

Den Nachmittag verbrachten wir am Waldsee, trafen Rieke, Fabian und ihre Kinder, auch Franzi kam mit Joris und Noam dazu. Joris schleuderte seinen Schulranzen weit von sich, Zettel und Stifte kullerten heraus, die Franzi wieder einsammelte. Einen angebissenen, braunen Apfel, den sie im Ranzen fand, warf sie ins Schilf. Es war merklich kühler geworden. Ich zog Marie ein langes Oberteil über, krempelte es an den Armen hoch. Sie spielte am Ufer mit den anderen. Gemeinsam bauten die Kinder eine Schleuse, durch die sie Wasser schickten, häuften aus Matsch Berge und Barrieren an, verzierten diese mit Steinchen.

Ich verteilte Wassermelonenschnitze an alle, Marie hatte blaue Lippen. Die abgeknabberten Schalen sahen aus wie zahnlos lachende Münder, deren Struktur bereits die kommenden Zähne ankündigte. Mir war selbst nach Lachen zumute, ich grinste, einfach so. Lisa schenkte Tee aus. Obwohl es so frisch war, ging ich mit Rieke schwimmen. »Danke, dass du uns das vermittelt hast«, sagte ich zu ihr, und sie lächelte mich an.

Ich legte mich auf den Rücken, streckte die Arme von mir und ließ mich vom Wasser tragen, bewegte mich leicht auf und ab. In meinen Ohren gluckerte es, die Welt war gedämpft. Ich schloss die Augen. Wenn irgendetwas mich nun nach unten hätte ziehen wollen, wäre ich mit aller Kraft dagegen angeschwommen. Ich wollte leben.

Als ich zum Ufer zurückschwamm, rannten die Kinder in einer geschlossenen Reihe durch das seichte Wasser. Es dauerte einen Moment, bis ich Marie sah. Sie hielt die Hand von Konrad, das Oberteil flatterte ihr um die Schenkel. Konrad ließ los, und die beiden waren nur noch zu zweit, steuerten das Schilf an und verschwanden darin. Ich sah nur noch die Halme, wie sie sich zur Seite bogen. Ein schabendes Geräusch.

In ein Handtuch gewickelt, lag ich etwas später im Sand, spürte den Wind an meinen aufgestellten Knien, hörte den Kindern zu, wie sie ihre Konstruktionen weiter planten. Ich dachte an das Haus, das nun ohne uns war, vor sich hin stank, seine Schadstoffe verbreitete. Oder war da gar nichts? Ich drehte mich auf die Seite. Döste.

Eine Gitarre wurde gezupft, ein tiefer, sechs höher variierende Töne, ganz gleichbleibend. Ich öffnete die Augen und sah zu Fabian, er hatte den Kopf ein wenig in den Nacken gelegt, seine Finger waren schmal und schön, wie sie die Akkorde griffen. Er war ein attraktiver Mann, eine schmale Gesichtsform, die teilweise von seinem Bart verdeckt blieb. Der Oberkörper breit, die Brust behaart. Rieke fing an, einen Rhythmus auf ihren Oberschenkeln mitzuklopfen. Fabian summte, dann sang er. Lisa stand auf und tanzte, fuhr mit ihren Armen Schlangenlinien nach, auf- und absteigend, ihre Finger klimperten in der Luft. Auch Franzi fing an zu tanzen. Ich sah zum Himmel, der uns tief und taubengrau beschirmte, streckte die Beine in die Luft, schüttelte sie aus. Die Kinder kamen dazu und tanzten mit, nur Noam blieb am Ufer und buddelte weiter im Sand. Marie wackelte mit dem nackten Po unter ihrem Oberteil hin und her, und die anderen lachten, so wie nur Kinder ausgelassen und laut lachen können, Konrad ließ sich sogar in den Sand fallen, dann machten sie es Marie nach. Franzi imitierte die Bewegung auch, und bald bewegten alle ihre Hintern. Kicherten.

Bis Fabian unvermittelt aufhörte, ich sah zu ihm hin. Er reichte Rieke die Gitarre, die sogleich übernahm und weiterspielte, ihr Takt war schneller, die Leichtigkeit verschwunden. Fabian raffte seine Kleidung zusammen und verschwand mit raschen Schritten hinter uns im Wald. In der Ferne waren drei Polizisten zu sehen, die den Weg von der Straße entlangkamen. Die Schutzwesten ließen ihre Arme etwas abstehen. Sie trugen klobige Stiefel.

»Wohin geht Papa?«, wollte Grete wissen.

»Macht einfach weiter«, sagte Rieke. Doch die Kinder sahen nun auch zu den Polizisten hin. Ich stand auf und bewegte mich zum Klang der Gitarre, bis auch Rieke zu spielen aufhörte. Sie ging zu Konrad und flüsterte ihm etwas ins Ohr, der nickte. Sie sah ihm eindringlich in die Augen. Er wiederholte sein Nicken. Lisa gab Jolinde ihr Kleid und legte sich ein Tuch über die Schultern. Franzi holte Noam, der protestierte, und nahm ihn auf den Arm, streichelte seinen Kopf, beruhigte ihn. Joris suchte hektisch sein Oberteil, zog es erst verkehrt herum an und korrigierte es dann.

Wir warteten, bis die Männer bei uns waren. Sie hatten keine Eile.

»Guten Abend«, sagte einer der Männer. Er hatte kurze graue Haare und ein breites Gesicht, »Personenkontrolle.«

Marie lehnte sich an mich, Grete sah immer wieder in den Wald. Lisa nahm Jolinde an die Hand.

»Guten Abend«, sagte Rieke. Sie trat einen Schritt auf die Männer zu und hielt dem Wortführer die linke Hand hin, mit nach unten zeigenden Fingern, eigentlich eine lässige Geste, wäre da nicht auch diese Anspannung zu sehen gewesen, die ihrem Gesicht einen strengen Ausdruck gab.

Der zweite Polizist, groß und bullig, holte ein Scangerät hervor. »Alles Ihre Kinder?«

Wir nickten.

»Vielleicht der letzte warme Abend in diesem Jahr«, sagte der Mann.

»Sagen Sie das nicht, das wäre schade.« Rieke blickte zu dem Größeren der beiden auf und lächelte. Ihre Stimme war höher als sonst.

Das Gerät piepte, der Mann sah auf die Anzeige.

»Schöne Namen haben Sie Ihren Kindern da gegeben. Wer sind Grete und Konrad?«

Grete hob die Hand, Konrad machte es ihr nach, sein Gesicht so ernst. Er weint gleich, dachte ich.

Der Polizist ging zu Franzi, die ebenfalls ihre Hand ausstreckte. Noam hatte den Kopf an ihren Hals gelegt und beobachtete, was passierte. Die Kinder waren überhaupt ganz still.

»Manchmal ist der Oktober ja noch richtig schön«, sagte der Mann.

Franzi nickte. »Altweibersommer.«

»Das kann man bei Ihnen nun wirklich nicht sagen.«

Rieke lachte, Franzi auch. Lisas Hand sah aus, als hielte sie ein rohes Ei, das sie auf keinen Fall loslassen oder zerdrücken durfte. Sie wich zurück, als das Gerät ihren Daumen streifte.

Ich nahm zwei Treppenstufen auf einmal an dem Geländer mit den gestrickten Überzügen vorbei und war mit wenigen Schritten an der Tür, betrat das Haus, streifte die Schuhe ab, ging barfuß über den Holzboden. An einer Stelle quietschte die Diele unter mir. Ich setzte mich auf die Couch und betrachtete die Wände. Hier und da schwarze Punkte von Nägeln, die einmal dort gesteckt und etwas Putz herausgelöst hatten. An einer Stelle dunkle Streifen, von einem niedrigen Sessel oder einem Hund, der hier immer wieder entlanggegangen war. Ein getrockneter Wasserfleck in einer der Ecken. Die Fenster hatten Holzrahmen und waren doppelt verglast. Regen hatte mit dem Staub von Monaten sein Muster auf die Scheiben gezeichnet.

Einmal waren die Augen meiner Mutter auf mich gerichtet gewesen, der Schleier der Medikamente kurz aufgeschoben. »Es tut mir leid, dass ich dir keine bessere Mutter sein kann.« Ich wusste nicht, wann und aus welchem Anlass sie das gesagt hatte. Ich war schon älter gewesen, viele Jahre älter als Marie jetzt. Ich verstand es nicht. Ich verstand nicht, warum sie nicht normal war, wie andere Mütter auch. Warum sie sich nicht zusammenriss. Nicht einfach aufhörte. Es war so gemein. War sie gut drauf, kaufte sie ein und kochte, und ich hoffte, sie würde so bleiben. Sie könnte doch einfach so bleiben. Für immer so sein. Doch ihre Bewegungen wurden wieder hastig, eine Tasse ging in der Spüle kaputt, sie fluchte laut. Eine Spannung breitete sich in ihrem Körper, dann in sämtlichen Zimmern aus. Auf meine Frage, ob ich zu Louisa gehen dürfe, antwortete sie gereizt. Lag eine meiner Socken im Flur, schrie sie mich deswegen an, einfach so und aus dem Nichts. Schimpfte weiter, auch als ich die Socke längst weggeräumt hatte. Dann betäubte sie sich durch Tabletten, wurde dumpf, vernebelt. Bis sie in einen neuen Kreislauf eintrat, an dessen Anfang die Reue stand, gepaart mit Scham, an dessen Anfang sie sich vornahm, anders zu werden, freundlich zu mir war, mir alles erlaubte, dabei zitterten ihre Hände bereits. Ich sah es und wusste, was wieder kommen würde. Ich war so wütend darüber. Als Jugendliche verachtete ich sie, schloss mich in meinem Zimmer ein, kritzelte in ein Heft, bis es nur noch mich und die Worte gab, bis meine Gefühle in einer Welt waren, zu der meine Mutter keinen Zugang hatte. Erleichtert war ich, als das Studium mich Hunderte Kilometer von ihr wegbrachte. Und ich verurteilte mich zugleich, nicht bei ihr geblieben zu sein, sie war doch verloren ohne mich.

»Hey.« Ole kam in die offene Küche, stellte den Wasserkocher an. Er trug einen Laptop mit sich, setzte sich an den Tisch und tippte etwas, sah auf den Bildschirm, wartete, strich sich die Strähnen zur Seite, tippte. Er goss das heiße Wasser in eine Kanne und verschwand wieder in seinem Zimmer. Ich beschloss, auch nachzusehen, ob Aufträge gekommen waren. Eine neue Website vielleicht, die ich Korrektur lesen könnte. Wobei ich von der Agentur sicher nichts mehr geschickt bekommen würde, so viel war klar, jetzt, da ich keine Residentin der urbanen Elite mehr war.

Als ich aufstand, sonderte meine Zunge Säure ab. Ich war verwundert darüber, etwas irritiert auch. Vielleicht eine Nachwirkung des Hauses. Ich schüttelte die Arme aus, massierte die Mulde zwischen Zeigefinger und Daumen, schob den Chip leicht hin und her. Ich hörte Marie kichern, es kam von oben.

Ich ging hinauf, um nach ihr zu sehen. Joris saß an einem kleinen Schreibtisch und kippelte mit dem Stuhl, vor sich ein Heft, das Mäppchen offen, Stifte lagen auf dem Boden. Marie stand seitlich am Tisch und sah ihm zu, wie er Hausaufgaben machte, gebannt blickte sie auf sein Heft. In einem der Betten lag Noam und schlief. Sein Mund stand offen, er hatte die Arme weit von sich gestreckt.

»See mit zwei E«, sagte Joris, »das hörst du. Seeeeee. Sonst müsste es ja Se heißen. Und niemand würde es mit kurzem E sagen. Wir waren am Se ...«

Marie kicherte wieder.

»... mit Marie.« Joris sprach langsam mit, was er schrieb. »Kannst du deinen Namen schon schreiben?«

Sie nickte, und Joris reichte ihr den Stift. Ich sah, wie sie ein *M* über die Seite malte.

»Das ist zu groß«, sagte Joris.

»Zwei spitze Berge«, sagte Marie, so hatte ich es ihr erklärt.

»Da kriegst du eine Regenwolke von der Lehrerin. Das muss zwischen die Linien da passen.«

»Was schert es mich?«

Er nahm ihr den Stift ab.

Jolinde schob sich an mir vorbei. »Marie, komm«, sagte sie.

»Hau ab«, sagte Joris.

Marie sah auf, zu ihm hin und auf das Heft, dann folgte sie Jolinde.

Mascha lag im Gras und las, als ich zu ihr vor den Wagen kam. Sie trug ein blaues Kleid mit dünnen Trägern.

»Schön hast du es.«

»Ich fühle mich frei hier.« Sie richtete sich auf und legte das Buch zur Seite.

»Darf ich?« Ich setzte mich neben sie, sah zu den Pferden, die nebenan auf der Weide grasten.

»Geht es dir gut mit uns?«, fragte sie.

»Marie ist so glücklich hier.«

»Und du?«

»Auch.«

»Fällt dir nicht so leicht zu sagen. Etwas hält dich zurück.«

»Eigentlich nicht.«

»Ich verspreche dir«, sagte Mascha, »dass du nicht mehr so allein sein wirst, Marie ist bei uns aufgefangen. Und du auch. Wenn du uns vertraust.«

»Das hört sich fast wie eine Bedingung an«, sagte ich lachend und lachte etwas weg damit.

»Gesa.« Sie schüttelte den Kopf. »Ja, vielleicht ist es eine Bedingung, wenn du es so nennen willst. Ohne Vertrauen als Basis werden wir hier nicht zusammenwachsen können.«

Wir schwiegen eine Weile. Eins der Pferde legte die Ohren an und zuckte mit dem Kopf zur Seite.

»Du hast hier eigentlich alles«, sagte ich, »du brauchst das Haus doch gar nicht.«

»Aber es gibt eine Aufgabe für mich dort.«

»Und Ole?«

Mascha kniff die Augen zusammen. »Der ist vor allem in seiner Krypto-Welt zu Hause.«

»Er macht was mit Internetwährung?«

»Irgendwie so, ja. Berechnet Blockverläufe. Oder berechnet Prognosen für irgendwelche Blöcke, keine Ahnung.«

»Oje.«

»Ist auf jeden Fall ziemlich lukrativ.«

»Und ethisch zweifelhaft.«

»Ja.«

»Wolltest du keine Kinder?«

Mascha schwieg, und ich dachte schon, dass sie mir nicht antworten würde. Dann sagte sie: »Ich hatte drei Fehlgeburten.« Sie sah zum Haus, wieder zu mir.

Ich hörte Marie auf der Wiese hinter uns wiehern, wahrscheinlich war sie Jolindes Pferdchen. »Ach, Mascha.« Ich sah sie an, und sie erwiderte meinen Blick.

»Das Leben mit den anderen ist meine Familie. Weißt du, ich bin aus nicht so guten Bedingungen gestartet. Familie war lange ein furchtbares Gebilde für mich. Hier heile ich, im Zusammensein, in der Gemeinschaft.«

Ich betrachtete Maschas Schlüsselbeine und die Kuhlen oberhalb davon, ihre kräftigen Schultern. Sie legte mir die Hand in den Nacken. Schwarze Haare wuchsen in ihrer Achsel, und ich hatte den Impuls, sie zu berühren, ihre Beschaffenheit zu spüren, Maschas Geruch an meinen Fingern haften zu haben. Sie fing an, mich zu massieren. Ich legte den Kopf schief, schloss die Augen.

»Du bist schön«, sagte sie.

Ich sah auf.

»Du weißt es gar nicht. Wie schön du bist. Du hast dich schon lange nicht mehr angesehen. Schon lange hast du niemanden mehr eingeladen, dich anzusehen.«

Ich fasste mir an die Wange. Mascha berührte die andere. »Du hast wache und klare Augen, deine Wangenknochen sind markant. Dein Gesicht fällt aus weiter Entfernung auf, auch wenn du immer zu Boden schaust. Weil es so besonders ist. Du bist mir beim Konzert sofort aufgefallen.«

Sie berührte meinen Mund. Ich öffnete ihn. Ihre Finger fuhren über meine Lippen. Dann rückte sie an mich heran und legte ihre Wange an meine. Mascha roch erdig. Ich ließ die Stirn an ihren Hals sinken.

Nachts schreckte ich auf und sah zu Marie. Die schlief ungerührt. Ein spitzer Schrei, gefolgt von einem tieferen Stöhnen. Mascha. Ich drehte den Kopf zur Tür, ortete sie in Oles Zimmer, auf der anderen Seite des Flurs. Sie stöhnte, gleichmäßig, rhythmisch. Wenn ich mich bewegte und die Decke raschelte, konnte ich sie kaum hören, also blieb ich ruhig liegen, drehte nur den Kopf zur Tür. Maschas Lust zog sich immer mehr in die Länge, in einer Mischung aus Ungeduld und Genuss. Sie verstummte plötzlich, ich rührte mich nicht, hielt den Atem an, bis Mascha sich ihr mit einem hohen Schrei erneut hingab. Dann anders klang, als habe sie die Position geändert. Als wäre sie näher gekommen, lockten ihre Laute mich, in eine Selbstvergessenheit hinein. Ole keuchte schwach, es verlor sich in den sich steigernden Ausrufen von Mascha. Meine Vulva pulsierte. Mascha stoppte wieder abrupt, die Energie entlud sich nicht. Ich hörte Ole, er kam wohl, es klang, als weinte er dabei und verbärge sein Gesicht in Stoff.

Und das machst du sonst immer allein?«, fragte ich Franzi. Wir trugen die Taschen mit der Kleidung zum Auto, eine Kiste mit Bügeln, Aufsteller, Pappkartonstücke für die Füße, einen Klappstuhl. Marie durfte die Kasse tragen. Jesse schlief in der Babyschale auf den Stufen.

»Der Stand ist ja schon da, ich muss nur die Sachen draufpacken.« Franzi trug ein langes, bunt gemustertes Kleid mit Trompetenärmeln, sie hatte es sicherlich selbst genäht. Es betonte ihre runde Figur und passte zu ihrer dunklen Haut und den schwarzen Haaren.

»Und Jesse?«

»Der braucht noch nicht viel. Trinken, wickeln, schlafen. Das geht schon nebenher. Er ist so unkompliziert.«

»*Du* bist unkompliziert.«

Ich dachte daran, wie Tom, da war Marie gerade ein paar Wochen alt, darauf bestanden hatte, dass sie allein schlafen sollte. Und am besten auch die Nacht durch. Dass das möglich sein musste. Ich hatte Stillpläne erarbeitet, Literatur zu Schlafprogrammen gelesen, sie tagsüber wach gehalten und abends in ihrer Wiege geschaukelt. Nur um dann doch irgendwann das weinende, nicht zur Ruhe kommende Wesen in meine Arme zu schließen, oftmals selbst weinend. Tom hatte es *inkonsequent* genannt und darüber nur den Kopf geschüttelt.

»Ich danke dir, dass du mich fährst«, sagte Franzi, als sie die Babyschale mit dem kleinen Jesse drin auf dem Sitz fixierte.

»Das mache ich gern. Hab sowieso noch einen Termin an meinem Haus danach.«

»Könnten wir vorher noch mal kurz an dem Hof stoppen, auf dem Fabian arbeitet?«, bat sie mich.

Wir hielten also vor einem großen Vierständerhaus, das an der Straße in einem Weiler lag. Das Fachwerk hatte sich im Laufe der Jahrzehnte etwas verschoben, das Haus wirkte dadurch wie zur Seite geneigt.

Jesse, der immer noch schlief, ließen wir im Auto. Maries Hand schob sich in meine, als wir in denen Hof gingen. Franzi klopfte und betrat eine größere Diele. Der Holzboden war abgewetzt, eine Kommode stand da, viele Jacken und Mäntel hingen an den Haken. Eine Frau im grünen Arbeitsoverall und mit Gummistiefeln kam aus einer schmalen seitlichen Tür. Ihre grauen Haare waren zu einem Dutt gebunden, aus dem sich Strähnen gelöst hatten, die sie mit dem Handrücken zur Seite schob. Sie war wahrscheinlich so alt wie meine Mutter, und doch nicht mit ihr zu vergleichen.

»Franzi, schön, dass du vorbeikommst«, sagte sie. »Die anderen sind bei der Ernte.«

»Alma! Ich muss rasch weiter. Ich habe euch ein paar Sachen mitgebracht. Das hier sind Gesa und ihre Tochter Marie, sie wohnen gerade bei uns. Bleiben hoffentlich.« Franzi lächelte mir zu.

Die Frau streifte ihre Hände an der Hose ab, ihr Griff war kräftig, und auch Marie reichte sie ihre raue Hand, die ein ernstes Gesicht dabei machte.

Von der Diele ging eine geräumige Küche ab. Auf einer Küchenhexe köchelte etwas in einem Topf. In den Regalen sah ich Gemüse und Obst in Gläsern, Säfte, Körbe voll erdiger Zwiebeln und Knoblauch, Säcke mit Kartoffeln. Auch eine große Anzahl gestapelter Teller unterschiedlicher Größe und Tassen in verschiedenen Formen.

Wir setzten uns auf eine Eckbank, und Alma schenkte Apfelsaft aus, der dick und trüb war und den Marie sofort trank, dabei die Beine baumeln ließ. Währenddessen holte Franzi aus einer der mitgebrachten Taschen ein Ladegerät hervor, Stifte, Papier, Notizhefte, eine Flasche Shampoo, Binden, Batterien, eine Flasche Wein, Tabak, Blättchen, Hefe, Kokosöl, Zucker, Salz, Kerzen, Schokolade und Senf. Aus einer zweiten Tasche stellte sie Medikamente und weitere Drogerieartikel daneben. Ein Lippenstift kullerte über den Tisch. Alma griff danach, öffnete ihn und betrachtete die Farbe.

»Der wird Berit gefallen. Sie hat sich zuletzt aus Öl, Wachs und Roter Bete einen Stift selbst gemacht. Gar nicht so schlecht geworden.«

»Wie geht es euch denn?«, fragte Franzi.

Alma hob die Schultern an. »Einer der Bioläden nimmt unser Gemüse nicht mehr an.«

»Warum?«

»Wir sind angeschwärzt worden. Kriegen das öfter mal zu hören. Asoziales Pack und so. Von uns soll man nicht mehr kaufen.«

»Was?«

»Ja, wir Systemverweigerer sollen nicht mehr mitmachen können im System. So sieht es jetzt auch der Bioladen, angeblich haben sich Kunden beschwert. Der Inhaber hat sich auf seine sogenannten Kooperativen-Sozialverantwortungsrichtlinien berufen und den Vertrag aufgelöst.«

»Aber ihr tut doch niemandem was.«

Alma kratzte mit dem Fingernagel Wachs von der Tischplatte. Marie starrte sie an.

Alma sah auf: »Draußen steht eure Kiste mit den Kartoffeln. Habe auch Apfelsaft dazugelegt, Nüsse und Quittengelee, das Richy gemacht hat.«

»Das nehmen wir auf dem Rückweg mit«, sagte Franzi. »Legst du mir wieder den Zettel rein, was ihr noch braucht? Du weißt ja: Mutti im Stress.«

»Ich weiß gar nicht, wie ich dir danken soll, Franzi.« Alma nahm sie in den Arm, und die beiden Frauen hielten einander eine Weile fest.

Als ich Franzi am Markt abgesetzt hatte, fuhren wir zum Haus weiter, meinem Haus. Ich beobachtete Marie über den Rückspiegel, spürte zugleich, wie angespannt ich war.

»Warum gehen die nicht einkaufen?«, fragte sie, als wir in die Straße einbogen.

»Die dürfen nicht.«

»Warum?«

»Es ist ein bisschen wie bei euch Kindern. Manchmal sagt jemand: Wenn du das und das nicht machst, darfst du nicht mehr mitspielen.«

Ich parkte und sah durch die Windschutzscheibe auf die Fassade. Der Efeu hatte bereits wieder von den unteren Klinkern Besitz ergriffen, es wirkte, als sänke das Haus in den Boden ein. Das Tuch mit den Schmetterlingen war in einem Fenster zu sehen, Maries Zimmer. Im Krähenzimmer standen zwei Kartons auf dem Fenstersims, Sachen von Tom.

»Komm, Mariechen, wir sind da.«

Sie sah hinaus und schien freudig überrascht. Schnell löste sie den Gurt und sprang aus dem Auto zum Tor, öffnete es. Ich folgte ihr zögernd, drehte mich um, da der Makler bereits vorfuhr. Das Logo seiner Firma prangte auf der Fahrertür. Beschwingt stieg er aus, griff noch nach einem Laptop und eilte auf mich zu.

»So schnell sehen wir uns wieder«, sagte er und blieb etwas auf Distanz zu mir stehen. Er wirkte gelöster als bei unserem letzten Zusammentreffen, vielleicht würde er in kürzester Zeit gleich noch einmal Geld mit dem Haus verdienen.

Mehr als ein »Ja« fiel mir darauf nicht ein.

»Ich würde einmal schnell durchgehen, habe aber noch alle Unterlagen und Fotos vorliegen. Haben Sie irgendwelche baulichen Veränderungen vorgenommen?«

Ich schüttelte den Kopf.

»Darf ich fragen, warum Sie wieder verkaufen wollen?«

»Es ist mir, glaube ich, zu einsam.«

»Aber es ist ein gutes Haus, vor ein paar Jahren erst saniert, ein neues, energiefreundliches Heizsystem, mit dem Sie locker die nächsten zehn Jahre keine Probleme gehabt hätten.«

Er hatte das auch damals schon gesagt, verschwommen tauchte die Szene in meiner Erinnerung auf.

»Haben Sie denn schon was Neues?«

»Wahrscheinlich ziehe ich zu Freunden.«

Ich nannte den Ort. Er sah auf. Wir standen noch immer an der Straße, ein Motorrad fuhr vorbei.

»Etwa in das frei stehende Haus, gegenüber von der Sandgrube?«

»Kennen Sie das?«

»Da wurde lange ein Käufer gesucht. Überraschend, dass die jetzt jemanden gefunden haben.«

»Warum?«

Er rümpfte die Nase. »Haben Sie sich mal das Dach angesehen?«

Natürlich hatte ich das nicht.

»Und sind da nicht noch Stallungen auf dem Grundstück, die abgerissen werden müssen?«

»Was schert es mich? Wir sind mehrere Parteien, und Perfektion interessiert mich nicht.«

»Um die neuen gesetzlichen Vorgaben zur Mindestdämmwirkung von Dach und Dachhaut werden Sie aber nicht drum rumkommen. Und im Trockenen wollen Sie sicher auch schlafen, oder?«

Ich antwortete ihm nicht. Ich wollte mit den anderen sein, darum ging es mir.

»Mama«, hörte ich Marie vom Tor. Sie stand immer noch dort und wartete.

Einen kurzen Moment wirkte der Makler unschlüssig, dann sagte er: »Sollen wir reingehen?«

»Ich möchte gern hierbleiben.«

Er sah mich erstaunt an, ließ sich aber den Schlüssel von mir geben und trat auf das Haus zu. Marie verstand nicht, warum ich ihn nicht begleitete, stattdessen die ersten Herbstblätter mit der Fußspitze zusammenschob. Sie kam und zog an meiner Hand, merkte jedoch schnell, dass ich mich nicht wegbewegen würde.

Der Makler war rasch wieder zurück. »Bis wann wollen Sie denn raus?«

»Das muss ich noch klären.«

Er schaute mich an, als würde er abwägen. »Die Information brauche ich aber schon«, sagte er dann.

»Verstehe.«

»Wissen Sie was, Sie unterschreiben erst mal unseren Vertrag. Ich mache mir noch Gedanken über den Preis, die Nachfrage steigt gerade. Und wir telefonieren nächste Woche. Mit Ihren schönen Möbeln möchte ich Sie nicht auf der Straße sitzen sehen. Da warten wir lieber.«

Antriebslos drückte ich meinen Daumen unter den Text auf seinem Laptop, den er mir hinhielt. Es fühlte sich nicht gut an.

Während er die Autotür öffnete, drehte der Mann sich noch einmal zu mir um. »Ich bin nicht verpflichtet, Sie darauf hinzuweisen, aber Sie wissen hoffentlich, dass Sie auch eine Spekulationssteuer werden zahlen müssen?«

Ich nickte schwach, mehr um ihm zu signalisieren, dass ich die Information registriert hatte.

Der Mann fuhr mit kurz durchdrehenden Reifen an und war schnell außer Sichtweite.

»Mama, was ist?«, fragte Marie.

»Wir fahren wieder.«

Für einen Moment sah es so aus, als würde sie losweinen.

»Möchtest du zurück zu Jolinde und den anderen?«, fragte ich.

Und ebenso flink, wie Marie aus dem Auto gestiegen war, saß sie auch wieder auf der Rückbank.

Ich schloss das Tor, meine Hand auf dem splittrigen Holz. Zögerte, ob ich das Haus nicht doch noch einmal betreten und lüften, es wahrnehmen sollte. Ob ich ihm noch eine Chance geben wollte. Oder vielmehr mir.

»Mama«, rief Marie mit Betonung auf dem zweiten A aus dem heruntergelassenen Autofenster: »Komm jetzt endlich!«

Ich stieg ein und startete den Wagen.

»Ein Versuch«, hatte Tom gesagt, und ich hatte erst nicht verstanden, was er meinte. »Eine zweite Auszeit, irgendwo draußen, vielleicht wieder in dem kleinen Haus. Alles andere lassen wir ruhen, und wir sprechen nicht über die Zukunft und treffen erst am Ende der vereinbarten Zeit eine Entscheidung. Die dann für uns drei gilt, wirklich *gilt.*«

Ich war im Aufbruch gewesen, hektisch und unaufmerksam, wie ich es in der Tech so oft war. »Du hast doch nur Angst, dass wir ohne dich gehen«, sagte ich, während ich mir die Schuhe schnürte.

Tom stand im Türrahmen und sah mich an. »Warum vertraust du mir nicht mehr?«

»Lass uns ein andermal reden, ich muss Marie vom Kindergarten abholen«, hatte ich gesagt und seine Aussage später nicht mehr aufgegriffen.

Erst jetzt auf dieser Fahrt erkannte ich, dass er ernsthaft auf meine Frage reagiert hatte. Mir wurde schlecht, fast so schlecht wie Tom, als er den Kaffee wieder auf den Tisch gestellt, sich die Hand vor den Mund gehalten hatte und aufgestanden war. Ich schloss die Augen. Die rechten Reifen sirrten, weil sie auf der Randbegrenzung der Straße fuhren, Schotter klackerte gegen den Unterboden, ich spürte eine Bewegung des Wagens nach unten. Ich riss die Augen auf, zog auf die Fahrspur zurück, dann sah ich zu Marie, die wohl eingenickt war und nun umherblickte, nicht wusste, wo sie sich befand, bis sie mich entdeckte. Was sie verortete und entspannte. Sie war bei mir.

Mit einem blechernen Geräusch schnitt die Sense durchs Gras. Mascha arbeitete sich breitbeinig und gleichmäßig zur Feuerstelle vor, an deren Rand ich Holz stapelte. Sie hatte Schweißperlen auf der Stirn, dabei wirkten ihre Bewegungen geschmeidig und mühelos. Andreas brachte in einer Schubkarre Steine und packte sie neben die Scheite. Sie waren groß wie Brotlaibe.

»Unsere Ahnen«, sagte er. Ich sah auf, und er erklärte mir, dass bei der Zeremonie die Steine vom Feuerhüter erhitzt und dann in die Hütte getragen würden. »Wir brauchen dafür noch eine Schaufel oder eine Heugabel.«

Die glühenden Steine würden die Energie und das Wissen unserer Vorfahrinnen und Vorfahren mitbringen, ergänzte Lisa. Sie saß auf einer Decke und band Salbei, Lavendel und Fichtenzweige zu Sträußen. Marie und Jolinde halfen ihr. Die Steine unterstützten uns, das loszulassen, was uns belastete.

»Falls es vorher noch mal regnen sollte, müssen wir das Holz abdecken«, sagte Andreas, »und die Decken herunternehmen.« Er sah in die Hütte. Noam saß darin, glücklich, in dem runden, engen Raum eine Höhle für sich gefunden zu haben.

»Kümmerst du dich um die Trommeln?«, fragte Mascha Andreas. Sie wischte sich den Schweiß ab.

»Sagt mal, wie ist eigentlich die Konstruktion eures Zusammenlebens? Ich weiß das noch gar nicht«, fing ich an.

Andreas hielt einen Stein in den Händen und wischte Erde davon ab. »Bist du interessiert?«, fragte er.

»Für dich?«, ergänzte Mascha.

Ich nickte. Auch Lisa sah mich aufmerksam an.

»Es ist ein Mietkauf«, sagte Andreas, »momentan zahlen wir Miete, weil wir das Geld nicht beisammenhatten. Ende des Jahres aber müssen wir den restlichen Kaufpreis hinblättern.«

»Und der ist?«

»350 000«, sagte Mascha.

»Was?«

»Es werden ja noch Heil- und Lebensräume in der Scheune entstehen, für Menschen wie uns, Junge und Alte, die mit uns leben wollen. Wir werden die Schwitzhütten auch für andere anbieten«, sagte Lisa. »Hier entsteht ein spirituelles Zentrum, das sich selbst trägt und wachsen wird.«

»Trotzdem, es ist eine ziemlich hohe Summe.«

»Ich bin da ganz im Vertrauen, dass es so kommt, wie es sein soll«, bekräftigte Lisa.

»Es kommen aber doch auch noch Kosten für die Sanierung obendrauf, für das Dach zum Beispiel.« Ich wies mit der Hand zum Haus und kam mir pedantisch vor. Vom Sandhügel, von dessen Kuppe aus ich mir am Vormittag einen Überblick verschafft hatte, waren zerbrochene Ziegel und Lücken im Dach zu sehen gewesen.

»Es werden sicher auch Handwerker unter den Menschen sein, die mit uns leben wollen. Oder wir finden welche, die für Kost und Logis bleiben und sich dieser Dinge annehmen«, sagte Mascha, »und Andreas ist schließlich unser Mann dafür. Das stemmen wir gemeinsam.«

Andreas hatte aufgehört, den Stein zu säubern, und sah Mascha an.

»Und wie habt ihr euch das gedacht, wenn jemand dazukommen würde?« Ich legte mir dabei eine Hand auf die Brust.

»Ehrlich gesagt haben wir uns das so genau noch nicht überlegt«, kam es jetzt von Andreas.

»Es sind nur noch drei Monate«, sagte ich. Bis dahin würde der Makler mein Haus vielleicht verkauft haben.

»Ich nehme wahr, dass du noch ganz schön in der irdischen Welt verhaftet bist«, sagte Mascha. Sie stand da und stützte sich auf den Griff der Sense.

»Kaufverträge werden leider in der irdischen Welt geschlossen.«

»Wir finden uns erst mal energetisch, Gesa, wir schwingen uns harmonisch aufeinander ein«, stieg Lisa wieder mit ein, »das andere folgt auf stimmige Weise.«

»Aber wie wollt ihr das konkret machen?« Sie provozierte mich, ihr überheblicher Blick, den sie mir zugeworfen hatte, also fuhr ich fort: »Irgendwie aufteilen müsst ihr es schließlich.«

»Aus der Perspektive des höheren Selbst gibt es keine Teilung«, sagte Mascha ruhig, »da sind wir eins. Wir versuchen hier, bisherige Denkmuster aufzulösen. Und das bedeutet auch, faktische Dinge anders anzugehen. Nicht aus dem Gedanken an die Trennung zu handeln.«

»Ganz unberechtigt ist aber nicht, was Gesa sagt«, kam es von Andreas.

Mascha lächelte mich an.

Ich sagte: »Ich verstehe. Und es ist nicht so, dass ich euch nicht vertraue.« Es fiel mir schwer, weiterzusprechen. »Trotzdem kommt in mir sofort die Frage hoch, was passiert, wenn jemand gehen möchte. Das kann doch passieren. Manchmal versteht man sich nicht mehr, die Kinder werden größer. Was ist, wenn jemand ausziehen will?«

»In dieser Schwingung legt sich mir ein unguter Druck auf die Brust.« Lisa sah zu Mascha, ihre Wangen waren gerötet. Sie packte die Sträuße in einen Korb, legte die noch nicht gebundenen Kräuter obenauf. Jolinde und Marie blickten sie überrascht an. »Ich wünsche dir, dass du bei dir bleiben kannst.«

»Was irritiert dich so an meinen Fragen?«

»Mir scheint, du agierst hier innere Zweifel aus, die du von woanders mitbringst, und ziehst uns damit in die Negativität.«

»Versteh mich nicht falsch, Lisa, wenn ich mich beteiligen soll, was ich mir vorstellen kann, dann würde ich solche Dinge gerne einmal ansprechen. Auch wenn du die Welt anders betrachtest und wahrnimmst, muss das doch möglich sein. Dass ich hier mit meinen Fragen bin.«

»Eben«, sagte Andreas.

»Das ist mir aus dem Mangel heraus gedacht. Wie Mascha es gesagt hat: Unser Leben findet auf einer anderen Ebene statt«, Lisa stand auf, »du hältst fest. Wir lassen los.«

»Wir kommen in unserem inneren Wachstum nicht voran, wenn wir dieser Welt weiter anhaften«, sagte Mascha. »Was ich gerade wahrnehme, ist Angstdenken. Ein Energieabfall. Und das hat uns zu dieser Welt gebracht, der Welt der Verträge und des Argwohns. Das ist die Welt, die du hinter dir lassen willst. Deshalb bist du jetzt hier, mit uns. Deshalb sind wir alle hier. Das eint uns.«

»Es braucht aber auch pragmatische Sichtweisen«, sagte Andreas, »für mich ist da kein Widerspruch.«

Mascha nickte, es beschäftigte sie. »Ja, das stimmt. Wie integrieren wir die Aspekte, die Dualität.«

»Himmel und Erde«, sagte Andreas, »oder auch Yin und Yang.«

»Ich fühle das anders«, sagte Lisa, »nicht als Ergänzung. Mich zieht das wieder auf die materialistische Ebene, in Felder, die ich hinter mir gelassen habe. Wenn wir alle zusammen hochschwingen, entfalten sich die Dinge ohne Polarität. Dann brauchen wir keinen Vertrag. Es hängt von uns und unserer Entwicklung ab. Unserem Sein und unserer Liebe.«

»Tut mir leid, dass ich auf so einer niederen Frequenz bin und profane Fragen stelle. Aber wie macht ihr es am Ende des Jahres?«

»Du verstehst es nicht«, presste Lisa hervor.

»Und du antwortest nicht«, sagte ich. Ich war wütend, und zugleich fürchtete ich den Konflikt, oder vielmehr das, was ich gerade wahrnahm.

Lisa drehte sich um und machte sich auf den Weg zum Haus, Jolinde flatterte ihrer Mutter hinterher. Marie überlegte, sich der Freundin anzuschließen, kam dann aber zu mir. Sie nahm meine Hand, und ich drückte sie, dankbar, meine Tochter wie eine Verbündete an meiner Seite zu wissen. Ich hatte Heimweh, stark und klar, auch wenn das Gefühl sich auf nichts Konkretes beziehen konnte.

»Wir setzen das ein andermal fort«, sagte Mascha.

Andreas nickte, ich auch. Mit Marie an der Hand folgte ich den anderen in etwas Abstand zum Haus.

»Warum habt ihr gestritten?«, fragte sie.

»Wir haben nicht gestritten. Wir haben geredet, auch aneinander vorbei. Und uns dabei besser kennengelernt.«

»Bleiben wir hier?«

Ich wusste es nicht mehr, also zuckte ich mit den Schultern. Marie schluchzte auf. »Bitte, Mama.«

»Marie, ich muss da noch drüber nachdenken.«

»Bitte«, sagte sie noch einmal. Nicht so, wie wenn sie ein Eis haben wollte. Oder ich ihr eine Geschichte vorlesen sollte. Quengelnd oder lieblich. Es war eine ernsthafte Bitte, die, schlüge ich sie aus, sich wie ein Abgrund für meine Tochter anfühlte, in den sie fallen würde. Da war nichts mehr hinter ihr. Sie spürte es intuitiv.

Ich kniete mich zu ihr und sah ihr ins Gesicht.

Sie sagte: »Du kannst dich immer hinlegen. Und ich putze immer Zähne.« Ihr Kinn zitterte leicht, doch sie riss sich zusammen. »Und du musst mir nichts mehr vorlesen. Ich schlafe sofort.«

»Dir gefällt es hier«, sagte ich.

Marie nickte.

»Hast in Jolinde eine Freundin gefunden. Machst mit Joris seine Hausaufgaben.«

Sie nickte wieder. »Bleiben wir?«

»Marie, ich würde es dir gerne sagen. Aber ich kann es jetzt nicht. Du musst mir glauben: Ich wünsche mir ein Zuhause, das gut für uns beide ist. Wo ich mich wohlfühle, wo du dich wohlfühlst.«

»Du kannst gar nichts«, sagte sie und rannte zum Haus.

Wie recht du hast, dachte ich.

Sie hatte sich in den hinteren kleinen Raum verzogen und die Tür geschlossen.

»Marie, darf ich zu dir kommen?«

Sie antwortete nicht. Ich versuchte, die Tür zu öffnen, doch sie hatte sich davorgesetzt, ich schob sie ein Stück über den Boden, sie heulte auf, und ich ließ ab. Sie drückte die Tür mit ihrem Körper wieder zu, der Riegel rastete ein. Ich setzte mich auf die andere Seite, mein Rücken an ihrem, nur das Holz zwischen uns.

Marie weinte leise. Und gerade weil es so leise war, es war für niemanden bestimmt, hatte keinen Zweck, erkannte ich, wie verzweifelt sie war. Einsam auch. Ich hatte ihr Tom genommen, so fühlte es sich an, als wäre ich schuld an seinem Tod. Danach hatte ich Marie aus der Wohnung genommen. Der Wohnung, in der sie seit ihrer Geburt gelebt hatte. Ich hatte sie in ein unbekanntes Haus gesetzt, in der fremden Peripherie, hatte Möbel aufgestellt und Bilder aufgehängt, ihr Tuch. Marie hatte im Garten gespielt, gerätselt über mich, sich gefragt, was los war. Und ehe sie ankommen konnte, hatte ich sie in ein anderes Haus gesetzt, aus dem ich sie nun auch wieder nehmen würde. Ich fuhr mit den Fingernägeln über meine Oberschenkel, die Haut war zu dick, ich kam nicht durch, sosehr ich auch drückte, es blieben nur weiße Striemen. Ich presste die Handballen auf meine Augen, dann verkratzte ich mir die Wangen.

Einmal hatte ich meiner Mutter gesagt, wie sehr mich ihre Sucht belastete. Ich war bereits Jahre ausgezogen und für ein Wochenende zu Besuch bei ihr gewesen. Schon an der Tür checkte ich ihre Augen, glasig waren sie, trüb. Meine Mutter senkte den Blick und trat näher an mich heran, wir umarmten einander ungelenk. Und ich fuhr die Sensoren aus, so wie ich es immer getan hatte. Sog ihren Geruch auf, fühlte ihre Schulterblätter unter meinen Händen. Ihre Bewegungen, langsam, die Stimme, leicht verschleppt, wobei sich das Träge darin schon seit Jahrzehnten festgesetzt hatte, sodass es eigentlich keine normale Stimme mehr gab oder vielmehr diese zu ihrer Stimme geworden war. Früher, in der Zeit, als sie meinen Vater kennengelernt hatte, war meine Mutter fröhlicher gewesen. Auf den Bildern hatte ihr Blick etwas Verschmitztes, fast schon Neckisches.

Sie war gestürzt und hatte sich das Handgelenk geprellt, deshalb trug sie eine Bandage. Ich half ihr, das Geschirr für den Kaffee zum Tisch zu bringen. Ihre unverletzte Hand zitterte leicht. Obwohl ich keinen Alltag mehr mit ihr teilte, wusste ich sofort wieder, wann sie wie viel genommen hatte. Vor zwei, drei Stunden wahrscheinlich etwas zur Beruhigung, wegen der Aufregung, nun war sie sediert für den Nachmittag, am Abend würde die Anspannung zunehmen, die sich in fahrige Bewegungen übersetzte, sie würde wieder etwas nehmen. Und ich würde unruhig schlafen, aufwachen, wenn sie zur Toilette ging, genau hinhören, ob sie den Spiegelschrank öffnete, das Wasser ins Glas rauschen hören. Ich war ein Seismograf ihrer Sucht, ich konnte nicht anders, ich zeichnete es alles auf.

»Warum bist du gestürzt?«, fragte ich sie.

»Ich bin halt gestolpert.«

»In der Wohnung?«

Meine Mutter wies mit der Hand zur Küche.

»Da ist doch nicht mal eine Schwelle.«

»Jetzt sei nicht gleich wieder so streng«, sagte sie. »Es ist nur verstaucht und braucht etwas Ruhe, sagt Doktor Feder.«

Sie hatte Käsekuchen gekauft, den ich auf dem Tisch platzierte.

»Doktor Feder, der dir immer noch dieses Zeug verschreibt?«

»Du bist noch nicht mal richtig angekommen«, sagte meine Mutter und schüttelte den Kopf.

Ich betrachtete sie, und es war ihr unangenehm. Sie schob die Serviette auf dem Tisch zurecht. Die Scham war ihre ständige Begleiterin geworden, war in den flüchtigen Gesten, der ausweichenden Art meiner Mutter fest verankert.

»Gesa, du weißt, welche Schmerzen ich sonst habe. Das ist halt chronisch.«

»Deine Sucht ist chronisch«, sagte ich. Ich hatte noch nie so mit ihr geredet. Sie sah mich an, für einen Moment tauchte ein verschrecktes Wesen aus ihr hervor, das kurz darauf wieder hinter einer Wand aus Abwehr und Ablenkung verschwand.

»Welches Stück möchtest du?«

Der Kaffee blubberte in der Küche, ich holte ihn, goss meiner Mutter ein. Für mich stellte ich ein Glas Wasser auf den Tisch. Sie hatte uns beiden Kuchen aufgetan und stocherte in ihrem Stück herum, aß nur die Spitze. Der Rest würde so auf dem Teller bleiben. Ich konnte mich nicht erinnern, dass sie jemals mit Genuss eine Portion aufgegessen, geschweige denn, dass sie sich einen Nachschlag geholt hätte.

Eigentlich hatte ich ihr sagen wollen, dass ich ein Kind bekomme. Deshalb war ich angereist. Ich hatte mir vorgestellt, es für sie zu formulieren. Ich wollte nicht sagen, dass ich Mutter und sie Oma werden würde. Denn ich konnte sie mir nicht als Oma vorstellen. Und doch wollte ich ihr sagen, dass unsere Linie sich fortsetzte. Ich betrachtete sie. Sie achtete nach wie vor auf ihre Kleidung, sie trug eine blaue Bluse, hatte sogar goldene Ohrringe angelegt, trotzdem kam sie mir wie ein Schemen vor, ein grauer, fasriger Schemen mit einem ausgezehrten Gesicht. Zwischen ihren Haaren sah ich weiß die Kopfhaut. Plötzlich wollte ich nicht mehr von dieser Linie sprechen. Ich wollte das kleine Leben in mir nicht mit ihr verknüpfen. Behutsam legte ich die Hände auf meinen Bauch, der noch flach war.

Jeden Lachanfall in der Schule hatte ich sofort unterbinden können, indem ich an meine Mutter dachte. Wenn meine Freundinnen sich trotz der Ermahnungen der Lehrerinnen und Lehrer die Bäuche hielten und schließlich des Klassenraums verwiesen wurden, war ich sofort still, mein Blick auf das Pult gerichtet, wenn ich mir meine Mutter vorstellte, wie sie sich am Türrahmen abstützte und dann zum Bett wankte.

»Weißt du eigentlich, wie sehr deine Medikamentensucht mich als Kind belastet hat?« Das sagte ich stattdessen. Hitze stieg in meine Wangen.

Sie sah mich an, die Gabel in ihrer Hand kratzte über den Teller.

»Nein«, sagte sie erschrocken, »das wusste ich nicht.«

Ihr Lieben, lasst uns noch mal in Austausch kommen über unsere Gemeinschaft, das Haus, zusammen mit dir, Gesa. Das wünsche ich mir. Eure Mascha.

von mir aus gern. ich war ja gar nicht dabei. habe auch fragen. und wünsche mir, dass gesa und marie bleiben. küsschen, eure franzi

Mir wäre ein gemeinschaftliches Ritual, zum Beispiel intuitives Tanzen, lieber, um uns wieder in den Fluss zu bringen. Lisa

Gerne reden. Für mich ist es wichtig. Liebe Grüße, Gesa.

Ich ziehe mich innerlich aus der Dichte, um mein Vertrauen und meine Leichtigkeit aufrechtzuerhalten. Um den Heilraum zu entfalten, aus der erhabenen Weite meines Seins. Lisa

Wenn wir aus der Schwitzhütte als Gemeinschaft neu geboren werden möchten, sollten wir Barrieren und Blockaden vorab klären. Wir sind in Liebe verbunden. Dazu zählt auch die achtsame Kommunikation. Wir sprechen vorher miteinander. Om Shanti, Mascha

Gut. Herzlich, Gesa.

Darf ich daran erinnern, dass demnächst Mona mit ihrem Mann Jakob zu uns zum Probewohnen kommt? Jakob ist Tischler. Mona und ich sind beide bei Hans, im Seminar Schöpferische Zukunft. *Herzensgrüße, Lisa*

Ich erwachte mit Kopfschmerzen, stand auf, ging ins Badezimmer, putzte mir die Zähne, bürstete über die Zunge. Spülte mir den Mund lange mit Wasser aus. Fuhr mit Zahnseide in die Zwischenräume, bis das dünne Band blutig war. Ich kramte die Tabletten mit Eisen, Zink und Vitaminen hervor. In der Küche schluckte ich sie mit Wasser. Dann stellte ich mich im Wohnzimmer ans Fenster, es war noch dunkel draußen, ich rieb mir die Stirn. Am nächstliegenden Haus, das entfernt hinter einer Linde auf der anderen Straßenseite lag, ging das Außenlicht an. Eine junge Frau trat aus der Tür, schlug sie zu, was bis zu mir rüber zu hören war, obwohl sicher dreißig oder vierzig Meter Entfernung zwischen den Häusern lagen. Die Frau trug eine Handtasche und ging erst in schnellen Schritten die Straße entlang, rannte dann, bis sie aus meinem Blickfeld verschwunden war. Plötzlich hatte ich auch den Wunsch, etwas zu verlassen, ohne zurückzusehen. Nicht ein Haus, einen Körper.

Ich kam nicht hoch. Ich hatte mich noch mal zu Marie gelegt, und als sie wach wurde, und ich mit ihr, war mein Körper bleischwer, als würde er in die Matratze hineinsinken. Jetzt schmerzte nicht mehr nur der Kopf, alles tat weh, die Glieder, der Rumpf. Ich schwitzte. Das Kissen war feucht, mein Nachthemd klamm. Ich starrte die Glühbirne an der Decke an.

»Ich habe Hunger«, sagte Marie.

Sie hatte vergessen, dass sie wegen mir geweint hatte. Sie begegnete mir ohne jeden Groll, die Verunsicherung war verschwunden, in die ich sie gestern gebracht hatte.

»Ich kann nicht, Marie«, sagte ich.

Sie zog an meinem Arm, er fiel kraftlos aufs Bett zurück.

»Ich weiß nicht, was los ist. Vielleicht kannst du mit den anderen frühstücken. Schau mal, ob jemand in der Küche ist.« Allein diese Sätze strengten mich an.

Zögernd ging sie zur Tür. Ihre Schlafanzughose rutschte wieder. Ich sollte endlich ein neues Band einziehen, vielleicht könnte ich Franzi bitten. Marie sah zu mir zurück.

»Du schaffst das«, sagte ich. Schubartig füllte sich mein Mund mit toxischem Speichel. Ich hatte Toms Gesicht und die dunkelbraune Flüssigkeit vor Augen, die aus seinem schlaffen Mund herausgelaufen war, was meine Übelkeit verstärkte.

Marie trat in den Flur. Wenig später hörte ich sie in der Küche mit Jolinde lachen. Ich wendete den Kopf, was schmerzhaft war, als wäre eine Kugel darin, die nun auf die andere Seite drückte. Ich machte meine Augen zu. Die Glühbirne fiel aus der Fassung heiß in meinen Mund, verbrannte mir die Schleimhäute, die Zunge, ich wachte auf, Blasen am Gaumen, spuckte aus, schmeckte das Quecksilber aus der Diode, tastete nach den Glassplittern, fand keine. Erbrach mich trotzdem auf das Bettlaken. Heiße Magensäure. Irgendwann hielt Mascha meine Hand.

»Ist gut, es ist gut«, sagte sie, »lass los.« Sie wischte mir eine feuchte Strähne aus dem Gesicht und berührte sachte meinen Kopf.

»Ich vergifte.« Ich wollte eine Hand heben. Zu anstrengend.

Das Fenster war eine leuchtende Fläche. Etwas Warmes an meinem Mund.

»Wo ist Marie?«

»Mit Lisa und Jolinde beim Musikgarten.«

»Ihre Hose rutscht.«

»Sie hat ein Kleid an.«

Jemand hatte um die Glühbirne herum Stuck angebracht, während ich betäubt gewesen war, ein Geflecht aus Blättern.

»Was ist das?«

»Brühe. Nur wenn du möchtest.«

Ich nickte und öffnete die Lippen. Mascha hielt meinen Kopf.

Marie saß im Schneidersitz auf dem Bett und sah mich an.

»Schlumpel-Biene«, sagte ich.

»Ich habe Donner gemacht auf einer Trommel. Und Regen. Und Blitze.«

»Ich hab dich gehört.«

»Das war woanders.«

»Hab dich trotzdem gehört.«

»Echt?«

»Irgendwie schon.«

»Geht's dir wieder gut?«

Ich rollte den Kopf hin und her, drückte die Zunge an den Gaumen. »Glaube schon.« Nur die Bettwäsche roch schlecht. »Hast du Hunger?«

»Ich habe Bratkartoffeln gegessen.«

»Zum Frühstück?«

»Es ist doch schon spät, Mama. Es ist Schlafenszeit.«

»Verstehe«, sagte ich, »kannst einfach im Unterhemd schlafen. Unterhose und Unterhemd. Lass mal deinen Atem riechen.«

Sie hauchte mich an.

»Lecker. Musst keine Zähne putzen.«

»Liest du mir noch was vor?«

Marie zog ihr Kleid über den Kopf und wollte an mich heranrücken.

»Warte«, sagte ich, »ich hole noch ein frisches Laken.«

Ich wendete den Pfannkuchen. Im heißen Fett wölbte er sich an mehreren Stellen auf.

»Den ersten kriege ich!«, rief Joris.

»Nein, ich!«, kam es sofort von Jolinde.

»Ich hab's zuerst gesagt«, beharrte er.

»Ich«, erwiderte sie bestimmt.

»Immer du, blöde Kuh«, murmelte Joris und unterdrückte ein Kichern.

»Den ersten Pfannkuchen«, ich drehte mich zum Tisch um, »bekommt unser Gast Konrad, der wartet nämlich ganz freundlich.«

»Und ich?«, fragte Marie.

Ich sah sie erschrocken an und schnitt von Konrads Pfannkuchen die Hälfte ab und legte sie auf ihren Teller.

»Entschuldige, Mariechen«, sagte ich.

Sie griff zu dem Glas mit Apfelmark.

Den nächsten teilte ich zwischen Joris und Jolinde. Und wieder gab es Ärger, wegen der Größe. Franzi wollte schlichten, indem sie von Jolindes Hälfte eine Ecke abschnitt, woraufhin die anfing, trotzig zu weinen. Franzi sagte zu den beiden, dass sie heute leer ausgehen würden, wenn sie sich nicht einigen könnten.

»Dürfen wir gleich mit Jesse spielen?« Jolinde wischte sich die Tränen aus dem Gesicht.

»Ich kann ihn auf eine Decke legen, und ihr gebt ihm seine Rassel. Aber dass ihr ihn wieder übers Gelände tragt, möchte ich nicht«, sagte Franzi.

»Ja«, sagte Marie.

»Okay«, sagte Konrad.

»Nee, dann nicht«, kam es von Jolinde.

Später waren Mandelmus und Apfelmark auf dem Tisch verschmiert, Zucker und Zimt verstreut und die Kinder irgendwo hinter dem Haus unterwegs. Ich machte das Fett für die Pfannkuchen der Erwachsenen heiß. Ole wünschte sich einen mit Käse, der weiß zerlief und mich ekelte, nicht nur weil ich keine Milchprodukte aß. Mascha strich Pesto auf ihren Pfannkuchen und legte Salatblätter dazu. Lisa, Franzi und ich aßen unsere mit Gemüseaufstrich. Franzi gab Jesse in der Babywippe ein Stück, er kaute sofort darauf herum. Andreas stopfte sich seinen einfach so in den Mund. Er sah dabei aus wie ein Junge, der größere Bruder von Joris, Noam und Jesse.

»Die Schwitzhütte wird uns als Gemeinschaft stärken«, sagte Mascha, Salat hing ihr zwischen den Vorderzähnen.

»Ich freu mich schon«, sagte Lisa.

»Da ich nicht so hoch schwinge wie ihr, könntet ihr mir den Ablauf noch mal erklären«, bat ich.

Mascha lachte, Lisa sah zur Seite und presste die Lippen aufeinander.

»Es wird unsere Geburt als Gemeinschaft werden. Wir gehen den Prozess zusammen. Das ist wichtig. Die Hütte ist der Schoß von Mutter Gaia, den wir zunächst heiligen und zelebrieren, um dann in ihn zu kriechen und schließlich wiedergeboren zu werden«, sagte Mascha.

»Du wirst alle Ängste und Zweifel darin zurücklassen können«, sagte Lisa und sah mich an. »Für dich nicht ganz unwichtig.«

Andreas warf ihr einen Blick über den Tisch hinweg zu.

»Ist doch wahr«, sagte Lisa. »Wenn Gesa Schwierigkeiten, etwa mit der eigenen Geburt, hatte, mit Erfahrungen, die sie gemacht hat, darf sie nun den Weg heilen.«

»Ich habe das auch noch nie gemacht«, sagte Franzi, »und ich bin aufgeregt. Was tragen wir?«

»Nichts oder weite Kleidung, dann am besten Baumwolle, so wie ihr euch wohlfühlt«, sagte Mascha.

»Und die Kinder?«, fragte Franzi.

»Wir machen es ohne sie«, sagte Mascha.

»Echt?«

»Das wird sonst nur ein Rein und Raus.«

»Fabian ist der Feuerhüter. Die Kinder könnten doch bei ihm bleiben«, sagte Andreas.

Mascha schüttelte den Kopf: »Seine Aufgabe erfordert Achtsamkeit und Wachheit. Fabian wird meditieren und für uns da sein, das geht nicht.«

»Wir könnten sie auch einen Film gucken lassen, ausnahmsweise«, schlug Andreas vor. »Oder zwei.«

»Wie lange dauert es denn?«, fragte ich.

»Es geht nach schamanischer Zeit. Sie ist nicht mit unserer Zeitmessung zu erfassen«, erklärte Mascha.

»Ich frage Rieke«, sagte Lisa, »die nimmt sicher die Kinder.«

»Aber Jesse?«, sagte Franzi und wies zur Babywippe.

Der Pfannkuchen hing aufgeweicht von Jesses Faust. Wir sahen alle zu dem Kleinen hin, niemand sagte etwas. Ich blickte verstohlen zu Mascha und erkannte, dass sie die Stille nicht unterbrechen würde. Sie konnte sie aushalten.

Schließlich sagte Franzi: »Ich könnte ihn stillen, dann schläft er bestimmt.« Sie sah fragend zu Andreas, der nickte. Franzi senkte den Blick und wischte Zucker und Zimt vom Tisch in ihre hohle Hand.

»Ihr werdet danach auf jeden Fall wie Babys schlafen«, sagte Mascha.

»Das kann ich mir nicht erlauben«, erwiderte Franzi scharf, »dafür schläft mein Baby zu schlecht.« Sie ließ sich die Zimt-Zucker-Mischung in den Mund rieseln.

»Und ich kriege vielleicht meine Tage«, sagte ich.

»Mondfrauen halten sich von der Schwitzhütte fern«, erwiderte Mascha.

»Ach so?«

»Die Mondzeit ist eine sehr kraftvolle Zeit, die Energie der Frauen ist dann am stärksten, und sie sind in einem Prozess der Erneuerung«, referierte sie weiter. »Bei den Lakota – wir machen die Hütte in ihrem Geist – berühren die Frauen in dieser Zeit keine heiligen Gegenstände und nähern sich auch nicht der Hütte oder nehmen am gemeinschaftlichen Essen teil.«

»Ist das nicht ein bisschen dogmatisch?«, fragte Andreas. »Wir sind schließlich keine Indigenen. Und wir sollten niemanden ausschließen. Gerade wir nicht.«

»Es ist kein Ausschluss, Gesa würde von uns liebevoll umsorgt werden und zur Ruhe kommen. Sie hätte eine heilige und gesonderte Stellung.«

»Vielleicht habe ich sie ja auch gar nicht«, sagte ich.

Marie. Ich tastete mit der Hand über die aufgeschlagene Bettdecke. Auch die Luftmatratze, auf der Konrad geschlafen hatte, war leer. Sein Schlafsack lag auf dem Boden. Ich richtete mich auf. Es war gerade erst fünf Uhr, der Tag hob klar und strahlend vor dem Fenster an. Als ich aufstand, wurde mir schwindelig. Ich sah in dem kleinen Zimmer nach, es war bis auf die verstreuten Spielsachen und einige Kleidungsstücke von Marie leer. Ich eilte in den Flur, dann in die Küche, sah ins Wohnzimmer. Seit Toms Tod hatte meine Tochter immer neben mir gelegen. Ihre nächtlichen Bewegungen unter der Decke waren mir so vertraut. Ich war an ihren warmen Körper, das sanfte Atmen gewöhnt, sie waren Teil meines Schlafs geworden. Nach dem Aufwachen betrachtete ich als Erstes ihr ebenmäßiges Gesicht. Nun kam ich mir unvollkommen vor. Mehr als das: versehrt. Marie fehlte mir. Ich fragte mich, wo sie sein könnte. Und wo Konrad, auf den ich doch aufpassen sollte. Ich hatte Angst, die unbestimmt in verschiedene Richtungen tastete. Kurz war ich davor, die Kinder laut zu rufen. Da entdeckte ich die beiden auf der Couch. Wie Liebende lagen sie hintereinander auf der schmalen Sitzfläche, zur Rückenlehne gedreht. Konrad hatte sein Gesicht in Maries Haaren vergraben, seine Wangen waren rot. Ich fühlte mich, als wäre ich in eine intime und zugleich unschuldige Situation eingedrungen, die allein den beiden gehörte und geschützt werden musste. Warum auch immer sie in der Nacht aufgestanden waren und den Platz gewechselt hatten – mein Schlaf war eigentlich leicht, zudem war zum ersten Mal ein anderes Kind da, und ich hatte noch beim Einschlafen gehofft, Konrad würde kein Heimweh bekommen –, es musste leise, vielleicht sogar schlafwandelnd vonstattengegangen sein. Sie hatten intuitiv für sich sein wollen. Ich legte eine Decke über die beiden, Konrad atmete geräuschvoll aus, eine Haarsträhne von Marie wurde dadurch bewegt. Dann drehte ich mich weg.

Joris fuhr voraus, das spornte Marie an. Da ihr Fahrrad keine Gangschaltung hatte, trat sie schnell und heftig in die Pedale, ihr Hintern rutschte auf dem Sattel hin und her, während Joris in einem hohen Gang ruhigere Tretbewegungen machte. Er radelte ein Stück freihändig, sah zu Marie, ließ sie rankommen und überholen, nur um dann wieder an ihr vorbeizugleiten.

»Das hier gehört schon zu Hannos Grünlandbiotop.« Andreas wies mit der Hand nach links, auf Wiesen mit hohem, dichtem Gras, Blumen, in denen das Leben flirrte, vereinzelte Bäume. Zur Straße hin ein Holzzaun.

»Hier arbeitest du?«, fragte ich.

»Na ja, ich sense die Wiesen. Es sind mittlerweile dreißig Hektar.«

»Und ich dachte, du würdest ins Fitnessstudio gehen für solche Oberarme.«

Andreas lachte. Wir kamen mit unseren Rädern an gemähten Flächen vorbei, das Heu auf Reutern geschichtet, fuhren ein Stück bergauf. Eine große Fläche war von einem Elektrozaun umgrenzt, der vor sich hin tickte. Im Schatten eines Baums drängten sich Schafe aneinander. Die Kinder waren von ihren Rädern gestiegen und versuchten, die Tiere mit Grasbüscheln anzulocken, keines regte sich, sie sahen nur kauend zu uns her.

»Wir haben letzte Woche Küchenschellen entdeckt, die hier seit Jahren nicht mehr wachsen. Eigentlich galten sie als ausgestorben.«

»Und wo kommen die dann plötzlich her?«

»Vielleicht haben sie in den Wiesen geschlummert. Oder es sind morphische Felder: Wenn an einer Stelle etwas entsteht, ist es auch an einer anderen möglich. Wobei Hanno das für Humbug hält.«

»Wovon lebt Hanno?«, fragte ich.

»Seine Frau ist gestorben, lange her, mit ihrem Geld hat er das Land gekauft. Und dann kamen irgendwie immer weitere Flächen dazu, er hat sie gepachtet, manche wurden ihm auch geschenkt. Ansonsten lebt er ziemlich einfach.«

Wir schoben die Räder einen geschotterten Weg entlang zu einem Bauwagen, der unter einer Gruppe von Kiefern stand. Ein Mann um die sechzig stand davor und sah uns mit skeptischer Miene entgegen. Er war hager, eine große, schwarz umrandete Brille bestimmte sein feines Gesicht, verletzliche Augen dahinter, gescheitelte kurze Haare. Er trug eine Leinenhose, ein weißes Hemd und eine dunkle Weste mit Knöpfen. Er hätte auch in einem Laden für Antiquitäten arbeiten können. Allerdings wirkte es, als wäre der Laden für uns nicht geöffnet. Wir begrüßten einander. Joris ließ sein Fahrrad einfach fallen, Marie machte es ihm nach.

»Ich wollte die Trommeln holen«, sagte Andreas, »für unsere Schwitzhütte.«

Hanno griff nach einem Beutel, der neben den Stufen zum Bauwagen lag.

»Möchtest du vielleicht auch dabei sein?«

Hanno schüttelte den Kopf. »Ich schwitze schon genug bei der Mahd.«

Joris und Marie liefen über die Wiese hinter dem Wagen und ließen sich den Hügel hinunterkullern.

»Das ist kein Spielplatz hier«, sagte Hanno.

Andreas rief die Kinder zurück, Joris maulte, aber sie kamen umstandslos.

»Und du pflegst dieses Biotop?«, fragte ich.

Hanno nickte.

»Er rettet Arten, die sonst nicht mehr leben können, keine Grundlage und keinen Lebensraum mehr haben in unserer Welt«, ergänzte Andreas, »eine Arche sozusagen, für alles Leben.«

Marie hockte sich in den Schotter und sammelte Steinchen ein, Joris schloss sich ihr an. Bald schon beschossen sie sich damit. »Peng, peng!«, rief Joris. Marie sprang auf, rannte davon, und Joris folgte ihr. »Ich knall dich ab.«

Hanno sah den beiden missbilligend nach.

»Eine Arche, aber nicht für die Menschen«, sagte ich.

»Auf diesen Flächen haben wir mal ausnahmsweise nichts zu suchen«, sagte Hanno.

»Verstehe«, sagte ich.

»Ach, echt?« Er schnaubte.

»Vielleicht«, erwiderte ich, und da sah er mich zum ersten Mal richtig an. Es lag ein Spott in seinen Augen, der sich dort wohl schon seit Langem eingerichtet hatte. Es hatte nichts mit mir zu tun. Ich hielt seinem Blick stand. »Wir Menschen machen Dinge, weil sie möglich sind, weil wir sie machen *können*. Ohne die Folgen zu bedenken.

Vielmehr denken wir, wir könnten alles, was wir verändert haben, auch wiedergutmachen.« Ich wusste nicht, was mich antrieb, so zu sprechen, so strebsam. Ich wollte zeigen, dass ich nicht so einfältig war, wie Hanno es vielleicht annahm. Ich wollte ihm gefallen. Das Spröde an ihm reizte mich.

»Bist du schon mal in einen Schmetterlingsschwarm geraten?«, fragte er.

Ich schüttelte den Kopf.

»Eine meiner frühesten Erinnerungen.« Er bewegte die Finger vor den Augen, seine Handflächen waren schwielig, ein Lächeln umspielte seinen Mund. »Hier in den Wiesen.«

Ich sah Hanno als kleinen Jungen vor mir, verloren und geborgen zugleich, wie er auf dem Rücken zwischen den Gräsern dalag. »Du meinst, genau hier, wo eben auch Marie und Joris waren?« Und da Hanno mir nicht antwortete, er stand einfach weiter still da, fragte ich: »Du bist hier groß geworden?«

Er nickte wieder und sah zu den Kindern. Am Ende des Schotterwegs balancierte Joris auf einem quer liegenden Stamm, Marie folgte ihm, die Arme ausgestreckt, um das Gleichgewicht zu halten. Ich spürte, dass Hanno etwas sagen, sie zurückrufen wollte, es dann aber ließ.

»Was für ein Geschenk, hier aufzuwachsen«, sagte ich.

»Damals waren diese Wiesen Sinfonien. Sinfonien des Lebens. Die Menschen wissen gar nicht mehr, wie es sich angehört hat. Das ist für immer verloren. Nur noch in meinem Kopf.«

»Bist du immer hiergeblieben?«

»Fürs Studium bin ich weg.« Sein Blick fand meinen wieder.

»In eine der Städte?«

Hanno zögerte, dann sagte er: »Dort bin ich abends betrunken aus einer Kneipe gekommen, die Straße war so still und tot. Ich hab mich aufs Rad gesetzt und bin die Nacht über zurückgeradelt.« Er schmunzelte, hatte dabei ein so schönes, zeitloses Gesicht. »Im Wald habe ich geklingelt, weil ich Sorge hatte, von einem Wildschwein überrannt zu werden. Bei Sonnenaufgang war ich wieder hier.«

»Und bist geblieben?«

Ein Schrei von Joris. Wir sahen zu den Kindern. Joris lief vom Baumstamm weg, drehte sich zu Marie um, die wie angewurzelt dastand. »Los, renn!«, rief er.

Marie starrte auf etwas zu ihren Füßen, grau und aufgeblättert, von dem hektische Punkte aufstiegen. Es dauerte, bis ich begriff, dass es Wespen waren, aufgescheuchte Wespen. Sie waren nun um Marie.

»Lauf, Marie!«, rief ich auch. Sie schrie, wie ich sie noch nie hatte schreien hören, und rannte Joris hinterher, ein zerfransender Schwarm Wespen folgte ihr, schließlich ließen sie ab.

»Man müsste die Kinder anleinen«, sagte Hanno zornig.

Ich ging Marie entgegen, sie hielt sich den Daumen und heulte. »Zeig her«, ich schloss sie in meine Arme. Marie wollte den Finger zunächst nicht freigeben, sie zitterte am ganzen Körper, ihr Gesicht glühte. Es war ein weißer Stich, rot und dick angeschwollen der Rand. Ich schloss meinen Mund darum, saugte. Es brannte, und ich spuckte auf den Boden aus. Marie zog den Finger weg, sie hörte nicht auf zu weinen. Hanno war währenddessen mit einer Schaufel zu dem Stamm geeilt.

»Was war das?«, wimmerte sie.

»Da war so ein graues Ding am Stamm.« Joris' Stimme war ganz leise, blass war er im Gesicht. »Ich habe draufgetreten. Aus Versehen.«

»Hast du was abgekriegt?«, fragte ich.

Er schüttelte den Kopf. »Ich wollte das nicht. Ich dachte, das ist ein Pilz.«

»Nicht schlimm, Joris. Du kannst nichts dafür. Und du, Marie, hast nur einen Stich. Das tut erst weh und juckt später, aber es geht vorbei.«

»Ich schaue mal nach Essig«, sagte Andreas. Er ging in den Bauwagen und kam mit einer Flasche zurück.

Aber Marie schob sie von sich. Es war unmöglich, ihr etwas davon über den Stich zu träufeln. Also hielt ich sie weiter fest. »Weißt du, das Nest ist das Zuhause der Wespen. Und plötzlich brechen die Wände. Unerwartet. Ihr seid erschrocken. Die sind auch erschrocken und haben sich gewehrt. Die wussten auch nicht, was los ist.«

Wir sahen zu Hanno, der das aufgebrochene Nest mit der Schaufel an den Stamm zurückschob, sodass es wieder in Kontakt mit dem Holz kam. Wespen umschwirrten ihn. Er schien sich nicht an ihnen zu stören.

Als wir uns etwas später von dem Mann verabschiedeten, die Kinder hoben still ihre Fahrräder auf, sagte ich: »Es tut mir leid.«

»Ich bin es nicht, bei dem du dich entschuldigen musst.« Er wich meinem Blick aus. Das Interesse, das kurz zwischen uns bestanden hatte, war verflogen.

Vom Fahrrad aus sah ich noch einmal zurück. Hanno stand reglos mit dem Rücken zu uns vor dem quer liegenden Stamm. Er wirkte selbst wie einer der Bäume auf dem Gelände, mit einem weitreichenden Wurzelwerk festgewachsen. Hier würde er für immer bleiben.

Wir saßen um den Tisch und schwiegen. Lisa löffelte einen Rest Mandelmus direkt aus dem Glas. Ich spürte eine Beklommenheit im Brustraum, als ich fragte: »Darf ich an unser Gespräch von neulich erinnern?«

Mascha, die sich gerade erhoben hatte, setzte sich wieder. Lisa sah kurz zu mir auf, schabte dann weiter mit dem Löffel im Glas. Ich wäre auch gern einfach aufgestanden oder hätte das Geschirr gespült. Doch für Marie und mich verstrich die Zeit. Der Makler hatte mich kurz zuvor angerufen und nach einem Zeitpunkt für den Verkauf gefragt, den ich ihm nicht hatte nennen können, wollen.

»Ich brauche eine Perspektive«, sagte ich, »denn es geht auch um mein Haus, das ich, wenn wir zu euch ziehen, wohl verkaufen werde. Und, wahrscheinlich wiederhole ich mich, aber ich möchte es wissen: Wie wollt ihr den Kauf und alles andere hier regeln?«

Franzi rutschte unruhig auf dem Stuhl hin und her. Sie hatte Jesse auf dem Schoß.

»Wir könnten ein Open Council dazu machen, in dem wir bewusst durch unser Herz geführt werden«, sagte Lisa.

»Können wir nicht einfach sprechen?«

»Was braucht es für das Council denn?«, wollte Franzi wissen.

»Die Bereitschaft, sich einzulassen, um in ein Gleichgewicht miteinander, eine Emergenz zu kommen«, sagte Lisa.

Franzi strich Jesse über die dünnen Haare und sah zum Fenster.

»Wir bräuchten eine Kerze, einen Redestab, eine Einleitung«, sagte Mascha, »ich finde es zu aufwendig. Ich schlage vor, dass wir eine kurze Meditation machen und uns dann austauschen.«

Als ich nickte, taten es alle. Lisa stellte das Glas zur Seite und setzte sich aufrecht hin. Mascha holte die Klangschale und leitete die Meditation mit einem Gong ein. Ich schloss die Augen. Hinter dem Haus schrie Joris. Auf der Straße fuhr schnaufend ein Lastwagen vorbei. Jesse blubberte mit dem Mund. Ich spürte Ungeduld in mir, ein rasch schlagendes Herz und eine Spannung tief im Magen. Ich war erleichtert, als Mascha die Meditation beendete.

»Marie und ich sind jetzt zwei Wochen hier, die Hälfte der Zeit ist rum. Wir fühlen uns wohl, ich bin dankbar dafür, dass ihr mich umsorgt habt, als ich krank war. Aber es gab auch Irritationen, die mir nachhängen, und ich möchte herausfinden, ob ein Zusammenleben klappen könnte.« Ich hielt kurz inne. »Ganz konkret mit Zahlen und Fakten. Nebenkosten, Sanierungen. Wir könnten mit dem Kaufpreis beginnen.« Ich spürte die Überwindung, so zu sprechen.

»Ich finde es auch schön, dass ihr beiden hier seid«, sagte Mascha, »und ich verstehe dein Anliegen, Gesa. Möchte es annehmen. Und zu deiner Frage: Ich stelle mir vor, dass wir einem stimmigen Modell folgen. Nach der Community-Ressource-Ausrichtung ist es gerecht, wenn alle drei Viertel von dem geben, was sie haben. Das Geld wird vergemeinschaftlicht und soziokratisch verwaltet.«

»Dann müssen wir sehen, ob es überhaupt reicht«, sagte Andreas.

»Auf jeden Fall«, sagte Ole und sah mit einem fragenden Blick zu Mascha, die fast unmerklich den Kopf schüttelte.

Ich überschlug meinen potenziellen Anteil. »Dann würde ich ganz schön viel geben.«

Mascha fuhr sich mit den Fingern durch den dunklen

Flaum, der wie eine Verlängerung der Haare vor ihren Ohren wuchs. »Wer hundert hat und fünfundsiebzig gibt, gibt genauso viel wie jemand, der 100 000 hat und 75 000 gibt. Auf der Ebene des Gebens ist es das Gleiche.«

»Aber es *ist* nicht das Gleiche. Hinter dem Geld steht doch auch ein Wert, steckt Arbeit«, erwiderte ich.

Mascha zupfte an den Härchen. Niemand erwiderte etwas.

»Und bekäme ich das Geld zurück«, fragte ich, »falls wir ausziehen sollten?«

»Warum vertraust du uns eigentlich nicht?«, fragte Mascha.

»Vielleicht kann ich das nicht. Vielleicht geht es darum gerade auch nicht.«

»Vertrauen ist aber die Grundlage von allem.«

Ein Kind weinte draußen, es war nicht Marie.

»Du hast einen Camper, Mascha, du kannst jederzeit weiter. Ich habe ein Haus, das ich aufgeben würde, und muss wissen, wie es für uns weitergeht.«

»Ich habe den Eindruck, dass du gar nicht ankommen möchtest. Oder es vielleicht auch nicht kannst«, sagte Lisa.

Ich fühlte mich in eine Ecke gedrängt, in die ich gar nicht hatte kommen wollen. »Mir geht es damit überhaupt nicht gut«, sagte ich laut. »Sind denn für euch nicht auch andere Modelle denkbar, nach jeweils genutzter Wohnfläche zum Beispiel?«

Lisa richtete sich am Tisch auf: »Du fühlst dich nicht gut, weil du am Geld klebst, dich immer noch damit identifizierst und deshalb gerade sehr niedrig schwingst.«

»Lisa, du kannst hier sitzen und hoch schwingen«, sagte ich giftig, »du kriegst nach eurem Community-Modell nämlich Geld geschenkt.«

»Gesa, lass es«, ging Mascha barsch dazwischen, »du hast das Geld doch selbst nur geschenkt bekommen! Es dir einfach genommen.«

Ich starrte Mascha entgeistert an, und sie senkte den Blick.

»In einer höheren Schwingung zu bleiben, ist unsere Aufgabe in diesem Leben, und wir versuchen das hier als wenige, die es realisieren können, bei den Fragen des Alltags und des Lebens, und auch bei den Fragen zum Haus«, sprach Lisa unbeirrt weiter.

»Moment, ich weiß, ihr macht das anders und seid etwas Besonderes. Dort, wo ich vorher gelebt habe, waren es die Menschen auch, eine Avantgarde, nur eben anders. Und mir geht dieses Elitäre gegen den Strich.«

»Du bist einfach noch nicht so weit«, sagte Lisa.

»Und du solltest dich mal reden hören.«

Das Weinen von draußen kam näher. Die Tür ging auf, und Jolinde stürzte schluchzend in die Arme ihrer Mutter. »Joris hat böse Wörter zu mir gesagt. Und zu Marie auch.«

Ich sah zur Tür, Marie stand dort und sah betroffen drein. Ich winkte sie zu mir, und sie kletterte auf meinen Schoß, legte den Kopf an meine Brust. Franzi stand geräuschvoll auf, ihr Stuhl fiel dabei um, sie drückte Andreas den Kleinen in den Arm, ohne jemanden anzusehen, und ging mit schnellen Schritten nach draußen. Andreas sah auf die Tischplatte.

»Euer Dach ist außerdem nicht richtig dicht«, sagte ich.

Wie eine zerknautschte rosa Decke lagen die Wolken am Himmel. Auch Mascha schien sie zu betrachten. Aus dem Fenster unseres Zimmers heraus sah ich, wie sie im Garten stand und hinaufsah, während sie aus einem Schlauch Wasser auf die Gemüsebeete spritzte. Sie trug kurze Jeans und ein helles Hemd, dazu Gummistiefel. Sie hielt den Strahl unbewegt auf eine Stelle, bis ein Ruck durch ihren Körper ging und sie einen anderen Bereich wässerte.

Hinter mir lag Marie im Bett und schlief, ich deckte sie wieder zu, sie schmatzte kurz und drehte sich zur Seite. Dann räumte ich die wenigen Sachen, die wir im Zimmer verteilt hatten – Klamotten, Maries Haarklammern, ihre Puppe –, in unseren Koffer. Fegte den Staub in eine Ecke zusammen.

Ich würde gerne vom Vertrag zurücktreten, hatte ich dem Makler geantwortet, der mir von einem guten Interessenten für das Haus geschrieben hatte. *Tut mir leid*, hatte ich ergänzt. Ich sah wieder zu Marie. Gestern im Bett hatte ich sie gefragt, ob es stimmte, dass Joris gemein zu ihr und Jolinde gewesen war, worauf sie zunächst nur die Schultern gezuckt hatte. »Was hat er denn gesagt?«, wollte ich wissen. »Jolinde ist eine Fotte, oder so.« – »Warum?« –

»Sie hat das Tor zugemacht.« – »Das Tor der Scheune?« Unsicher hatte Marie mich angesehen, und ich wusste, dass ich nun nicht schimpfen durfte, weil sie dort gewesen waren. Zumindest nicht, wenn ich erfahren wollte, was passiert war. »Und du warst auch da drin?« – »Joris kam nicht rein«, hatte sie geantwortet.

Wie ich, dachte ich. Schon wieder. Ich passte nicht rein, durfte nicht, wollte nicht. Weder in die Tech noch ins Haus noch in die Gemeinschaft. Es lag an mir. Oder auch nicht an mir. So, wie du die Welt siehst, hatte Tom zu mir gesagt, kann Marie ja nur eine Macke kriegen. Und ich hatte erwidert, dass ich nur authentisch bleiben könne. Ich konnte nicht anders, ich hatte einen inneren Widerstand, ein Gefühl, dem ich folgen wollte. Nur wohin?

Im kleinen Zimmer nebenan lagen Maries Steckperlen über den Boden verstreut, ich sammelte sie in der hohlen Hand und ging zurück nach vorn, als ich ein leises Klopfen hörte. Mascha stand an der angelehnten Tür und sah vorsichtig herein. Sie hielt einen Kürbis im Arm.

»Unser erster in diesem Jahr«, sagte sie, »davon können wir eine Suppe für die Zeremonie machen.«

»Schön.«

»Darf ich reinkommen?«

»Ja.«

»Es tut mir leid, Gesa«, sagte sie, »wie das gestern gelaufen ist. Was ich gesagt habe.« Sie hielt den Kürbis vor den Bauch gedrückt und sah mich an. Ich erwiderte ihren Blick. Dann legte sie das schwere Gemüse auf dem Boden ab. »Ich wünsche mir, dass du wenigstens noch bei der Schwitzhütte dabei bist.«

»Ja.« Mir fiel einfach nichts anderes ein.

Mascha schaute sich im Zimmer um, sah den offenen Koffer. Mit einem Blick auf Marie sagte sie: »Wenn ich als Kind unartig war, hat mein Vater getrunken. Und manchmal ist er auch tagelang nicht nach Hause gekommen. Meine Mutter saß dann am Küchentisch und hat geweint. Und ich wusste, dass es meine Schuld war. Wenn ich nur brav geblieben wäre, dann wäre alles noch gut.«

Erst jetzt sah sie mich an, Maschas Blick so ungeschützt, zerbrechlich wirkte sie. Ich überwand die Distanz, die noch zwischen uns war, und nahm sie in den Arm, die Steckperlen klackerten zu Boden. Mein Körper an ihrem, ihrer an meinem. Meine Hand fuhr in ihre dichten Haare, verfing sich darin, die andere schob sich unter das Hemd auf ihre feuchte Haut. Ich spürte den Wulst einer Narbe auf ihrem Rücken.

Von der Hütte war nur das sich wölbende Skelett der Ruten zu sehen. Die Decken lagen auf der Wiese verteilt in der Sonne. Auf einer von ihnen lag Jesse, der sich seit Kurzem auf den Bauch drehen und den Kopf heben konnte. Seine Windel beulte den Strampelanzug hinten aus. Franzi fegte den Weg von der Feuerstelle und dann die Hütte. Lisa band ihre Sträuße an den Weidenruten fest, sodass sie im Inneren der offenen Kuppel baumelten. Mascha brachte Tuben aus dem Haus, einen Wassereimer und weitere Decken, auf denen wir sitzen würden. Ole und ich zerschnitten den Kürbis für die Suppe, die wir nach dem Ritual gemeinsam essen wollten. Ich dachte an Marie. Am Morgen, als sie ihr Müsli löffelte – ich aß nichts, trank nur Zitronenwasser –, hatte ich ihr noch einmal gesagt, dass Rieke sie am Abend wiederbringen und dass ich mich sehr auf sie freuen würde. Wie es mir gehe, war Riekes erste Frage gewesen, als sie mit dem Lastenrad vor dem Haus gestanden und die Kinder eingesammelt hatte. Ich sagte ihr, dass ich mich wieder unwohl fühlte, auch mit den anderen. Dass ich nicht bleiben könne, ich sei wohl zu schwierig, zu materialistisch auch. Rieke legte ihre Hand auf meine Wange. »Steh zu dem, was dir wichtig ist«, hatte sie gesagt und mich zum Abschied fest umarmt.

Jetzt legte sich Maschas Finger auf meine Wange, strich darüber bis zum Haaransatz, ihr Gesicht direkt vor meinem. Ich spürte ihren Atem. Sie lächelte mich an, tunkte den Finger erneut in die Farbe und bemalte auch meine andere Gesichtshälfte. Sie hatte sich Federn in die Haare gesteckt, so wie damals, als wir ums Feuer gesessen hatten. Ein Amulett aus kleinen bunten Perlen lag auf ihrer Brust auf. Ihr Blick war konzentriert.

»Bist stark.« Sie betrachtete mein Gesicht. »Jetzt ist es auch zu sehen.«

Ich spürte den Impuls, sie zu küssen, auch, dass Mascha meinen Kuss erwidern würde, ihre Lippen öffneten sich leicht.

»Bemalst du mich auch?« Lisa kniete sich zu uns.

»Ja, lass mal sehen, was deine Farbe heute ist«, sagte Mascha.

Fabian und Andreas hatten das Holz in Schichten gestapelt, sodass eine breite und offene Konstruktion entstanden war. Wir stellten uns im Kreis darum. Nacheinander nahmen wir jeweils einen Stein, den wir heiligen sollten, so hatte Mascha es erklärt, ihm einen Segen mitgeben, bevor wir ihn auf oder zwischen die Scheite legten. Ich wollte ein Zuhause finden. Ich wusste erst nicht, wie ich es formulieren sollte, dabei war der Satz ganz einfach, als ich ihn hatte. Ich flüsterte ihn in den schweren Stein, bevor ich ihn vor dem Bauch trug und auf die anderen platzierte. Zweiter Stein. Eine bessere Mutter werden. Dritter. Marie schützen. Vierter. Nicht ertrinken.

Schließlich entzündete Fabian den Haufen. Wir sahen zu, wie das Feuer am Holz leckte, es erfasste, umschloss, sich dann einverleibte und davon nährte. Ole mit seinem schwarzen Zickzack aus Farbe im Gesicht sah düster aus, gebannt starrte er ins Feuer, als hungerte er danach. Lisa hatte sich einen Kranz auf den Kopf geflochten, ihr schmales Gesicht noch markanter dadurch, sie war gelb bemalt worden. Sie griff nach Maschas Hand, die beiden hielten einander. Andreas legte den Arm um Franzis Schulter, die sich an ihn lehnte. Ich dachte wieder an Marie, hatte Sehnsucht nach ihr, ihrem Wesen. Auch die anderen Kinder fehlten, das Wuselige, ihr Lachen.

Wir legten die Decken auf die Hütte, befestigten sie mit Holzklammern, ließen sie überlappen. Mascha sang in einer unbekannten Sprache, in der die Vokale ineinander übergingen, ein Netz bildeten, das mich geschmeidig machte, uns trug.

Wir trommelten. Es war ein einfacher Rhythmus, zweimal mit dem Schlägel in die Mitte des Fells, dann an den Rand. Hoch, tief. Wir standen am Feuer, das uns von vorne wärmte. Die obere Schicht des Holzes war verbrannt, in der Glut lagen die Steine nun frei. Ich wusste nicht mehr, welche meine gewesen waren. Andreas tanzte. Ich hatte Hunger, vergaß wieder, dass ich Hunger hatte. Ich wiegte mich hin und her. Die Sonne beschien Maschas Camper auf der Rückseite, die Pferdekoppel. Franzi saß etwas abseits und stillte Jesse, neben ihr ein Kinderwagen, den ich noch nicht kannte. Sie lächelte mich an, und ich erwiderte es. Der Eingang zur Hütte lag offen, die Decke aufgeschlagen.

Mit Maismehl streute Mascha eine Bahn vom Feuer zur Hütte. Die Nabelschnur. Sie sollte nicht betreten und auch nicht übertreten werden. Alle entkleideten sich. Auf Franzis Bauch zog sich noch eine dunkle Linie von der Scham bis zum Bauchnabel, die an ihre Schwangerschaft erinnerte. Sie sah zum Kinderwagen, in dem Jesse mit den Beinen strampelte, eine Socke saß wie eine Zipfelmütze auf einem seiner Füße. Mir war kalt. Mascha kniete vor der Hütte nieder und legte den Kopf auf den Boden, dann kroch sie in die Dunkelheit. Die anderen machten es ihr nach. Ich sah noch mal zum Kinderwagen hin, auch um bei der Verbeugung nicht auf einen nackten Hintern blicken zu müssen. Selbst ließ ich ein Handtuch umgebunden, während ich meine Stirn ins Gras drückte und dann auf allen vieren Lisa folgte. Mascha saß im Lotossitz am Zugang und lächelte. Eine Gesichtshälfte im Licht, die andere verborgen.

Wir nahmen auf dem Boden Platz, eng aneinandergerückt, mehr Raum war nicht. Ich saß dem Eingang gegenüber, rechts von mir Andreas und Ole, links Lisa, Franzi und Mascha. Ich berührte Lisas Bein auf der einen, das von Andreas auf der anderen Seite. Wenn ich den Oberkörper aufrichtete, stieß ich an die Weidenruten, ein Kräuterstrauß baumelte neben meinem Kopf und streifte hin und wieder meine Haare. Das Licht fiel durch den Eingang herein und beleuchtete die Kuhle. Mascha ergriff Franzis Hand.

»Feuerhüter, bring den ersten Stein!«, rief sie nach draußen.

Ich beugte mich vor und sah die Heugabel mit einem Stein, den Fabian in die Hütte schob und mit dem Mascha unsere Vorfahren, die Ahninnen und Ahnen, in unserem

Kreis willkommen hieß. Wir wichen alle ein wenig zurück, meine Arme berührten jetzt die von Andreas und Lisa. Der Stein kullerte in die Mulde, brach auseinander, das Innere in leuchtendem Rot, die Hitze war sofort wahrzunehmen. Mascha streute Kräuter darüber, die funkelten, dann verglühten. Lisa schnalzte mit der Zunge, Ole brummte anerkennend, Mascha rief Laute der Freude. Fabian brachte weitere Steine. Ich sah die Anstrengung und Konzentration, die er aufbrachte, um sie sicher zu tragen und sorgsam abzulegen, sodass niemand in Kontakt mit der Heugabel oder den Steinen kam. Mascha goss mit einer Kelle Wasser auf die Steine, es zischte, Rosenblätter fielen darauf, runzelten sich ein, wurden zu Asche. Dampf stieg auf, weitete sich. Füllte die Hütte mit Feuchtigkeit, während Mascha weiter nachgoss. Ich würde bald nicht mehr atmen können, meine Lungenflügel vom Wasserdampf geflutet. Und es gab keinen Weg hinaus an den Steinen vorbei. Ich war in der Hütte gefangen. Ich reckte den Kopf, um noch einen Rest Luft zu bekommen, stieß an das Rutendach. Andreas zog die feuchte Luft kräftig ein, Lisa auch. Mascha gab beim Ausatmen einen Laut von sich. Sie legte die Hand auf Fabians Arm, er sah uns der Reihe nach an, dann schloss er die Hütte von außen, ein Rest Licht drang am Boden noch herein, er schob die Decke zurecht. Es wurde schwarz.

Da setzte Panik in mir ein, ein kalter Strahl, der vom Becken aufstieg und mich aus meinem Körper heraus in eine Haltlosigkeit katapultierte, in einen unendlichen, völlig gleichgültigen Raum, in dem ich keine Luft bekam. So würde es bleiben. Ich hatte nichts mehr, war nichts mehr. Andreas drückte seinen Schenkel gegen mein Bein, erinnerte mich an unseren Kontakt, ohne Absicht wahrscheinlich, und holte mich doch in die dunkle Hütte, in meinen Körper zurück. Ich atmete ein paarmal gepresst aus. Hörte auch Franzis Atem flattern. Sie hustete. Meine Augen gewöhnten sich an die Dunkelheit, die Steine glommen vor mir, ansonsten bewegte ich mich in Schwärze. Mir brannte die Zunge. Die Panik legte sich, ein Schweißtropfen löste sich aus meiner Achsel. Ich hatte das Bild von Maschas Achseln vor Augen, dann die von Tom. In der feuchten, warmen Luft atmete ich flach. Mein Brustkorb hob und senkte sich schnell. Jemand wischte sich über die Haut, und es schmatzte. Meine Knie wurden heiß, sodass ich den Schneidersitz weiter spreizte, um sie ein stückweit von den Steinen wegzubekommen. Ich drückte sie an Lisas und Andreas' Körper, die sich ebenfalls bewegten. Lisa rückte etwas zur Seite. Ich legte die Hände auf den Boden, der feucht und schön kühl war. Ich fühlte Mascha, obwohl sie nicht neben mir saß, ihre Präsenz. Von Franzi ging eine Unruhe aus. Ole nahm ich kaum wahr, hörte ihn lediglich leise atmen. Mein Herz pumpte, Stoff raschelte. Schweiß rann aus meinen Haaren, ich senkte den Kopf. Lisa fing an zu stöhnen. Mir wurde flau im Magen. Andreas atmete gleichmäßig. Ich merkte, wie mein Atem sich seinem anglich. Trotzdem stieg Übelkeit in mir auf. Ich musste laut aufstoßen, dachte über eine Entschuldigung nach, fühlte Andreas' Gleichmut, sein Bein fest gegen meins gedrängt, Mascha, wie auch sie mich wahrnahm. Spürte jede und jeden von uns, von Ole war intensiv der Schweiß zu riechen, Lisa war irgendwo in sich, kaum wahrnehmbar, Mascha rang mit etwas, Andreas klar, Franzi, mir schräg gegenüber, war sehr ängstlich, bewegte sich hin und her. Mir wurde wieder übel, übermäßiger Speichel sammelte sich in meiner Mundhöhle, und ich fragte mich, ob ich mich auf die Steine erbrechen könnte. Andreas legte mir seine warme, feuchte Hand auf den Rücken, es beruhigte mich. »Danke«, flüsterte ich. Mein Kopf schmerzte. Ich blieb ruhig sitzen. Die Brüste klebten mir am Bauch. Schweiß sammelte sich an den Stellen, wo ich die anderen beiden Körper berührte. Wir schwitzten, ich konnte uns riechen. Das Wasser lief überall an mir herab, floss mir in den Mund, tropfte auf den Boden, Gras und Erde klebten an Händen und Schenkeln. Lisa stöhnte wieder leise. Etwas knisterte. Mein Körper presste zu allen Seiten das Gift heraus. Ich kratzte an meinem Bauch, spürte Juckreiz auf dem Rücken, am Hintern. Ich hätte gern den ganzen Körper gekratzt, alles gekratzt, aufgekratzt. Ich hatte ein Stoppelfeld vor Augen, in das ich mich werfen und in dem ich mich wälzen könnte, bis die scharfen Stummel des Getreides alle Reize weggeschnitten hätten.

»Lasst uns beten«, sagte Mascha, »jede und jeder in seinem Rhythmus und seiner Art. Leise oder laut. Es bleibt in dieser Hütte und wird doch erhört und erlöst.« Sie begann, dem höheren Selbst zu danken, sie rief nach ihren Ahninnen. Ole stimmte wispernd ein, nur Satzfetzen in einem genuschelten Flüstern, Andreas sprach deutlich, um seine Söhne ging es in seinem Gebet, um ihren Schutz, ihnen ein guter Vater zu sein, auch um seine Sexualität, die Verbindung mit Franzi. Seine Stimme so nah an meiner. Lisa sprach von Erweckung und Erlösung, sie bat um innere Stärke und Konzentration, Franzi war still. Ich begann auch zu beten. Für Marie. Und für meine Mutter. Zu verstehen, was die erhofft und doch nie erhalten hatte. Ich sah das Auf- und Abschwellen ihres Wunsches nach Geborgenheit, sah sie suchend, sagte einfach alles. Wie sie mich ruppig und mit energischem Griff vom Schoß meines Großvaters, ihres Vaters, gezogen hatte, mit einem Erschrecken in den Augen, das so heftig war, dass ich selbst Angst bekam, ohne zu wissen, wovor. Während die Worte aus mir herausflossen, hörte ich von der Gewalt, die Mascha loslassen wollte. Ohne dass sie es konkret sagte, wusste ich, wovon sie sprach. Den Schlägen auf ihren Rücken. Sie nannte einen Namen. Irgendwann weinte sie leise, zum Boden hin, sie schien mit Oberkörper und Kopf zwischen ihre Beine gesunken zu sein. Vielleicht auch, weil die Hitze am Boden erträglicher war. Wir atmeten alle mit geöffneten Mündern, mit heißen Körpern. Mein Gesicht pulsierte innerlich. Gleichmäßig, keine Gebete mehr, eine atmende Ruhe. Ich fühlte mich schwach, sackte etwas tiefer, Andreas auch.

»Ich muss raus!«, rief Franzi plötzlich, das Band zwischen uns riss. Ich öffnete die Augen. Sah nichts, auch keine Steine mehr. Nur noch gepresste Hitze aus Wasser um mich. Andreas neben mir spannte sich an. Von Lisa bekam ich nichts mit.

»Bleib«, sagte Mascha, »lass es da sein.«

»Fass mich ja nicht an«, sagte Franzi in einem Ton, der keine Widerworte zuließ. Sie kletterte über Maschas Beine. Ich spürte, dass sie ihr unsanft mit dem Fuß in den Bauch trat, Mascha hielt den Atem an. Franzi raschelte an der Decke herum, ihre Hände fanden den Durchgang nicht gleich.

»Du schaffst das mit uns«, sagte Mascha noch einmal zu ihr.

»Hier gehöre ich nicht hin«, sagte Franzi bestimmt.

»Jesse ist still. Wir würden ihn doch hören.«

»Du verstehst gar nichts.« Marie hatte das genauso zu mir gesagt.

Licht fiel herein, ich kniff die Augen zu, Mascha hielt

die Decke an einer Seite auf. »Ich wünsche dir eine schöne frühe Geburt«, sagte sie.

Ich sah das Gras im Sonnenlicht, wie Franzi nach draußen kroch, rote Stellen vom Sitzen, Halme und Erde an ihrem Hintern. Andreas rückte unruhig hin und her.

»Ich bin keine Frühgeburt«, fauchte Franzi, »was für ein Quatsch.«

Der Ausgang schloss sich wieder. Ich hob mein Gesicht, es erhitzte sich. Franzi stampfte davon. Andreas sank in sich ein. Lisa rückte zur Seite. Ich folgte ihr nicht, die körperliche Verbindung ging verloren. Mir wurde wieder schlecht, sodass ich gleichmäßig durch den Mund atmen und mich darauf konzentrieren musste, mich nicht zu übergeben.

Ich hatte es auch nicht geschafft mit Marie. Dabei hatte ich mir so sehr eine natürliche Geburt gewünscht. Und es waren auch nicht die Schmerzen gewesen. Es war das Gefühl, mich immer weiter zu verlieren in diese Gewalt hinein, die mit jeder Wehe über mich hereinbrach, bis nichts mehr von mir da, mein Inneres aufgelöst wäre. Gebettelt hatte ich um die Vollnarkose. Und sie bekommen.

Wie hatte Marie ausgesehen, als sie aus meiner Bauchdecke gehoben wurde. Ich konnte es Tom nicht mehr fragen. Nichts mehr konnte ich ihn fragen. Was ist deine erste Erinnerung. Oder hast du deinen Vorschlag ernst gemeint. Den mit dem Versuch. Er hatte sich geöffnet, und ich hatte den Moment nicht ergriffen. Nicht für Marie, nicht für mich. Ich könnte sagen, ich hätte es nicht erkannt. Dabei habe ich vielmehr genau aus dem Egoismus, den Tom mir vorgeworfen hatte, unser Leben zu dritt vertan. Unwiederbringlich. Ich konnte ihm nicht mehr antworten. Auch das hatte ich nicht geschafft. Ich vergrub das Gesicht in meinen Händen, Schweiß und Tränen rannen zwischen den Fingern durch und meine Arme hinab. Wir hätten es vielleicht schaffen können, zu dritt.

Fabian öffnete die Höhle, er hatte sich ein Tuch vor den Mund gebunden. Frische Luft strömte herein. Ich wollte so viel wie möglich davon einatmen. Ich richtete mich auf und hörte auf zu weinen, schwitzte wieder wie alle, atmete wie alle. Maschas Gesicht war von der einen Seite hell beleuchtet, es war feucht, ihre Haare nass. Sie zog die Stirn kraus und schaute zu den Steinen. Fabian reichte uns etwas zu trinken. Ich schluckte in raschen Zügen, mein Durst blieb ungestillt. Lisas Hände waren klamm, als ich die Flasche an sie weiterreichte. Fabian schob neue Steine in die Hütte, Mascha goss Wasser darauf, die Kräuter hüpften leuchtend auf, niemand gab mehr bewundernde Töne von sich. Dann schloss sich der Eingang wieder. Irgendwann lag ich hingekauert, mit Gesicht und Brust unten am Rand der Hütte, um atmen zu können. Mein Gesicht berührte eine Decke, die kratzig war. Irgendjemand pinkelte. Die Tür öffnete sich wieder, schloss sich. Noch mal alles. Dann kam Bewegung auf, und ich erwachte, dabei hatte ich nicht geschlafen. Wir krochen hinter Mascha hinaus, waren auf der anderen Seite der Bahn aus Maismehl. Die Sonne war untergegangen. Fabian stand in Jacke und Mütze am Feuer, das nur noch niedrig loderte, und lächelte uns an. Von Franzi und dem Kinderwagen war nichts zu sehen. Marie. Sie kam mir unendlich weit weg vor. Ich vermisste sie. Ich wäre gern von ihr umarmt worden, ihre schmalen Arme um meinen Bauch. Stattdessen legte ich mich auf die Wiese, der dunkelblaue Himmel kreiselte über mir.

Bei meinem Besuch damals, als ich meiner Mutter sagen wollte, dass ich ein Kind bekommen würde, und es doch nicht tat, bei diesem Besuch, der unsere vorletzte Begegnung war, wie ich mit Erschrecken feststellte, bin ich in ihr Schlafzimmer gegangen, um mir einen Schal aus ihrem Schrank zu borgen. Wir wollten einen kleinen Spaziergang machen, und es war kälter geworden, als ich gedacht hatte. Stechend war der Geruch, als ich das Zimmer betrat, säuerlich, obwohl das Fenster gekippt war. Ich schlug die Decke auf ihrem Bett zurück. Der Bezug war frisch, feucht jedoch in der Mitte, das Blau dunkler. Ich hob ihn an und sah und roch zugleich den eingeflossenen Urin, der in einander überlagernden Schichten eingetrocknet war. Wohl seit langer Zeit und immer wieder. Während meine Mutter vor sich hin dämmerte und nichts mitbekam, nichts mehr mitbekommen wollte, nicht mehr wie früher, als sie alldem ungeschützt ausgeliefert gewesen war.

Auf unserem Spaziergang steuerte ich wie beiläufig den Drogeriemarkt an, meine Mutter eingehakt bei mir, ihre Schritte tastend, als vertraute sie dem Boden nicht. Ich bräuchte noch Binden, sagte ich. Obwohl ich die für die nächsten Monate nun wirklich nicht mehr benötigen würde. Wir gingen die Regale ab, und wie ich gehofft hatte, kamen wir bei den Einlagen und Windelhöschen für Erwachsene vorbei.

»Mama«, sagte ich sanft. Selten sprach ich sie so an. »Weißt du, die älteren Frauen, und da gehörst du ja jetzt auch schon dazu, tragen manchmal Unterhosen mit Einlagen. In der Nacht. Kennst du das?«

»Ach ja?«, sagte sie unsicher und sah mich verlegen an.

Ich griff nach einer Packung. »Es gibt sie sogar in Schwarz«, sagte ich. »Die sehen fast so wie normale Unterhosen aus.«

Meine Mutter starrte auf das Produkt in meinen Händen. Ich befürchtete, dass sie vielleicht wütend werden würde. Doch sie schwieg.

»Das kommt ja meist durch die Wechseljahre«, sagte ich.

»Ja«, sagte sie.

»Manche haben sogar schon seit der Geburt ihres Kindes damit zu tun. Früher ist da nicht drüber gesprochen worden, wenn der Beckenboden schwach wird. Dabei betrifft es viele Frauen.«

»Bestimmt«, sagte sie. Meine Mutter betrachtete die Packung, ohne sie anzurühren.

»Ich nehme das einfach mal mit«, sagte ich.

Als ich als Jugendliche zum ersten Mal meine Periode bekommen und bemerkt hatte, dass Toilettenpapier in der Unterhose nicht ausreichen würde, als ich es verschämt meiner Mutter sagte, hatte sie mir aus der Kommode im Badezimmer eine Binde gereicht, und ich war dankbar gewesen für ihre beiläufige Geste.

Damit es nicht so hervorstach an der Kasse, packte ich noch Binden, Gesichtsmasken und Bonbons mit in den Korb.

Vor der Tür hakte sich meine Mutter wieder bei mir ein. »Danke, Gesa«, sagte sie.

Ich habe eben noch eure Räume gereinigt«, sagte ich. Die junge Frau mit den Dreadlocks, die sich als Mona vorgestellt hatte, trat ans Fenster und sah auf die Flächen hinten raus. Der feine Regen wie ein milchiger Schleier über allem. Monas Mann, dessen Gesicht übersät war mit Sommersprossen, seine rötlichen Haare standen wirr vom Kopf ab, lächelte mich an. Er trug einen Wanderrucksack auf dem Rücken, den er nun abstellte. Sie waren beide sicherlich zehn Jahre jünger als ich. »Danke dir«, sagte er.

»Sieh mal, Jakob«, sagte Mona, »es gibt auch einen Garten. Wir werden uns hier selbst versorgen können.«

»Der Kürbis wächst gerade, und Zucchini auch noch«, sagte ich. Dann nahm ich den Koffer, Jakob wollte mir helfen, ich winkte ab.

»Ich mache heute gleich Kürbiskuchen«, rief Mona aus, ich hörte noch, wie sie in die Hände klatschte.

Marie und Jolinde saßen im Wohnzimmer auf dem Boden und malten mit Wachsstiften auf Papier. Marie sah zum Bild ihrer Freundin, die ein Haus und einen Baum und Menschen gemalt hatte, und versuchte, es ihr nachzumachen. Sie strich ihre Zeichnung durch und nahm sich ein neues Blatt. Ein Gefühl des Versagens kam in mir hoch.

»Marie, wir brechen auf«, sagte ich.

Sie sah mich an, als wüsste sie nicht, wovon ich redete, dann stand sie murrend auf. Jolinde starrte mich an.

Meine Finger fuhren über das Geländer, die geschmiedeten Blätter, die vom Regen aufgeweichten Überzüge, die sich rau und schwer anfühlten. Marie hüpfte die letzten beiden Stufen hinunter. Wasser spritzte vom Gehweg auf. Ich hob unseren Koffer ins Auto, nahm im Augenwinkel Mascha wahr, die an die Tür gekommen war, die anderen, drehte mich zu ihnen um. Mascha kam die Treppe herunter. Sie trug eine Wollweste, die sie mit den Händen vor dem Körper schloss, sie verschränkte die Arme. Ihre kräftigen Haare waren unordentlich. Franzi sah ich zum ersten Mal in Jeans. Sie folgte Mascha. Andreas auch, der eine Kapuze über den Kopf gezogen hatte. Er hatte Jesse auf dem Arm. Auch die Jungs waren da. Gemeinsam mit Marie sprangen sie in die Wasserpfützen am Bordstein. Nur Ole blieb an der Tür stehen.

»So«, sagte ich und wusste nicht, wen ich zuerst ansehen sollte.

Franzi trat einen Schritt vor. »Ich bin froh, euch kennengelernt zu haben, Marie und dich.« Ihr Mund zitterte ein wenig, am Kinn hatte sie kleine Vertiefungen, dann flüsterte sie: »Wir ziehen auch weiter.«

Ich machte auch einen Schritt auf sie zu, und Franzi fiel mir in die Arme. Sie drückte mich an sich, alles an ihr war rund und weich. Ein Mutterkörper, dachte ich. Ich umarmte Andreas, berührte den Kleinen an seinem weichen Kopf.

Mascha, ihren kräftigen Körper. Sie atmete angespannt. »Was wird aus uns?« Sie hielt die Hände an meiner Taille. Dass sie so helle und offene Augen hatte in einem durch die Augenbrauen und den Flaum dunklen Gesicht, erstaunte mich immer wieder, berührte mich auch.

»Möchtest du mit mir schwimmen gehen?«, fragte ich.

Mascha sah in den grauen Himmel. »Gern.«

»Dann sehen wir uns die Tage.«

»Ich freue mich«, sagte sie, »auf dich.«

Lisa kam mit Jolinde aus dem Haus. »Marie soll bleiben«, weinte die Kleine. Alle Kinder sahen zu ihr hin. Sie hatten plötzlich auch betroffene Gesichter, so als hätte erst Jolinde ihnen eröffnet, worum es hier eigentlich ging. Joris blickte zu Boden und rieb sein Auge. »Alle sollen bleiben«, wimmerte Jolinde weiter.

Lisa nahm sie auf den Arm und kam zu mir. Sie reichte mir eine kleine bunte Kartonbox. »Da sind Kräuter drin für dein Haus, Wacholder und Baldrian. Kannst du zum Beispiel an die Tür hängen. Sie halten Sorgen und Geister fern.«

»Das mache ich, Lisa.«

»Das Kästchen hat Jolinde für euch bemalt.«

Die Kleine wollte es ergreifen, doch ich hatte es schon in Empfang genommen.

»Ich danke euch.« Wir umarmten uns, nicht lange, Jolinde weinte nur noch leise.

Ich nahm Maries warme kleine Hand. Franzi umarmte sie noch rasch. Joris rief »Tschüss«, und Noam tat es ihm nach. Jolinde schrie in Lisas Arm verzweifelt auf, strampelte und versuchte, sich loszumachen. Lisa hielt sie fest, überraschend kraftvoll, und ging mit ihr ins Haus. Jolindes Weinen war noch zu hören. Zögernd stieg Marie hinten ins Auto ein, sie sah gebannt zur Haustür, in der Lisa mit Jolinde verschwunden war. Ich schnallte sie an, sie roch nach dem warmen Pflaumenporridge, das wir zum Frühstück gemacht hatten.

Im Rückspiegel sah ich Mascha und Franzi noch vor der

Tür stehen, Mascha hielt die Arme wieder verschränkt, Franzi winkte. Wir bogen auf die Hauptstraße ab. Ich sah zu Marie.

»Wohin fahren wir jetzt?«, fragte sie.

»In unser Haus.«

»Hast du dann wieder Kopfschmerzen?«

»Vielleicht.«

Marie öffnete das Tor und rannte durch den Durchgang in den Garten, schaute zurück, um sich zu vergewissern, dass ich noch da war. Das Haus war ihr vertrauter als mir.

»Wie hoch das Gras ist.« Sie lief hinein. Auch Johanniskraut war gewachsen. Rote Blätter hatte der Wind auf die Terrasse und vor den alten Ofen geweht. An der Tür zur Küche zog ich Efeu ab, betrachtete die Füßchen, die auf der Fläche haften blieben, dann steckte ich den Schlüssel ins Schloss. In meinem Mund sammelte sich Speichel, den ich schnell hinunterschluckte. Ich stellte den Koffer in den Raum. Die Blumen auf dem Tisch waren vertrocknet, die Blütenköpfe hingen grau herab, das Wasser in der Vase sah modrig aus. Kühl war es im Haus, kühler als draußen. Ich öffnete das Küchenfenster, dann die Fenster in den anderen Räumen. Marie folgte mir.

»Willst du einen schönen Ort für die Sachen von Lisa und Jolinde suchen?« Ich reichte ihr die Box, und sie ging damit durch die unteren Zimmer. Später würde ich die Kräuter neben meinem Bett auf einem Teller finden.

Es roch nach Staub, weil die Heizung lief, wahrscheinlich erstmals seit Jahren. Wir saßen in der Küche und aßen zu Abend. Marie bewegte die Beine unter dem Tisch, sie versuchte, ein Brokkoliröschen aufzuspießen, etwas Reis landete neben ihrem Teller. Sie sah zu mir, und ich lächelte sie an. Es hatte Zeiten gegeben, da hatten Tomatensoße und Spinatreste überall in der Küche geklebt. Da hatte Marie noch dicke Bäckchen gehabt, die nun verschwunden waren. Ihre eigentliche Gesichtsform war hervorgetreten, die markanten Wangen, der schöne Mund. Ihre Ohren standen etwas ab, die Haare hielten deswegen gut dahinter. Ich hatte gehofft, dass sie die Locken von Tom bekommen würde.

»Was ist?«, fragte sie.

»Nichts, ich betrachte dich. Wie schön du bist.«

Marie brummte und aß weiter. Ich tat es auch, langsam. Es war so still. Mein Kopf schmerzte.

»Jolinde und Joris haben sich immer gezankt beim Essen«, sagte ich.

»Jolinde hat auch immer Butter gekriegt, wenn sie wollte.«

»Und ist nicht zur Schule wie Joris.«

»Ja, gemein.«

»Vielleicht. Joris fand das sicher ungerecht.«

»Ich will auch Hausaufgaben machen«, sagte Marie.

»Ich kann dir morgen welche aufgeben.«

»Bitte viele, und ganz schwere.«

»Mal sehen, ob ich das hinkriege.«

Sie sah zum Fenster raus, an ihrem Kinn hing ein Reiskorn, das ich dort wegnahm. Sie nahm meine Berührung gar nicht wahr, war innerlich woanders, auch als sie sich mir wieder zuwendete, der Fokus wie auf eine weit entfernte Stelle hinter mir gerichtet, es dauerte, bis sie mich wieder in den Blick nahm. Ihre Gesichtszüge veränderten sich, als müsste sie mich erst erkennen.

Ich wusste nicht, wo sie gerade gewesen war. Ich wollte

sie das auch nicht fragen. Sie war kein Kleinkind mehr, das eng bei mir war, einfach zu lesen und zu verstehen. Alles hatte damals unmittelbar an der Oberfläche gelegen, Wünsche, Bedürfnisse. Jetzt gab es Gedanken und Gefühle, die ich nicht mehr entziffern konnte, die, wenn sie sie mir nicht mitteilte, ich nicht erfahren würde. Sie gehörten allein ihr. Marie würde sicherlich so kooperativ bleiben, wie sie war, genügsam auch, dachte ich, und doch würde sie von mir weggleiten in Welten hinein, die mir verschlossen blieben. Etwas würde sich auftun zwischen uns, ein Abstand, vielleicht eine Kluft. Sie wäre dann nicht mehr mein kleines Kind. Ich würde irgendwann nicht mehr wissen, wie sie aussah, wenn sie kicherte. Ihr Gesicht würde meinem nicht mehr nahe sein.

Und es gab niemanden, wurde mir schlagartig klar, mit dem ich dieses Gefühl des Entgleitens, das auch ein Loslassenmüssen meinerseits war, teilen konnte. Das Glück und der Verlust, die dabei Hand in Hand gingen, während Marie groß und eigenständig werden würde. Denn außer Tom kannte niemand sie so wie ich.

»Mariechen, du wirst bald sechs.«

»Wie lange noch?«

Ich zählte mit den Fingern. »Einundzwanzig Tage.«

»Ist das noch lange?«

»Ungefähr so lange, wie wir bei Franzi, Mascha und Lisa waren. Kannst schon mal überlegen, wen du einladen möchtest.«

»Jolinde«, sagte sie, »Konrad, Joris, Noam – und dich.«

Es fühlte sich an, als hätte sich das Zahnfleisch zurückgeschoben und die Zahnhälse lägen frei, umspült von meinem Speichel. Ich öffnete die Augen und betrachtete die Decke. Eine Spinne hatte in der Ecke ihr Netz gespannt, ein eingewickeltes Insekt hing darin. Ich richtete mich auf und sah aus dem Fenster, sah den Zaun, einen Teil der Straße, den Baum auf der gegenüberliegenden Seite, etwas versetzt dahinter ein Haus. Mascha ging gerne frühmorgens in den Garten. Oftmals hatte ich sie zu dieser Zeit über das Gemüse gebeugt gesehen, ihre Haare hingen nach vorne herab und reichten fast bis zu ihren Händen. Franzi war nun sicher wieder in Hektik, um Joris in die Schule, Noam in den Kindergarten zu bringen, während sie Jesse beruhigte, der vielleicht weinte. Lisa könnte Jolinde gerade einen Zopf flechten. Ich schlug mir mit der Hand ins Gesicht. Die Haut war stärker durchblutet danach.

Ich legte die Ergebnisse des Prüfberichts auf den Tisch. *Nn* hieß *nicht nachweisbar*, das traf auf fast alle der Biozide zu, drei Giftstoffe waren überhaupt nur gemessen worden, bei einem lag die Konzentration mit 0,12 über dem Orientierungswert: Tolylfluanid. Ich recherchierte im Internet, es war nicht mehr zugelassen. Ich holte das Blutbild aus dem Umschlag. In meinem Blut waren die Anteile von Quecksilber, Nickel, Blei, Arsen, Aluminium und Kadmium erfasst worden. Sie lagen unterhalb der Normalwerte, nur Aluminium war im Referenzbereich, was auch immer dieser Bereich bedeutete und wie auch immer er ermittelt worden war. Ich war erstaunt, dass das alles überhaupt in mir zirkulierte. Ich rief mir Luca vor Augen, deren Gesicht so nackt gewirkt hatte. Ich dachte an Marie, wie gut es ihr ging. Ich erinnerte mich, wie es in der Gemeinschaft gewesen war, auch dort hatte ich Symptome gehabt. Es kam mir vor wie innere harte Arbeit, ein anstrengender, repetierender Monolog, um nicht wieder in dieses Loch in meinem Brustraum zu fallen, indem ich mir sagte, dass das, was ich wahrnahm, keine physische Grundlage hatte. Während meine Zunge eine Flüssigkeit absonderte und mir der Kopf dröhnte.

Ich stand auf. Marie fand ich zu meiner Überraschung im Krähenzimmer, sie spielte dort zwischen Toms Sachen mit ihren Puppen. Die mussten sich beeilen, um rechtzeitig zur Schule zu kommen. Vorher aber sollten sie noch frühstücken. Und aufrecht sitzen. Marie war eine strenge, aber geduldige Mutter. Ein Ernst hatte sich in ihr Gesicht gelegt, von dem ich nicht wusste, ob er aus dem Spiel oder den Erfahrungen der letzten Zeit kam. Sie registrierte, dass ich im Raum war, und hörte auf zu sprechen. Stattdessen kämmte sie eine der Puppen. Ich müsste sie auch mal wieder kämmen, Maries Haar war an mehreren Stellen verknotet. Ich ging in den hinteren Raum. Das schreckliche Bett stand immer noch dort. Ich fuhr mit den Fingern über das massive Holz, ich ekelte mich davor, seit ich das Möbel zum ersten Mal gesehen hatte, die eingeschnitzten Verzierungen, der Geruch, die biedere Anmutung. Ich öffnete das Kabuff und holte die Windelpackung und den Eimer hervor, alles war eingestaubt, ich hustete, als die Partikel aufstoben. Die Verpackung war ungeöffnet, der Eimer aus Plastik wirkte sauber, auch wenn er an einigen Stellen deformiert war, als sei er verätzt worden. Die beiden Gegenstände deprimierten mich, weil sie so funktional waren. Jemand hatte sich in den Eimer erbrochen, in Windeln entleert. Und ein anderer Mensch hatte sich gekümmert. Vielleicht gerade so weit, wie es nötig war. Hatte den gebrechlichen Menschen hier liegen lassen, in der hintersten Ecke des Hauses, und aufgepasst, dass nichts schmutzig wurde. Oder war es so, dass sie, unweigerlich hatte ich eine Frau vor Augen, die Vorbesitzerin vielleicht, dass sie erst für die Magenkrämpfe, die Koliken, das Erbrechen gesorgt hatte? Zweieinhalb Mikrogramm Arsen enthielt mein Blut. Sie hatte dem Alten, jetzt, da er pflegebedürftig und abhängig von ihr war, wo die Macht anders verteilt war, etwas ins Essen gemischt. Oder in den warmen Kaffee, der dadurch süßer schmeckte und den er gierig trank. Eine Vergeltung auf den letzten Metern, für die Berührungen, die er ihr zugemutet hatte, unter dem Vorwand, mit ihr zu spielen. Diese Berührungen genau hier oben, in ihrem Kinderzimmer, während die Mutter unten das Abendessen vorbereitet hatte. Und sie, das Mädchen, lag in ihrem Bett, starrte an die Decke und nahm den Kohlgeruch wahr und ihn, der nach der Zigarette roch, die er eben noch vor dem weiß geklinkerten Haus geraucht hatte, und nun auf ihr japste.

Ich zog am Ende des Bettes, das massive Holz knarrte nur, nichts bewegte sich. Ich stellte einen Fuß seitlich gegen den Rost und zog erneut. Unbewegt blieb es stehen.

Seit Jahrzehnten waren die Teile miteinander verbunden, sie wollten sich nicht voneinander lösen. Hitze stieg mir in den Kopf. Ich trat gegen das Fußende, erst vorsichtig, dann stärker, ein Schmerz wanderte das Bein hinauf. Ich fixierte meinen Körper an der Wand, ein stabiler Stand, und trat mit aller Kraft zu, das Holz gab nach. Ich trat erneut gegen die angebrochene Stelle, es splitterte, mein Fuß durchbrach die glatte Fläche. Der Knöchel schrappte über das Holz und blutete.

DREI

»Ich mag deine Ohren. Wenn deine Haare so verschwitzt sind, sieht man, wie sie abstehen.«

»Keine Ahnung, von wem ich die habe.«

»Lass sie mich küssen.«

»Dass du noch so anhänglich bist, obwohl du gerade gekommen bist. Willst du nicht aufstehen? Willst du nicht, dass ich verschwinde?«

»Hört sich an, als hättest du Erfahrung.«

»Du etwa nicht?«

»Ich bin schließlich älter als du.«

»Wie viel eigentlich?«

»Siebzehn Jahre werden es schon sein.«

»Und du fühlst dich nicht schlecht, mich verführt zu haben?«

»Ich fühle mich schlecht. Mit einer Schutzbefohlenen zu schlafen! Aber ich fühle mich auch gut. Es ist schön mit dir. Und wer hier wen verführt hat, müsste noch geklärt werden. Das nur mal so fürs Protokoll.«

»Es liegt in deiner Verantwortung, dich nicht von einer Schülerin verführen zu lassen.«

»Das stimmt. Ich wollte dich aber kennenlernen.«

»Und mit mir poppen.«

»Und mit dir schlafen.«

»Für einen Mann redest du ziemlich offen. Dass du überhaupt in so einer Anstalt gelandet bist.«

»Und du hörst dich an, als ob du schon alles wüsstest.«

»Ich weiß eine Menge.«

»Das bezweifle ich nicht.«

»Wie bist du nur hier gelandet?«

»Ich habe mich beworben.«

»Einfach so?«

»Ich habe davor an der Universität gearbeitet, als Postdoc.«

»Warum bist du da nicht geblieben?«

»Ach.«

»Warum?«

»Kompliziert.«

»Sag schon.«

»Du bist hartnäckig. Hey. Und du beißt auch ziemlich dolle.«

»War gerade so verlockend.«

»Ich hätte jemandem schaden müssen, um aufzusteigen. Sie wäre benachteiligt gewesen. Es war unlauter. Nicht nur das.«

»Du bist also ein Held.«

»Es war nicht heldenhaft.«

»Warum nicht?«

»Ich konnte es nicht. Hab einfach nicht mehr weitermachen können. Hat sich eher wie Versagen angefühlt. Ich wollte nie Lehrer werden und schwierige Jugendliche in Schach halten müssen.«

»Alle Mädchen finden dich toll, und manche von den Jungs auch, weil du nicht so verkrampft bist und guten Unterricht machst. Dieses: *Alles versteht man erst zum Schluss.*«

»*Knallen von Pistolen. Die Lichter vom letzten Bus.*«

»*Haltet die Schweife eurer Dämonen in Schuss.*«

»Gehörst du auch zu allen Mädchen?«

»In dem Fall schon.«

»Aber wohl nur in dem Fall, vermute ich.«

»Hm.«

»Hast du überhaupt Freundinnen?«

»Ich bin oft mit Cord zusammen.«

»Der schwermütige Cord. Und was macht ihr so?«

»Reden, Musik hören.«

»Drogen?«

»Selten.«

»Erzähl mir mehr von dir.«

»Warum?«

»So kenne ich dich: erst mal Skepsis.«

»Das scheint mir fürs Leben richtig zu sein.«

»Ich möchte gern mehr von dir wissen.«

»Was weißt du denn schon?«

»Dass du vor drei Jahren ins Heilsbruck gekommen bist.«

»Aha.«

»Und dass du sehr schön bist, dir aber nicht viel draus machst.«

»Aha. Wie kommst du darauf?«

»Ich habe dich beobachtet.«

»Du hast mich beobachtet? Hinterm Busch, oder wo?«

»Auf dem Pausenhof, im Unterricht. Ich kenne dich schließlich schon über ein Jahr.«

»Und was ist dir aufgefallen?«

»Du wirkst auf mich, als würde dich das alles hier nichts angehen. Die Oberschülerinnen in deinem Alter brechen in hysterische Weinkrämpfe aus, wenn sie eine schlechte Note bekommen. Oder ziehen tagelang eine Schnute, wenn ein Junge sie nicht beachtet hat. Die sind von allem so eingenommen. Du nicht.«

»Aha.«

»Du sitzt unter der Linde und liest deine Bücher, aber ohne damit anzugeben, den Titel sieht man nicht, du hast den Umschlag abgemacht.«

»Es ist eine Pappel.«

»Echt?«

»Ja.«

»Oder du trinkst einen Kaffee, als wärst du gerade nur zufällig hier.«

»Ich *bin* nur zufällig hier.«

»Jetzt sage ich mal: Aha.«

»In einundzwanzig Tagen bin ich weg.«

»Dann wirst du volljährig?«

»Du bist doch jetzt nicht traurig?«

»Ich mag dich, Marie.«

»Du wirst bleiben. Du bist schließlich angestellt.«

»Ich werde bleiben. Wohin wirst du gehen?«

»Weiß nicht. Ich kann an vielen Orten leben. Wo es mich hintreibt. Mal sehen, wo Konrad ist.«

»Wer ist Konrad?«

»Meine Liebe.«

»Deine Liebe?«

»Ja.«

»Warum sticht mich der Satz ein wenig?«

»Du hast gerade mit mir *geschlafen* und schüttest noch irgendwelche Hormone aus. Das geht vorbei.«

»Sentimental kann man dich nicht gerade nennen. – Und dieser Konrad: Du weißt nicht, wo er ist?«

»Nein, aber ich weiß, wie ich ihn finden kann. Wir kennen dieselben Leute.«

»Hast du keine Angst?«

»Wovor?«

»Hm. Das Meer würde gut zu dir passen.«

»Machst du das eigentlich öfter?«

»Was?«

»Mit deinen Schülerinnen ins Bett gehen?«

»Nein, hab ich noch nie gemacht. Und du, machst du das öfter?«

»Du bist der einzige ansehnliche Typ hier.«

»Und die anderen? Die Jungs?«

»Schon. Unspektakulär. Dilettantisch. Nicht so geil wie mit dir.«

»Das ist ja fast geschmeidig von dir.«

»Schnurr.«

»Was ist deine erste Erinnerung?«

»Ich soll nicht gehen?«

»Komm her, hier unter die Decke. Ich will mehr von dir erfahren. Nicht nur so wie neulich hinter der Theaterbühne.«

»Das war heiß.«

»Es war vor allem kalt.«

»Ich fliege durch die Luft.«

»Wie?«

»Ich fliege durch die Luft. Ich habe Angst, ins Bodenlose zu fallen. Und ich freue mich total, zu fliegen. Alle Teile meines Körpers treiben auseinander da oben.«

»Und dann?«

»Dann fängt mich Tom, mein Papa.«

»Er fängt dich auf.«

»Ja.«

»Wie war dein Vater so?«

»Ich weiß es nicht.«

»Wirklich nicht?«

»Nein. Ich habe nur verschwommene Bilder von ihm. Manchmal steht er am Herd oder steigt auf ein Fahrrad. Es sind nur Bilder, die nichts zusammen ergeben. Nie sehe ich sein Gesicht, nicht mal, wenn er mich auffängt. Als Kind habe ich im Schlaf nach ihm gerufen. Sagt meine Mutter.«

»Er war sicher ein schöner Mann. Hast du ein Bild von ihm?«

»Was anderes.«

»Was denn?«

»Warte. In meinem Rucksack ... Hier.«

»Ein Würfelbecher.«

»Riech mal dran.«

»Oh ja, den hat jemand in der Hand gehalten. Dein Vater.«

»Sein Geruch ist immer noch im Leder, all die Jahre, er wird schwächer, aber er bleibt. Ich kenne ihn nun schon so lange.«

»Du hast ihn immer bei dir?«

»Ich hab oft überlegt, wie ich den Geruch beschreiben würde. Es geht eigentlich nicht.«

»Nein.«

»Eine pfeffrige, dunkelblaue Tulpe.«

»Schön.«

»Riech.«

»Stimmt. Das könnte es sein.«

»Es ist falsch. Worte kommen da nicht ran.«

»Wo hast du den Becher her?«

»Aus einer Kiste. Meine Mama hatte seine Sachen in Kisten in einem Zimmer. Im Krähenzimmer.«

»Hört sich gruselig an.«

»Das war es irgendwie auch. Das ganze Haus, aber Gesa

wollte es unbedingt haben. Dabei hatte sie sich mehrere Sachen angeschaut, auch einen Zirkuswagen, aber sie wollte dieses Haus, warum auch immer. Ein Vogel war dort gestorben, später standen Toms Sachen da. Und irgendwann habe ich sie ausgepackt, als mir langweilig war. Mir war oft langweilig als Kind. Ein Holzkasten mit Stiften. Zwei Hanteln. Eine Schreibtischlampe. Ein Briefbeschwerer mit einer Qualle drin. Der Becher. Gesa hat da gerade das Großmutter-Bett nebenan kurz und klein geschlagen.«

»Wie bist du nur aufgewachsen?«

»Sie mochte es nicht. Wollte etwas abschütteln. Etwas Altes. Ich find's konsequent.«

»Und dann?«

»Dann kommt sie zu mir rüber, blutet am Bein. Sie beobachtet mich. Und als ich sein Notizbuch in der Hand halte, sieht sie mit hinein und liest vor. Tom hat Rezepte darin aufgeschrieben. Nudeln mit Muscheln, die man nicht zu lange kochen darf. Sonst Kaugummigefahr! Das steht da. Kaugummi-Muscheln. Gesa schaut lange seine Notizen an, Toms Schrift, und dann riecht sie an dem Notizbuch. Doch da ist nichts, nur Leim und so. Und ich greife nach dem Becher. Das geht schneller als jeder Gedanke und jedes Gefühl. Ich reiche ihr den Becher. Und ihr Gesicht wird so ... wehmütig. Zum Reinlegen. Ich hätte mich am liebsten in meine Mama gelegt in diesem Moment. Wir haben uns den Becher hin- und hergereicht, wie einen kostbaren Wein.«

»Wie genau du dich erinnerst. Das ist bemerkenswert.«

»Wir wissen nicht, an was wir uns später erinnern. Manchmal liegt ein Mensch auf einer Couch, und ein anderer isst ein Schokobrot. Und der Moment bleibt für immer.«

»Ich möchte, dass dieser Nachmittag mit dir bleibt.«

»Dann müssen wir uns gegenseitig dran erinnern.«

»Bitte tu das immer wieder, Marie.«

»Mal sehn. Ich weiß ja, wo du bist.«

»Und habt ihr noch was gefunden, deine Mutter und du?«

»Nee. Gesa hat sich verarztet und dann endlich das Zimmer geputzt und den Fleck der toten Krähe weggemacht. Der war da immer noch am Boden.«

»Ein Blutfleck?«

»Er ist nicht ganz weggegangen. Das Holz blieb dunkler an der Stelle, aber die Schleifspur war weg. Und sie hat Toms Sachen aufgestellt, so einen alten Schreibtisch, eine Kommode, die Lampe. Das Krähenzimmer war dann kurz wie ein Museumsraum. Jede von uns durfte eine Sache aus den Kisten behalten, den Rest hat sie weggeschmissen. Sie nahm das Notizbuch. Und ich den Würfelbecher und den Briefbeschwerer.«

»Das sind zwei Sachen.«

»Ja.«

»Ihr habt seltsam gelebt. Ich kriege eine Ahnung von dir.«

»Du meinst, verrückte Mutter, verrückte Tochter?«

»Nein, Marie. Tut mir leid, wenn du es so verstanden hast. Ich meinte eher, dass du ungewöhnlich aufgewachsen bist. Du warst Teil von etwas, aus dem man mich als Kind herausgehalten hat. Ich saß meist in meinem Zimmer, und manchmal hat mein Vater mich zu sich gerufen und abgefragt. Ich wusste nie, ob ich richtigliege, ob ich gut war. Ich konnte nichts in seinem Gesicht lesen.«

»Kann ich dich küssen? Hierhin zum Beispiel?«

»Marie.«

»Lebt dein Vater noch?«

»Ja, aber ich weiß immer noch nicht, was er von mir denkt. Auch wenn ich ihn einmal im Jahr besuche.«

»Braver Sohn. Konformer Sohn.«

»Und du, brave Tochter?«

»Glaube schon. Aber nicht konform.«

»Ich weiß.«

»Das weißt du?«

»Dafür muss man nur in deine Akte sehen.«

»Du hast meine Akte gelesen?«

»Ja.«

»Darfst du das?«

»Die liegt bei jeder Konferenz aus und wird ergänzt.«

»Krass.«

»Ja.«

»Und was steht da so in meiner Akte?«

»Dass du jahrelang keine Bildung erhalten hast.«

»Ich habe nicht erhalten, was ihr für Bildung haltet.«

»Wer ist denn *ihr*?«

»Na, du und die anderen.«

»Ach so.«

»Ich war einfach einige Zeit nicht in der Schule. Das ist doch was anderes.«

»Da hast du recht. Du hast zwar keine Ahnung von Geschichte oder Mathematik. Kurvendiskussion zum Beispiel.«

»Was bitte ist Kurvendiskussion? Das hier etwa.«

»Du kannst wirklich amüsant sein.«

»Das war banal.«

»Du bist intelligent. Du bist sprachbegabt, kannst dich gut ausdrücken, noch besser diskutieren. Und du kannst ein Baumhaus bauen. Du hast in der Werkstatt-AG quasi das Haus alleine geplant und realisiert.«

»Das ist leicht. Der Baum verrät es einem, wenn man genau hinsieht. Es gibt immer flache Stellen zwischen den Ästen. Und dann musst du nur die Bretter und Winkel richtig zuschneiden.«

»Nur.«

»Ja.«

»Du hast deine Mitschüler beeindruckt mit deinem Geschick.«

»Die wollten mir doch nur unter den Rock schauen, als ich auf den Baum geklettert bin.«

»Unterschätze das männliche Geschlecht nicht so.«

»Du meinst dieses schlaffe Ding, das da an deiner Hüfte liegt?«

»He.«

»Was steht noch in meiner Akte?«

»Dass du dich selbst verletzt.«

»Das stimmt auch nicht.«

»Sondern? Erzähl es mir.«

»Du meinst wahrscheinlich meine Hand. Da habe ich mir den Chip rausgeschnitten.«

»Du hast was?«

»Mir das Teil da entfernt.«

»Oh mein Gott. Marie, warum nur? Das haben doch wirklich alle.«

»Da siehst du es. Es gibt Menschen, die sind schon erwachsen und haben es nicht.«

»Deine Mutter?«

»Die schon. Aber wir kannten einige, die es geschafft haben. Die haben zwar zurückgezogen gelebt, die hatten keine neuen Klamotten und kein digitales Spielzeug. Aber die haben gelebt.«

»Die haben einen hohen Preis dafür gezahlt.«

»Ja, ein hoher Preis. Dafür ist ihnen etwas anderes geblieben.«

»Verstehe.«

»Ach echt?«

»Du meinst Bedingungslosigkeit.«

»Zum Beispiel.«

»Du hättest die Beweglichkeit deines Daumens einbüßen können.«

»Das habe ich. Schau.«

»Oh nein.«

»Auf Bäume klettern kann ich immer noch.«

»Und jetzt hast du trotzdem einen Chip?«

»Du hast keine Ahnung von solchen Sachen.«

»Nein.«

»Du gehörst zu denen, die am Rand der Mitte schwimmen. Bist interessant mit deinem *Wir üben Heimgehen von seinem Ende aus. Wir üben Heimgehen – aus.* Wo alle erst mal neugierig werden. Aber das ist auch nur unkonventionell innerhalb des Rahmens.«

»Das denkst du von mir?«

»Das Krasseste für dich in deinem Leben war, dass du deinen Job an der Uni nicht weitermachen konntest. Eine ernüchternde Erfahrung, nur Lehrer zu sein.«

»Du weißt auch nicht alles von mir.«

»Ich weiß, dass ich es anders haben kann. Ich könnte es wieder tun. Auch wenn das Ding in den Kopf implantiert wird.«

»Es geht dir um die Selbstbestimmung?«

»Schon.«

»Verstehe.«

»Was verstehst du?«

»Dass du eine andere Welt kennengelernt hast. Auch

wenn du nie im Ausland warst. Verschiedene Möglichkeiten. Das bewahrt dich davor, wegen einer schlechten Zensur in Tränen auszubrechen.«

»Zensuren scheren mich nicht.«

»Das meine ich. Eine innere Freiheit.«

»Hast du geweint, als du an der Uni aufgehört hast?«

»Nein. – Mach es bitte nicht noch mal. Es kann dich das Leben kosten. Mal abgesehen davon, ist es illegal.«

»Was wir hier tun, ist es auch. Und apropos: Willst du noch mal? Ich könnte wieder in Fahrt kommen.«

»Warte, Marie. Deine Haare riechen so gut. Später vielleicht.«

»Dann lass uns weiter über meine Akte reden.«

»Lass uns aufhören damit.«

»Nein.«

»Bitte.«

»Aber da steht doch sicher noch mehr drin.«

»Vielleicht.«

»Also ja.«

»Ja.«

»Was?«

»Alles Mögliche.«

»Was genau?«

»Etwas über deine Mutter.«

»Was über meine Mutter?«

»Wie sie ums Leben gekommen ist.«

»Wie denn?«

»Marie.«

»Sag schon, wie ist sie gestorben?«

»Sie hat sich umgebracht. Steht dort.«

»Aha. Sie hat sich suizidiert, meinst du.«

»Ja. Suizid.«

»...«

»Stimmt das nicht?«

»Nein.«

»Es tut mir leid. Ich wollte dir nicht zu nahe treten.«

»Die Grenze ist doch schon längst überschritten. Du warst eben in mir. Schon vergessen?«

»Nein. Ich meine ... erzähl mir etwas von deiner Mutter.«

»Einfach so?«

»Wie hieß sie noch mal?«

»Gesa.«

»Wie war sie?«

»Gesa hat immer mit sich gerungen, doch sie war auch spontan und echt. Einmal, da waren wir noch in dem Haus, du weißt schon, das mit dem Museumsraum, das war auch eine schöne Zeit. Viele Geburtstage habe ich dort gefeiert. Und Gesa hat das Haus mit Luftballons gefüllt, sie muss sie die ganze Nacht aufgeblasen haben. Und jedes Jahr habe ich mir das wieder gewünscht, mich durch Luftballons bewegen zu können. Und Konrad war da. Ich bin sogar zur Schule gegangen. Eine kleine Dorfschule, die nur die Straße runter war und zu der ich geradelt bin, und Gesa hat mir jeden Morgen hinterhergewunken.«

»Hat Tom ihr gefehlt?«

»Glaube nicht. Er hat *uns* gefehlt, ihr und mir zusammen. Verstehst du?«

»Ja. Habt ihr über ihn gesprochen?«

»Nein.«

»Nie?«

»Einmal sind wir an einem Feld mit vertrockneten Sonnenblumen vorbeigekommen. Und Gesa hat mir erzählt, wie mein Papa die Kerne knacken konnte. Zwischen den

Backenzähnen. Wir sind spontan hinein. Daran erinnere ich mich genau. Die schwarz-grauen Köpfe neigen sich über mich, als würden sie mich von oben ansehen. So klein bin ich also noch. Und Gesa schneidet einige davon ab. Als wir wieder im Auto sitzen, sagt sie, dass wir eine längere Fahrt machen. Von den Dörfern auf Landstraßen, auf die Autobahn. Ich sehe zum Fenster raus, und sie sieht mich immer wieder im Rückspiegel an und lächelt. Das hat sie überhaupt oft gemacht, mich so angesehen. Als ob sie sich an alles genau erinnern wollte. Ich erwache dann, als wir Zugang zu den urbanen Sektoren bekommen. Ich bin noch nie in der City gewesen. Also, nie mehr, seit wir aufs Land gezogen waren. Und ich staune. Über die Gebäude und so viele Menschen auf einmal. Erst auf dem Friedhof wird es ruhig, ich kriege wieder Luft. Es ist der Friedhof mit Toms Grab, das Gesa erst suchen muss. Das sieht alles total ordentlich aus, der Stein und die Bepflanzung. Nur ein bisschen Laub liegt auf dem Grab. Gesa nimmt es weg. Und dann sitzen wir da und versuchen, mit den Zähnen die Kerne zu öffnen und sie mit der Zunge rauszuholen. Es klappt nicht. Immer zerbricht alles im Mund. Gesa fragt Tom, wie er das verdammt noch mal gemacht hat. Und ich frage ihn, warum er mir das nicht gezeigt hat, bevor er gestorben ist. Gesa schweigt dann, und ich stelle mir Tom beim Zirkus vor, als Star in der Manege. Der spektakulärste Sonnenblumenkerne-Knacker im gesamten Universum. So halt. Und später sitze ich auf Gesas Schoß, weil es schon so kalt ist, sie hält mich im Arm. Ich fühle mich geborgen in diesem Moment, bei ihr und auch mit Tom. Irgendwann stupst Gesa mich an und zeigt zum Grabstein. Da sitzt eine Krähe und pickt unsere Sonnenblumenkerne auf. Und die schafft es, die noch ganzen Schalen einfach zu knacken.«

»Ich mag Gesa.«

»Ich auch. Sehr sogar.«

»War sie ein glücklicher Mensch?«

»Sie hatte immer wieder so Vergiftungssymptome.«

»Von was?«

»Diffus. Gedanken, Erlebnisse, Erinnerungen. Die Welt so im Ganzen.«

»Wie zeigte sich das?«

»Sie war wie vergiftet. Hatte Angst. Konnte nicht schlafen. Meist gingen diese Phasen vorüber, und dann hat sie wieder mit mir Brennnesseln frittiert.«

»Sie gingen nicht immer vorbei?«

»Was meinst du?«

»Die Phasen.«

»Du glaubst mir nicht. Du glaubst, was in der Akte steht.«

»Ich weiß nicht, was ich glauben soll.«

»Es war kein *Suizid*. Gesa hätte mich nicht einfach so zurückgelassen. Ich weiß es. Sie hätte sich verabschiedet. Sie wusste, wie es ist, wenn jemand geht, ohne sich zu verabschieden. Das hätte sie nicht gemacht.«

»So stelle ich sie mir auch vor.«

»Sie war grundanständig, was das betrifft.«

»Ihr Tod ist noch nicht lange her.«

»Nein.«

»Drei Jahre?«

»Ich habe gelesen, dass das Ertrinken ein stiller Tod ist.«

»Inwiefern?«

»Die Kehle geht zu, wegen des Wassers. Sie konnte nicht mehr schreien. Sonst hätte sie nach mir gerufen. Ich weiß das.«

»Das ist sehr schmerzhaft für dich.«

»Schon.«

»Und es war auch sehr schmerzhaft für sie.«

»Ja.«

»Ich möchte, dass du heute hierbleibst, Marie. Ich koche uns etwas. Und du kannst einfach liegen bleiben. Wir können im Bett essen.«

»Ich möchte gehen.«

»Jetzt?«

»Jetzt.«

»Sofort?«

»Ja, jetzt sofort. Gib mir mal mein Oberteil da.«

»Marie.«

»Bitte.«

»Hier.«

»Und das Tuch, das mit den Schmetterlingen, bitte auch.«

»Marie, sehen wir uns wieder?«

»Denke schon. Zum Beispiel morgen in der ersten Stunde.«

Die Autorin dankt

dem Ministerium für Wissenschaft, Forschung und Kunst Baden-Württemberg und
dem Literarischen Forum Oberschwaben, Silke Knäpper und Franz Hoben,
dem Herrenhaus Edenkoben, Barbara und Konrad Stahl,
dem Unabhängigen Literaturhaus NÖ, Julia Schwarzinger, und
AIR – ARTIST IN RESIDENCE Niederösterreich, Lisa Saahs und Klaus Krobath,
dem globale – Festival für grenzüberschreitende Literatur, Libuse Cerna, und
dem Virtuellen Bremer Literaturhaus, Heike Müller sowie Viktorie Knotková.

»Was für ein Buch!«

F.A.Z. Bücher-Podcast

Dorothee Riese

Wir sind hier für die Stille

Roman

Berlin Verlag, 240 Seiten
ISBN 978-3-8270-1493-1

Die Geschichte einer Kindheit als soziales Experiment: Anfang der 90er-Jahre wandert Judith mit ihren Eltern von Deutschland nach Rumänien aus. Ihr Ziel ist ein Dorf in Transsilvanien am Rande der Karpaten. Judith soll in einer ursprünglichen, vom Kapitalismus freien Gemeinschaft aufwachsen. Mit wachem Blick erkundet sie den Ort, seine Menschen, Geschichte und Sprache. Doch bald stellt der Widerspruch zwischen mitgebrachter Utopie und vorgefundener Realität die Familie vor immer größere Fragen.

»Ein geheimnisvoll kluges, ein großes Buch.«

Passauer Neue Presse

Coverabbildungen vorbehalten

Sandra Hoffmann
Jetzt bist du da
Roman

Berlin Verlag, 240 Seiten
ISBN 978-3-8270-1494-8

Claire ist überzeugt von ihrem Leben in der Einsamkeit des Waldes, hier bewohnt die 42-jährige Frau mit ihrer Hündin Nora ein Haus. Als Wildnispädagogin zeigt sie Schulklassen, wie aufmerksame Wahrnehmung das Verhältnis zur Natur verändern und sie schützen kann. Als nach einer Campwoche der 16-jährige Janis auf ihrem Grundstück steht, gerät ihre Welt ins Wanken. Sie spürt, der Junge hat in ihr etwas wachgerüttelt, was sie nicht mehr spüren wollte.

Leseproben, E-Books und mehr unter www.berlinverlag.de